Aaron David Bernstein

Schulze-Delitzsch

Leben und Wirken

Aaron David Bernstein

Schulze-Delitzsch
Leben und Wirken

ISBN/EAN: 9783741193033

Hergestellt in Europa, USA, Kanada, Australien, Japan

Cover: Foto ©Raphael Reischuk / pixelio.de

Manufactured and distributed by brebook publishing software
(www.brebook.com)

Aaron David Bernstein

Schulze-Delitzsch

Inhalts=Verzeichniß.

~

———————

Einleitung.

Viele sind berufen, ihren Zeitgenossen voranzuleuchten auf der Bahn der sittlichen Veredelung und der materiellen Verbesserung; aber nur Wenige sind auserwählt, neue Bahnen der Cultur-Entwicklung aufzufinden, die dem erstrebten Ziele näher als die bisherigen führen!

Dieser Auserwähltesten Einer ist der Mann, dessen Leben und Wirken wir in den folgenden Blättern darzustellen versuchen.

Schulze-Delitzsch hat sich nicht damit begnügt, in vorgefundenen Verhältnissen belebend und fördernd gleich vielen anderen Männern des Fortschritts auf sein Zeitalter einzuwirken. Er hat vielmehr schöpferisch eingegriffen durch bedeutsame Neugestaltungen in die Verhältnisse seiner Zeit.

Schulze-Delitzsch hat sich nicht begnügt, gleich vielen edlen Männern, die Erstrebenswerthes erdacht, mit theoretischen Hinweisungen auf das Bessere, das erzielt werden soll. Er hat in aufopfernder Thätigkeit selber schaffend eingegriffen und fertige Gebilde hingestellt, welche als Muster fernerer Entwicklung dienen.

Schulze-Delitzsch wurde nicht die Gunst zu Theil, mit gleich ihm hochgebildeten Standesgenossen seine Ideen austauschen und verwirklichen zu können. Er stellte sich viel-

1

mehr die ungleich schwierigere Aufgabe, in das Leben des Volkes praktisch einzugreifen und im schlichten Bürger-, Handwerker- und Arbeiter-Stand die begabteren und besonneneren Männer aufzusuchen und den von ihm vorgezeichneten Zielen fügsam zu machen.

Schulze-Delitzsch stand nicht das Wohlwollen einer edle Bestrebungen anerkennenden Regierung zur Seite. Er wurde im Gegentheil wegen seines volksthümlichen Strebens verdächtigt und von der Reaction angefeindet und verfolgt.

Schulze-Delitzsch wurde auch nicht durch Noth oder glücklichen Zufall, die oft schon den Antrieb zu großen Leistungen gebildet haben, zum Ergreifen seines Schaffens veranlaßt. Er legte vielmehr im richtigen Vorgefühl dessen, was er dem Volke sein kann, ein ehrenvolles Staatsamt freiwillig nieder, weil ihm die Unabhängigkeit des Richterstandes, dem er angehörte, angetastet schien. Er opferte eine ehrenvolle Lebensstellung seinen würdigeren Zielen.

Schulze-Delitzsch wurde auch nicht durch die Aussicht auf einen lohnenden ertragsreichen Lebensberuf angelockt zum neuen Schaffen. Er stand vielmehr jahrelang in beispielloser Uneigennützigkeit im Dienste seiner Schöpfungen; ja es bedurfte erst der Initiative der einsichtsvollsten Volksfreunde der deutschen Nation und der Vermittlung aller seiner Freunde, um ihn zur Annahme eines Gehaltes zu bewegen, das nicht heranreicht an das eines Beamten von seiner Wirksamkeit und seiner Mühewaltung.

In all' diesen Zügen prägt sich das Eigenartige dieses Mannes aus. Er hat so Großartiges wie Niemand seiner dem Privatleben angehörigen Zeitgenossen geschaffen. Seine Schöpfungen werden auch — das erkennt nunmehr jeder Freund der Wahrheit — unser Zeitalter überdauern. Jetzt, wo siebzig Jahre seines unausgesetzt thätigen Lebens dahingeflossen sind, gewährt es jedem Freunde des Fortschritts eine Herzensfreude, ihn noch immer so energisch und aufopfernd

an der Arbeit zu sehen. Gleichwohl mahnet das unabwend=
bare Menschengeschick und die Zahl der Jahre, die über kein
Haupt spurlos hinwegschreitet, an die Pflicht der Dankbarkeit,
die sein Zeitalter ihm schuldet, und ganz besonders an die
Pflicht gegen uns und unsere Nachkommen, ein Lebensbild
des Mannes festzuhalten, der in seinem ganzen Gepräge ein
Muster seiner Zeit ist und ein edles Vorbild kommender
Zeiten sein und bleiben wird.

Das Eigenartige, das ihm sein Wirken und Schaffen im
Erwerbsleben der Gegenwart verleiht, ist aber auch wie alles,
was dauernde Kraft in sich birgt, mit all' den Fortschritten
unserer Zeit auf's Innigste verwebt. Niemand schafft Großes
inmitten eines Volkes und besonders unter Mitwirkung des
Volkes, der nicht mit allen Wurzeln seines Daseins innig
dem Volkswesen und Volksleben angehört. Versucht man
Leben und Schaffen eines solchen Mannes darzustellen, so
erscheint es nur im richtigen Lichte, wenn man sein Bild
im Rahmen der ganzen Zeitgeschichte zeigt. Wie innig das
Leben Schulze's mit dem Leben des deutsches Volkes verwebt
ist, das bekundet denn auch jeder Blick auf die politische
Geschichte unseres deutschen Vaterlandes.

In der That giebt es keinen Aufschwung der Freiheit,
keinen Zug des Rechtsbewußtseins, keine Regung des Einheits=
Gefühls in der deutschen Nation, keinen Kampf gegen Ver=
kümmerung und Beschränkung der Volksrechte, keine Be=
wegung für Bildung und Volksbelehrung, keinen Beschluß
der Volksvertretung im wahren Geiste des emporstrebenden
Volkswesens, wo wir nicht Schulze in der ersten Reihe der
gemeinsamen Führer erblicken. Ja, er tritt, wie wir im
Verlauf der Geschichte seines Lebens noch zeigen werden, in
den wesentlichen Hauptmomenten als der einflußreichste Führer
und Leiter auf und erweckt die Thatkraft der Genossen durch
mächtig zündende Worte, wo ein Wort zur Zeit zur vollen
Zeitparole wird.

1*

Gleichwie in der Geschichte unseres deutschen Vaterlandes nach der großen Epoche seiner Befreiungskriege, vergehen auch Jahrzehnte seines Lebens in stiller individueller Entwicklung, in welcher sich die Persönlichkeit zur edlen Mannesreife aus= bildet. Erst im Alter von vierzig Jahren wurde Schulze im Volksjahr 1848 zur Entfaltung seines öffentlichen Lebens emporgetragen, um von da ab bis auf den heutigen Tag unablässig durch drei Jahrzehnte in allem Guten und Edlen fördernd und schaffend voranzuschreiten. Die Jugendfrische und der Mannesernst, die ihn im ersten öffentlichen Auf= treten auszeichneten, sind ihm bis jetzt eben so treu geblieben, wie er treu blieb den Lehren der Freiheit und den Grund= zügen des Volksrechtes, die ihn zum öffentlichen Auftreten herausgefordert haben. Gleichwohl ist die Vorgeschichte seines öffentlichen Auftretens ein wesentliches Moment zur Kennt= niß seines Lebens und Charakters. In der Stille der Jahr= zehnte vor dem Jahr 1848 hat sich in ihm Herz und Geist vorgebildet für alle idealen Bestrebungen eines nach freier geistiger Entwicklung sich sehnenden Volkes. So trat er denn auch begeistert und gereift mit dem Beginn des öffent= lichen Volkslebens im Volke auf, zu hoch gebildet, um vom Radikalismus fortgerissen, und zu fest im rechten Streben, um von der Fluth der Reaktion erschüttert zu werden.

Jugendfrische und Mannesernst im echt deutschen Sinne sind auch die besonders glücklichen Eigenschaften, welche diesen Mann eben so dem Süden wie dem Norden des deutschen Vaterlandes so sympathisch machten, wie keinen Zweiten. Eine seltene Mischung von poetischen Grundzügen und prak= tischen Zielpunkten, von dichterischer Begeisterung und juristi= scher Verstandesschärfe, von heiterem Humor und von strenger Pünktlichkeit, von geselliger Freimüthigkeit und wachsamer Gewissenhaftigkeit prägt sich in all seinem Thun aus. Diese glückliche Mischung ist es, welche hinreißend wirkt auf den süddeutschen heiteren Sinn wie auf den norddeutschen schwer=

fälligern Ernst. Sie ist es, die ihm in gelehrten wie in
volksthümlichen Kreisen die erste Rolle des treuen Führers
für Recht, für Freiheit, für Geistesregung und für mate=
rielles Wohlergeben zugewiesen hat.

Die Geschichte seines innern Bildungsganges und eine
Rundschau seines öffentlichen Wirkens ist ein gedeihliches
und erfreuliches Stück deutscher Geschichtsentwicklung. Einer
Darstellung derselben ist die folgende Schrift gewidmet.

Der Mann und sein Name.

Der Kreisstadt Delitzsch in der Provinz Sachsen ist
keineswegs ohne eigenes Verdienst die Gunst zu Theil geworden, ihren Namen verewigt zu sehen als Merkmal und
Beisatz zu dem Namen eines berühmten Mannes, der in
ihr das Licht der Welt erblickt hat. Schulze-Delitzsch ist eine
Verbindung zweier Namen, von welchen der eine wegen seiner
Häufigkeit fast den Charakter eines Eigennamens einbüßt,
wie der andere wegen seiner Seltenheit jede Verwechselung
ausschließt. Sie ergänzen einander so sehr, daß ihre Zusammengehörigkeit allgemein beibehalten worden ist, obwohl
die ursprüngliche Veranlassung hierzu bereits seit dreißig
Jahren ihre Basis eingebüßt hat.

Die Kreisstadt Delitzsch hat nämlich am 8. Mai 1848,
im Gegensatz zu dem altbekannten Sprüchwort, die Bedeutsamkeit ihres heimatlichen Mitbürgers Schulze sehr wohl erkannt und ihn zum Abgeordneten der nach Berlin einberufenen Nationalversammlung des großen Volks-Jahres gewählt. Da in der Nationalversammlung mehrere Mitglieder
dieses Namens existirten, so fügte man, wie stets in den
Aktenstücken der Parlamente gebräuchlich, den Namen des
Wahlkreises dem seines Vertreters bei. Das ganze Wesen
des Mannes aber war bereits in seiner ersten öffentlichen
Wirksamkeit als Volksvertreter von so bleibendem Eindruck,

daß man die parlamentarische Verbindung seines Namens
mit seinem Wahlorte auch für die Folge allgemein beibehielt,
selbst als er später von ganz anderen Wahlkreisen mit dem
Mandat der Vertretung betraut wurde.*)

Wenn wir aus der Entstehung des jetzt so allberühmten
Namens bereits ersehen, wie die Geburtsstadt Schulze's durch
ihre Wahl den Anlaß zur Verewigung ihres eignen Namens
gab, so werden wir noch Gelegenheit haben zu zeigen, wie
sich diese Stadt im Verlauf der späteren Jahre auch das
Verdienst erworben hat, die erste zu sein, welche sich in
wirthschaftlicher Beziehung der Leitung ihres treuen Mitbürgers angeschlossen. Mit Recht fügte daher auch Schulze
nicht minder, wie seine Zeitgenossen fortan seinem Namen
den seines Geburtsortes bei. Es liegt darin eine wohl-
erworbene ehrenvolle Anerkennung, welche wir der kleinen
braven Stadt nicht versagen dürfen.

Eltern, Erziehung, Vorbilder.

Aber nicht bloß die Verbindung der Namen, sondern die
eigenartige Entwicklung Schulze's veranlaßt uns ganz besonders, den Blick auf seine Vaterstadt und das Verhältniß,
in welchem die Voreltern Schulze's in derselben standen, zu
richten.

Durch eine Reihe von Geschlechtern nahmen die Vorfahren Schulze's in dem Städtchen Delitzsch die ehrenvolle
Stellung des Bürgermeisters und des Richters ein. Sie
gehörten auch mit ihrem Besitzthum zu der wohlhabenderen
Klasse der bürgerlichen Gesellschaft. Der Richterstand früherer

---

*) In den offiziellen Aktenstücken des preußischen Abgeordneten-
hauses wie des deutschen Reichstages sind die späteren Wahlorte Berlin,
Wiesbaden seinem Namen beigefügt.

Die Kreisstadt Delitzsch.

Zeiten, wo die Gerichtsbarkeit der Stadtgemeinde zustand, war nun keineswegs, wie der jetzige, eine von allem Ver= kehrswesen und öffentlichem Leben abgeschlossene Kaste, son= dern nahm in der städtischen Verwaltung wie im bürger= lichen Leben eine thätige und einflußreiche Stellung inmitten der Bevölkerung ein. Als Bürgermeister und Richter stand auch der Vater Schulze's im Mittelpunkt des Vertrauens seiner ganzen Umgebung. Wissenschaftliche Bildung, prak= tische Einsicht, volle Kenntniß des bürgerlichen Lebens und vertrauenerweckende Umgangsweise mit Reich und Arm in allen Kreisen der Gesellschaft, war in der Familie ein durch mehrere Generationen sich fortpflanzendes Erbe. —

Im Jahre 1807 vermählte sich der Vater Schulze mit Wilhelmine Schmorl, der Tochter eines Mannes, dessen Cha= rakter und Wesen von so außerordentlichem Einfluß auf seine Umgebung war, daß wir seiner noch weiter werden gedenken müssen. Die junge durch Schönheit und wohlwollendes Wesen ausgezeichnete Gattin gebar ihm am 29. August 1808 den ältesten Sohn Hermann Schulze, der der Held unserer Darstellung ist.*)

Die Gunst des Geschickes, die den regen muntern Knaben in einem Hause aufwachsen ließ, wo Bildung, Wohlstand

---

*) Als charakteristisch für die Zeit wie für die religiöse Stellung der Eltern unseres Schulze führen wir folgende Thatsache an.

Das Prediger-Journal für Sachsen von Januar und Februar 1809 (Wittenberg bei Zimmermann) enthält die Traurede des Pfarrers bei der Vermählung der Eltern unseres Schulze in der Kirche von Prettin. Zum Text wählte er nicht eine Bibelstelle, sondern den Spruch Schiller's „vom Herzen, das sich zum Herzen findet." In einer Note zu dieser Rede unterläßt der Prediger auch nicht, die Braut, die Mutter Schulze's, zu rühmen, wegen ihrer frommen Betheiligung als Sängerin in allen Kirchen-Concerten, wo sie die Solo-Partieen übernommen. Der wackere Pfarrer schließt das ausführliche Lob der Braut mit dem charak= teristischen Stoßseufzer, daß der Krieg auch diese Concerte gestört habe, „welche zur Bildung der Menschen äußerst heilsam waren."

und eheliches Glück eine Heimstätte hatten, wurde noch erhöht
durch den anregenden Einfluß großer Zeitereignisse, welche
die Gemüther von Alt und Jung in damaligen Jahren in
mächtigem Aufschwung hielten. Wenige Meilen von dem
Geburtsstädtchen unseres Helden wurde die Völkerschlacht
bei Leipzig geschlagen, welche das bedrückte Vaterland von
der Fremdherrschaft befreite. Der Bestand des Königreiches
Sachsen, zu welchem auch Delitzsch damals gehörte, wurde

Wohnhaus der Familie Schulze.

dadurch tief erschüttert, und dies mußte denn auch auf die
amtliche Stellung des Vaters von wesentlichem Einfluß sein,
so daß die großen weltgeschichtlichen Bewegungen bis mitten
in die Familie des heranwachsenden Knaben ihre Wogen
fühlbar machten. Daß unter solchen Zeiten und inmitten
eines hochgebildeten Hauses von treuer deutscher Gesinnung
auch schon die ersten Knabenjahre hohe begeisternde und
charakterbildende Eindrücke empfangen, die in edlen Naturen
auch im spätern Leben nicht ganz schwinden, das ist leicht
ersichtlich. Es prägt sich dies auch in einer sehr tiefen Vor=

liebe Schulze's für alles, was dem deutschen Wesen entspricht,
aus, die mit den Reminiszenzen aus den Zeiten der Befreiungskriege entspringt.

Auf die Familie konnte die im Jahre 1814 eintretende
Einverleibung eines beträchtlichen Theils des Königreichs
Sachsen in die preußische Monarchie, wozu auch der Kreis
und die Stadt Delitzsch gehörten, nicht ohne Einfluß bleiben.
Aber der Vater verblieb nicht blos unter der neuen Herrschaft in seiner amtlichen Stellung, sondern ergriff auch sofort die Gelegenheit, um sich und seine Berufsgenossen für
die neuen Verhältnisse wissenschaftlich und praktisch vorzubereiten. Er stiftete einen Verein unter dem Namen „Ju-
risten-Convent", der sich's zur Aufgabe machte, die Unterschiede zwischen den zeitherigen und den nunmehr mit dem
Wechsel der Herrschaft eintretenden Verwaltungs- und Rechts-
verhältnissen festzustellen, um thätig und wirksam in die
veränderten Zustände eingreifen zu können. Dieser im Jahre
1817 gestiftete Verein hat sehr förderlich sowohl auf die Ordnung der Verhältnisse, wie auf die Stellung seiner Mitglieder
eingewirkt und bestand denn auch fort durch eine lange Reihe
von Jahren, nachdem seine erste Aufgabe längst gelöst war.

Auf den kräftig heranwachsenden ältesten, geistig regen
Sohn der Familie wirkte der Ernst des amtstreuen einsichtsvollen Vaters sehr wohlthätig ein. Die liebevolle Mutter
hatte noch einen besondern Impuls, auf den Sohn mit
hoffnungsvollem Herzen zu blicken. Er war offenbar ihr
von Ansehen ähnlich, aber er trug auch noch in seinem
charakterfesten, heitern und energischen Wesen das Gepräge
ihres Vaters, der mit Recht der Stolz und der Ruhm der
Tochter war. Ein Blick auf das Leben dieses Mannes,
wie es in dem „Nekrolog der Deutschen" vom Jahre 1828
ausführlich dargestellt wird, zeigt in der That, daß das Erbe
von dem Großvater mütterlicher Seits einen vollen Antheil
an der Charakter-Bildung Schulze's hatte.

Der Großvater, Karl Gottlob Schmerl, war in der königlich sächsischen Zeit General=Accise=Inspektor, Stadt=Schreiber*), Anwalt und Notar in der Stadt Prettin bei Torgau und lebte später nach dem Uebergang in preußische Herrschaft als Justiz=Kommissar und Notar daselbst. Er war ein armer Schulmeistersohn, der sich mühsam durch die Schuljahre hindurcharbeitete, bis er auf der Universität in Leipzig im Alter von 19 Jahren das Studium der Jurisprudenz ergreifen konnte. Bald nach absolvirtem Studium wurde ihm das oben benannte Amt in Prettin anvertraut, das er mit großer Gewissenhaftigkeit verwaltete, sich nebenher aber durch gemeinnützige Arbeit die Dankbarkeit der Einwohnerschaft in hohem Grade erwarb. Er legte Obstpflanzungen um die Stadt an, verbesserte die Dämme gegen die Elbe, wandelte den Kirchhof in einen Garten um, baute ein neues Schieß=haus und legte auf einem wüsten Platze eine Haide an, woselbst bald an 50,000 junge Bäume standen. Im Jahre 1793 wurde er als Abgeordneter der Stadt Prettin in den Landtag nach Dresden berufen. Hier entwickelte sich denn seine politische Stellung, welche im Nekrolog der Deutschen mit folgenden Sätzen näher bezeichnet wird:

„Er trat mit einer an dieser Stelle nie gehörten Frei=müthigkeit und nachhaltigen Energie auf und zog den Schleier von vielen Landesgebrechen und Mängeln weg, den bisher noch Niemand zu berühren, noch weniger zu heben gewagt hatte. Es konnte nicht fehlen, daß ein so unerwartet kühnes Benehmen die Gemüther zuerst überraschen und erschrecken, dann aber ihm Haß und Verfolgung von den bei jenen Gebrechen vielfach betheiligten mächtigen Personen zuziehen mußte. Er trug dies aber mit großer Charakterstärke und Furchtlosigkeit und fand dann, als der erste Anstoß vorüber

---

*) Der Stadtschreiber damaliger Zeit in Sachsen war zugleich Richter und mußte ein studirter Mann sein.

war, anderseits auch die lebhafteste, ermunterndste Theilnahme
eines großen Theils seiner Mitstände, welche ihm Gerechtig=
keit widerfahren ließen und ihm die ehrenvollsten Aufträge
zur Abfassung der wichtigsten Landtagsschriften ertheilten. —
Entsprach nun auch der augenblickliche Erfolg nicht allent=
halben seinen aus dem reinsten Patriotismus geflossenen
Anstrengungen und Wünschen, so war doch mancher schäd=
liche und verjährte Mißbrauch durch seinen kräftigen Angriff
in den Grundfesten erschüttert worden. Er hatte die Bahn
gebrochen, und von jenem Augenblicke an äußerte sich eine
freiere Wirksamkeit der sächsischen Landesvertre=
tung, welche für das Land höchst heilbringend war.
Nicht blos von jedem wahren Patrioten des Inlands, son=
dern auch vom entfernten Auslande her erhielt er dafür die
lautesten Anerkenntnisse und einer der ersten unabhängigsten
Staatsmänner Sachsens, der Landtagsmarschall und Ge=
heimrath Graf Bünau=Dahlen, gab ihm nach seinem Tode
das laute, aus solchem Munde doppelt ehrende Zeugniß:
„Daß sein Andenken auf den sächsischen Landtagen noch
lange in Ehren bleiben werde, und daß ihm der Ruhm ge=
bühre, das erste Licht über ständische Wirksamkeit
verbreitet zu haben, obschon damals die Augen dafür
noch nicht empfänglich und daher geblendet gewesen wären.
Darum habe er das Schicksal so vieler großen Geister ge=
theilt, die, ihrem Zeitalter zu weit vorschreitend, nur von
der Nachwelt gewürdigt und gepriesen würden.“
Wir haben diesem unbefangenen Urtheil über den Groß=
vater unseres Schulze gern einen ausführlichen Raum ge=
gönnt, weil es uns in sprechendster Weise darthut, wie
sehr sich Charakterzüge und Lebensrichtungen getreulich auf
die Enkel edler Männer übertragen. Der ausführlichen
Schilderung des Nekrologs über die Person des Großvaters
Schmorl entnehmen wir mit großer Sicherheit, daß der
Enkel auch äußerlich dem Großvater ähnlich ist. Daß die

Mutter in dem heranwachsenden Sohn das Abbild ihres allverehrten Vaters erblickte, war nicht blos ein natürlicher, sondern auch ein tiefer Einblick in das Wesen des Sohnes; ein Einblick des Mutterauges, das sehr oft richtiger erschaut als das eines sonstigen Beobachters.

Der Großvater Schmorl starb im Alter von 81 Jahren, als Schulze bereits sein zwanzigstes Lebensjahr überschritten hatte. Der Enkel, der in Knabenjahren wie im Jünglings=alter von Zeit zu Zeit den Großvater gesehen, empfing stets den tiefsten Eindruck der mächtigen und ehrfurchtgebietenden Persönlichkeit von ihm. Noch heutigen Tages spricht der siebzigjährige Schulze mit Ehrfurcht und Hochachtung, ja mit Begeisterung von der muthigen und energischen Haltung dieses Vorfahren in allen Fällen, wo es galt, Recht und Ge=rechtigkeit zu vertreten. Das Wesen und die Erscheinung eines solchen Mannes mußte wohl auf den Enkel nicht blos einen imponirenden Eindruck machen, sondern auch einen tiefen moralischen und sein Leben bestimmenden Einfluß ausüben.

Neben diesen Leitern und Mustern stand aber dem geistes=regen lebensfrohen Knaben noch ein eigenthümlicher häus=licher Genius zur Seite, der es verdient, dem Reiche der Vergessenheit eines verdienstvollen verborgenen Kleinlebens entrissen und der Lebensgeschichte des Mannes, der ihm viel zu verdanken hat, einverleibt zu werden.

Gegen Ende des vorigen Jahrhunderts lebte in Delitzsch ein schlichter wohlhabender Handwerker und Ackerbürger Namens Lehmann, der einen Ehrgeiz darein setzte, seinen Sohn einem wissenschaftlichen Beruf zu widmen. Der junge Lehmann, der sich als begabter Knabe erwies, schloß sich dem Schulze'schen Hause frühzeitig an und nahm mit bestem Erfolge an dem Bildungsgang des Vaters unseres Schulze Theil. Er machte auch seine Universitätsstudien in Leipzig durch, wo er sich hauptsächlich in den klassischen Sprachen

auszeichnete und sich durch einige wissenschaftliche Abhand=
lungen die Achtung der Fachgenossen erwarb.*) Nach absol=
virtem Studium kehrte Lehmann in die Heimatstadt zurück
und setzte dieses privatim mit bestem Erfolge fort; erwies
jedoch eine so entschiedene Abneigung, irgend ein Gelehrten=
amt zu übernehmen, daß er es vorzog, in die bescheidene
Stellung bei seinem Studiengenossen, dem Vater unseres
Schulze, als dessen Aktuar einzutreten. So wurde denn
Lehmann ein Hausgenosse des Bürgermeisters, wo er sich
den klassischen Studien mit vollem Eifer in seinen Frei=
stunden hingab. Nebenher leistete er seiner Vaterstadt einen
unschätzbaren Dienst in der Ausarbeitung einer Chronik, die
reich an werthvollen Documenten ist.**) In der Schulze'schen
Familie selbst lebte er sich so innig ein, daß er diese bis zu
seinem 1852 erfolgten Tode im Alter von 72 Jahren nicht
mehr verließ. Auf dem Kirchhof zu Delitzsch befindet sich
das Grab dieses seltenen Mannes mit der Inschrift bei
seinem Namen: „Der Chronist dieser Stadt, durch Wissen
und Humanität seinen Freunden unvergeßlich."

In den Knabenjahren unseres Schulze war ihm Lehmann
Lehrer und Freund, Muster des Fleißes und Vorbild treuer
Herzlichkeit zugleich. Der Frohsinn und die Lebhaftigkeit
des Knaben fanden in Lehmann einen milden und liebevollen
Beurtheiler; der rege Geist Schulze's erhielt in den Unter=
weisungen des seltenen gelehrten Mannes jene ernste Richtung,
welche die Grundquelle aller Tüchtigkeit ist.

---

*) Professor Haubold erwähnt in der Vorrede zu seinen historisch=
juristischen Schriften in sehr ehrender Weise der Dienste, welche ihm
Lehmann in den Entzifferungen der handschriftlichen Codices geleistet.

**) Die Chronik ist nach dem Tode Lehmann's von unserem Schulze
herausgegeben, im Jahre 1852 in zwei Bänden bei Eißner in Delitzsch
erschienen. Sie enthält einen Schatz von lehrreichen Schilderungen und
Notizen, welche namentlich als werthvolle Beiträge aus der Zeit der Re=
formation und des dreißigjährigen Krieges von der Kritik anerkannt sind.

Das Vaterhaus unseres Schulze war mit reichem Kinder=
segen ausgestattet. Dem ältesten Sohne folgten noch neun
Geschwister, welche die Sorgen der Erziehung nicht erleich=
terten. Gleichwohl knüpften sich an den Erstgeborenen die
schönsten Hoffnungen der Eltern. Unter sorgfältiger Leitung
entwickelte sich denn auch der Geist desselben so erwartungs=
reich, daß er bereits im Alter von dreizehn Jahren der Bestim=
mung zum Gelehrtenberuf näher geführt werden durfte. Er
wurde zu diesem Zweck nach dem damaligen Mittelpunkt der
Bildung, nach Leipzig, in Pension gebracht, um daselbst in
der berühmten Nicolai=Schule bis zur Reife für die Uni=
versität vorbereitet zu werden.

Leipzig, der Schüler und der Studio.

Nicht ohne Grund läßt Göthe seinen Helden, von „Wissens=
qualm entladen", den ersten Ausflug in das volle Leben nach
der Musen= und Handelsstadt Leipzig nehmen. Selbst unter
den Gesellen in Auerbach's Keller lebt die unwidersprochene
Ueberzeugung, daß es ein „klein Paris" sei, das „seine
Leute bildet". — Vor sechs Jahrzehnten stand Leipzig in
der That als ein so hervorragender Centralpunkt des deutschen
Lebens da, daß es noch heutigen Tages, von andern Mittel=
punkten der Cultur überflügelt, den Schimmer glänzender
Tradition nicht eingebüßt hat.

Als Weltstadt für Handel und Wandel hoch berühmt,
erhielt es durch die große Befreiungsschlacht auf seinen Ge=
filden auch einen erhöhten politischen Glanz, der ihm ein
nationales Gepräge deutschen Charakters verlieh. Noch bis
auf die Gegenwart, die gewaltige Veränderungen in Land
und Leuten hervorgerufen hat, empfand sich Leipzig stets so
voll und ganz dem deutschen Nationalwesen hingegeben, daß
in ihm niemals der sehr ausgeprägte sächsische Partikularis=

2

muß Wurzel schlagen konnte. An Naturschönheit konnte es
mit Dresden nicht wetteifern; was fürstliche Vorliebe an
Kunstschätzen anhäufen konnte, kam der Hauptstadt des König=
reichs Sachsen zu Gute. Aber an Weltruhm und an bürger=
licher Thätigkeit überflügelte Leipzig die glänzende stille Re=
sidenz; und als Stadt der Musen und der Bildung, der
Gelehrsamkeit und der Freiheit, bildete Leipzig damals einen
Centralpunkt, der jede Concurrenz überstrahlte.

Wie auf seiner Messe die Werthbestimmung aller gewerb=
lichen Produkte für In= und Ausland maßgebend war, so
war sein Buchhandel und seine literarische Produktion der
Werthmesser für die geistige Thätigkeit Deutschlands. Seine
Universität setzte einen Stolz darein, sich auf dem Boden
des strengen Protestantismus zu erhalten, im vollbewußten
Gegensatz zu der sächsischen Dynastie, welche dieses große
Culturmoment seiner Geschichte durch den Uebertritt zum
Katholicismus verleugnet hatte. Der Bann des deutschen
Bundestages, der sehr bald als ein schwerer Druck auf jeder
academischen Freiheit lastete, wurde in Leipzig leichter als
allenthalben in den Musenstätten Deutschlands genommen. Die
Zensur war dort milder als irgendwo. Der schwerwiegenden
Autorität der Göttinger „Gelehrten Anzeigen“, der „Hallischen“
und „Jenaischen Literatur=Zeitung“ setzte der freie Buchhandel
Leipzigs sehr bald in den „Blättern für literarische Unter=
haltung“ einen zopflosen, mächtigen, populären Concurrenten
entgegen. Das Schulwesen, damals in Anerkennung Pestalozzi's
in vollem Aufschwung, fand in Leipzig eine nachhaltigere und
fortan ungestörtere Pflege als in Preußen, wo es die Anfangs
begünstigte Stellung nur allzubald einbüßen sollte.

Der Uebergang aus der Heimat in die freie Atmosphäre
der großartigen Musenstadt konnte auf einen so regen Knaben,
wie unser Schulze, nicht ohne belebenden Einfluß bleiben.
In der Nicolai=Schule fand er sehr bald würdige Mitschüler,
welchen er nacheiferte, und muntere Genossen, die seinem

Frohsinn und muthigen Wesen willige Folge leisteten. Die Leitung der Schule unter Professor Dr. Forbiger war eine anregende. Sie hielt sich fern von der pädagogischen Enge, die den lebhaften Geist in dem Niveau der Mittelmäßigkeit fesselt. Unser junger Schüler zeichnete sich durch freiwillige Arbeiten besonders aus, wofür ihm denn auch manch lustiger Schülerstreich nachgesehen wurde. Sein Wahlspruch war schon damals: ein guter Nicolai=Schüler muß sich vor keinem dummen Streich, aber auch vor keinem Examen fürchten.

Das gastfreundliche Elternhaus gestattete dem heitern Sohne, aus dem nahen Leipzig auch gute Freunde in den Ferien mitzubringen. Die schöne Sitte übertrug sich auch auf die späteren Jahre, wo der Bruder Studio mit lustigen Commilitonen in Delitzsch einrückte. Da belebten sich die stillen Straßen des Städtchens von dem Trubel und dem Jubel der Schüler und der Studenten und entzündeten einen Enthusiasmus für die Musensöhne, der ihr Erscheinen zu einer Festzeit im stillen Verlauf der gewöhnlichen Tage machte.

So wuchs denn der Knabe im Lauf der Jahre zu einem blühenden hoffnungsvollen Jüngling heran, voll heitern Sinns und ernsten Strebens wie selten ein Genosse. Sein Leben und Treiben in der kleinen Vaterstadt ließ ihn Einsicht und Kenntniß des kleinen Bürgerlebens gewinnen, die ihn in spätern Jahren zum Helfer und Berather im bürgerlichen Verkehrsleben außerordentlich befähigte. Sein geistiger Verkehr in Leipzig weihte ihn in die Weltverhältnisse ein, in welche später einzugreifen sein schöner Beruf war.

In den Traditionen der Greise seiner Vaterstadt lebt noch die Erinnerung an den schönen jungen Studenten, der als tüchtiger Reiter häufig hoch zu Roß einzog, der mit Rappiren und Fechtzeug nach dem väterlichen Garten, im fröhlichen Corps seiner Commilitonen, dahinschritt und Jung und Alt zur reizenden Augenweide diente. Daß der Vater

2*

mit hoffnungsreichem Blick, die Mutter mit glückseligem Stolz
auf den Sohn schaute, läßt sich leicht denken.

In die Zeit der glücklichen Entwickelung des Jünglings
fällt auch die Epoche, wo der Geist der deutschen Nation
von der Wucht einer ganz Europa umfassenden Reaktion
niedergedrückt wurde. Er gerieth dadurch in die Abirrungen
einer überspannten romantischen Literatur, in die Irrgänge
einer spekulativen Philosophie und in die Timidität eines
Zerrissenheitswesens hinein, die viele Talente in fruchtlose
Erregungen versetzten. Eine eigenthümliche naturgetreue Gesundheit, die wir eine seltene Gabe Schulze's nennen dürfen,
wahrte ihn vor diesen Fallstricken des Geistes, die in nicht
geringem Grade unsere Literatur verunstaltet haben.

Ein schönes Erbe des väterlichen Hauses war sein Sinn
für Musik, die er mit Lust und Liebe betrieben hat. Schon
der Großvater Schmorl pflegte die deutsche Musik mit vollster Liebe und Begeisterung in seinem Hause. Was Torgau
und die ganze ländliche Umgebung von Prettin an musikalischen Talenten besaß, wurde in das Haus des Großvaters
öfter vereinigt, um die Meisterwerke Haydn's und Bach's
aufzuführen. Die Tochter Wilhelmine, die Mutter unseres
Schulze, wirkte als tüchtige Sängerin mit. Unter ihrem
Einfluß wurde auch das Haus ihres Gatten eine Stätte
musikalischer Genüsse, wie sie in kleinen Städten zur Seltenheit gehört. Auf den Sohn wirkte dies in ästhetischer und
gesellschaftlicher Beziehung außerordentlich ein. Eine schöne
ausdrucksvolle Baritonstimme und eine eindringliche Vor-
tragsweise machten ihn zum willkommensten Gesellschafter in
gebildeten Kreisen, wie ein poetischer Zug, der seine heiteren
und ernsten Reden durchwehte, ihn sehr bald zum Mittelpunkt der jungen Freunde und Genossen machte, die in Feierstunden sich bei einem Glase Wein der heitern Laune ihrer
Jahre hingaben.

Körperliche Rüstigkeit und Gewandtheit stempelten ihn

bereits auf dem Fechtboden der Leipziger Universität zu
einem tüchtigen Korps=Studenten; gleichwohl neigte sein
Naturell niemals zu den Ausschweifungen der Paukereien,
die damals ganz besonders zum Comment gehörten. Er
griff nicht selten zum Schläger, aber in der Regel doch nur,
wenn es galt, einen Prahlhans zur Raison zu bringen.

Im Vaterhause herrschte eine freisinnige Religionsan=
schauung, die in spätern Jahren sich deutlich genug in der
Gastfreundlichkeit kund gab, welche daselbst hin und wieder
die Leiter und Träger des freien Gemeindethums fanden;
dabei aber lebte auch ein tief ernster Sinn für den vollen
ethischen Werth der Religion, als Quelle des sittlichen Da=
seins. Dem Sohne ist dieser Sinn so treu verblieben, daß
er ihm auch in öffentlichen Vorträgen bei passenden Ge=
legenheiten vollen Ausdruck gab. Wir werden weiterhin
Gelegenheit haben, eine seiner schönsten Reden unsern Lesern
vorzuführen, die ganz getragen ist von dem ethischen Geiste
der Religion. Aber bei aller Liebe zur Freiheit und aller
Abneigung gegen Geistlichen=Herrschaft und Kirchen=Fana=
tismus hielt er sich doch selbst in den Jahren, wo die reli=
giösen Fragen ganz allgemein zur eifrigsten Parteiung
führten, von den eigentlichen Streitigkeiten fern.

Nachdem er zwei Jahre als Studiosus der Jurisprudenz
auf der Universität Leipzig seinem freien Zuge nach Wissen=
schaft genügt hatte, galt es, ihn für das Amt des Juristen
im preußischen Staate auszubilden. Er verließ daher Leipzig,
wo treue Freunde verblieben, und ging nach Halle, woselbst
er den Berufsstudien mit Ernst und Eifer oblag.

Halle.

Zu Ostern 1829 bezog unser flotter Leipziger Student die preußische Universität Halle, oder wie sie damals mit besonderer Betonung genannt wurde, die „vereinigte Friedrichs-Universität Halle-Wittenberg." Die Hochschule erfreute sich in diesen Jahren ihrer Glanzepoche, zu welcher sie sich durch ihr politisches Schicksal emporgeschwungen hatte. Bereits nach der Schlacht von Jena hatte nämlich Napoleon die Auflösung dieser Universität dekretirt. Durch den Tilsiter Frieden erhielt sie zwar von Seiten der westfälischen Regierung die Erlaubniß ihrer Existenz wieder, aber durch ein wiederholtes Dekret des allmächtigen Tyrannen, der den Geist der deutschen Universitäten, dieser Heimstätten der „Illuminaten" und Tugendbunde fürchtete, wurde ihre Auflösung im Jahre 1813 vollzogen. Da trat denn mit der Befreiungsschlacht bei Leipzig der Tag der Auferstehung auch für die Hochschule ein. Sie wurde auf Beschluß des Königs Friedrich Wilhelm III. nicht blos wiederum eröffnet, sondern zu ihrer Belebung und zur Kennzeichnung ihres Charakters wurde die weltberühmte Universität Wittenberg ihr einverleibt. Das Märtyrerthum dieser Hochschule machte es zu einem Ehrenpunkt der deutschen Jugend, nach ihr zu wallen und „an der Saale hellem Strande" dem Burschenschafts-Enthusiasmus freien Lauf zu lassen. Zwar wurden die schwarz-roth-goldnen Farben sehr bald vom Bundestag verdammt, und der preußische Kurator und Universitätsrichter verstand keinen Spaß mit dem Tugendbunds-Abzeichen; allein eine schwarze Mütze mit rothem Rande ersetzte, ohne Anstoß zu erregen, in der goldnen Jugend die theuren Farben; und der hallesche Philister, gutmüthig von Natur, spielte nimmermehr den Denuncianten, wenn auch die Musensöhne auf der Kneipe zuweilen „das Vaterland, das deutsche" hoch leben ließen.

Ein anderer Grundzug der Provinz Sachsen, ein religiöser Rationalismus, förderte in jenen Jahren die Frequenz der Hochschule ganz besonders. Zwei Universitäts-Lehrer Gesenius und Wegscheider gingen in der Bibelkritik muthig voran und bildeten einen Gegensatz zur theologischen Fakultät Leipzig, die sich gar sehr im strengen Lutherthum vertiefte. Der rationelle Charakter der Halleschen Theologen zog auch den andern Fakultäten das Vertrauen der Studentenschaft zu. Die Zahl derselben hob sich nach und nach bis auf 1300. Aber die Reaktion blieb auch da nicht aus. Auf Grund einer pietistischen Denunciation gegen Gesenius und Wegscheider wurden im Jahre 1830 diese rationalistischen Lehrer durch ein königliches Dekret ihrer Aemter entsetzt, worauf denn auch gar bald die Desinfektion der Hochschule von allem Rationalismus durch Tholuk und Leo so lebhaft vollzogen wurde, daß mit der vertriebenen Ketzerei auch die Studentenschaft verscheucht wurde. Die Zahl derselben sank bald auf die Hälfte hinab, um sich seitdem nicht wieder zur vorigen Höhe zu erheben.

Unser Schulze fand indessen die Hochschule in ihrem vollsten Glanze. Die Collegia wurden fleißig besucht, und mit besonderer Vorliebe auch Literatur und Musik betrieben, aber Kränzchen, Kneipe und Fechtboden deshalb durchaus nicht vernachlässigt. Ein flotter Tänzer, ein tüchtiger Schläger und ein lustiger Geselle, fand er sich sehr bald an der Spitze eines strebsamen Freundeskreises, wenngleich der Hallesche Comment grundsätzlich ein anderer war als der Leipziger, und ein Stolz darauf gesetzt wurde, in Rundgesang und Klinge einen eigenen Typus zu pflegen und zu bewahren, über welchem würdige Senioren und bemoste Häupter mit ketzerrichterlicher Strenge sorgsam wachten.

Ausflüge nach der Heimat wurden wiederum regelmäßig in Begleitung von lustigen Commilitonen unternommen, dabei aber auch der Leipziger Freunde nicht vergessen. Ein

heiterer Zug auf einem solchen Ausflug, den uns ein hoch=
achtbarer Mann, ehemals Studiengenosse unseres Schulze,
mittheilt, ist so charakteristisch für Wesen und Treiben unseres
Helden, daß wir ihn hier gern wörtlich dem Bilde seines
Jugendlebens einverleiben.

„Ich studirte" — so lautet der Bericht — „mit Schulze
in Leipzig, wo wir miteinander bekannt wurden. Zu Ostern
1829 gingen wir beide nach Halle und lernten uns hier noch
näher kennen. Kurz vor Weihnachten kommt Schulze eines
Morgens zu mir: „Du, W . . . . . ., wir müssen einmal
nach Leipzig und unsere Bekannten besuchen. Ich habe bei
Aulike (dem renommirtesten Pferdephilister in Halle) schon
bestellt, in einer halben Stunde geht es fort." Ich willigte
ein und die Reise wurde auf gemeinschaftliche Kosten unter=
nommen. Wir blieben zwei Tage in Leipzig; am dritten
Nachmittags fuhren wir in unserem Einspänner nach Halle
zurück. In Skeuditz wurde gevespert, und die bescheidene
Zeche auch richtig bezahlt. Als wir aber auf die offene
Straße kamen, gestanden wir uns gegenseitig, daß wir kein
Geld mehr hätten, um das Chaussee=Geld in Großkugel zu
bezahlen. „Thut nichts!" sagte Schulze, „wir kommen schon
durch!" Als wir in Großkugel ankamen, war die Barriere
bereits geschlossen. Schulze klatschte tüchtig, der Wärter öffnete
den Schlagbaum und händigte uns dabei die bis Halle gül=
tigen Zettel aus. Sobald wir diese und gleichzeitig freie
Bahn bekommen hatten, trieb Schulze das Pferd zu raschem
Laufe an; dem Wärter aber rief er zu: „Ich heiße Schulze
und bin aus Delitzsch und der da heißt W . . . . . . und ist
aus Naumburg. Wir bezahlen morgen, heute haben wir
kein Geld mehr." Der Wärter stutzte, gab sich jedoch zu=
frieden und wir gelangten kraft unserer Zettel unangefochten
nach Halle.

„Am anderen Morgen noch vor 9 Uhr war Schulze wieder
auf meiner Stube. „W . . . . . ., wir müssen nach Groß=

fugel und unser Wort lösen." Mit dem Geschirr, in dem
wir gestern gekommen waren, fuhren wir alsbald wieder nach
Großfugel. Der Wärter wollte seinen Augen nicht trauen,
als Schulze ihm das gestern vorenthaltene Chausseegeld über=
reichte. Aber damit war es nicht abgethan. Wir stiegen vom
Wagen und Schulze fragte den Wärter, ob wir nicht bei ihm
einen Imbiß einnehmen könnten. Jener erwiderte, er hätte
nur Brod und Butter, wenn das beliebe, möchten wir in
seine Stube eintreten. Wir thaten es, und nun brachte Schulze
aus seinen weiten Kanonenstiefeln zwei Flaschen Wein und
aus seinem Ueberrock eine große Wurst und ein mächtiges
Stück Schinken heraus. Der Wärter wurde zum Frühstück
eingeladen und der Rest für seine Familie aufgehoben.
Wir brachten in der kleinen Behausung eine recht gemüth=
liche Stunde zu und freuten uns des Bewußtseins, daß wir
uns als ehrliche Kerle benommen."

Der Studiengenosse unseres Schulze, ein in würdigen
Aemtern ergrauter Ehrenmann, fügt seiner kleinen Reminis=
cenz mit Recht hinzu: „Diese Gewissenhaftigkeit ist ein
Hauptcharakterzug Schulze's, der ihn bereits mitten in seinen
lustigen Studentenstreichen kennzeichnete. Sie ist es, welche
ihn werth machte des Vertrauens, das ihm stets geschenkt
wurde." —

Studienleben und Studententreiben! Es führt Tausende
der hoffnungsvollsten Jugend aus allen Theilen der gebil=
deten Gesellschaft zusammen, die dann der Ernst des Lebens
und das Weltgetriebe wiederum zerstreut nach allen Rich=
tungen der geographischen Windrose und der geistigen Son=
derstellung. Die Erinnerung hüllt einen leichten Schleier
über all die jugendlichen Gestalten und läßt sie im Hauch
der Eindrücke des ernstern Lebens bald wie vergängliche
Traumgebilde verschwinden. Nur Vereinzelte, die im Leben
selber hervorragend den Blick der Zeitgenossen auf sich lenken,
treten wiederum aus dem Nebelbilde der Jugend erkennbar

hervor, und man erblickt, entwickelt im reifen Manne, was
man in ihm in poesiereicher Vergangenheit geahnt hat.
Heinrich Laube, ein Mann von hohen Geistesgaben und
edlem Scharfblick für Alles, was ihm in seinem wechselvollen
Leben begegnete, studirte gleichzeitig mit unserm Schulze in
Halle. Sie gehörten nicht derselben Fakultät an und traten
auch geistig einander nicht nahe. Ihr Entwicklungsgang
war ein sehr verschiedener und ihre Lebensstellung eine durch=
aus einander unähnliche. Nur auf dem Fechtboden, wo sie
beide in Virtuosität rivalisirten und manchem Renommisten
das Rappier aus der Hand schlugen, hatten sie Gelegenheit,
sich zuweilen Auge in Auge zu blicken. Gleichwohl blieb
von den hunderten der Genossen, die für immer dem Ge=
dächtniß entschwunden sind, der Eine im Gedächtniß des
Andern. Schulze erinnerte sich des halb sarmatischen Ober=
schlesiers noch sehr lebhaft, als dessen literarischer Ruhm ihn
später oft erfreute. Heinrich Laube unterläßt nicht, in seinen
Denkwürdigkeiten sich des Glückes zu rühmen, auf der Uni=
versität Halle unter den Hunderten, die seinem Gedächtniß
entschwunden sind, in Schulze einen Studiengenossen kennen
gelernt zu haben, den die Zeit zu einem ruhmreichen, ver=
dienstvollen Mann herangebildet hat.

Examen. Torgau. Militär. Naumburg.

Die fröhliche Studienzeit war vorüber, und der Ernst des
Lebens trat mit der Pflicht des Examens an ihn heran.
Aber auch hier bewahrheitete sich sein Spruch. Im Juni
1830, im Alter von zweiundzwanzig Jahren, machte Schulze
sein erstes Examen beim Oberlandesgericht in Naumburg
und bewies, daß er keinen Grund hatte, es zu fürchten.
Er wurde in Folge dessen zum Auskultator bestellt und trat
auch als solcher beim Landgericht in Torgau ein.

Zugleich aber mit diesem Eintritt in den Staatsdienst
galt es, eine ernste Bürgerpflicht zu erfüllen, für welche zu
jener Zeit in der Provinz Sachsen keineswegs ein reger
Sinn herrschte. Beim Uebergang der betreffenden Landestheile an den preußischen Staat gab es nicht wenig Veränderungen in Gesetz und Verwaltung, die in den neu eintretenden Landestheilen eine unfreundliche Aufnahme fanden.
Die allgemeine Wehrpflicht besonders war eine preußische
Erfindung, die sonst nirgend in der Welt herrschte. Je
ungetrübter der Friede in Europa nach dem Befreiungskriege blieb, und je unmuthiger man den Druck der heiligen Allianz trug, die man sich als Wächterin des Friedens
mußte gefallen lassen, desto weniger begriff man die Fortdauer der demokratischen Institution der allgemeinen Wehrpflicht. Und um so schwerer empfand man sie in den neuen
Provinzen, wo man keine Gelegenheit gehabt, ihren Werth
in der schrecklichen Zeit der Fremdherrschaft kennen zu lernen.
Selbstverständlich gehörte auch in der Provinz Sachsen der
freiwillige Eintritt in das Heer zu den Seltenheiten. Der
Arzt und das Loos halfen oft über die unbequeme Pflicht
hinweg.

Im Vaterhause unseres Schulze dachte man anders über
die staatsbürgerlichen Pflichten. Der angehende Auskultator
trat denn auch sofort in Torgau als einjährig Freiwilliger
in das erste Bataillon des 20. Linien-Infanterie-Regiments
ein. Da er der Einzige dieser Gattung war und blieb,
und seine Beschäftigung auf dem Landgericht ihm Zeit genug ließ, dem Militärdienst vollauf Genüge zu leisten, so
nahm man im Offizierkorps den rüstigen, heitern Soldaten,
der in Klang und Sang ein willkommener Gesellschafter
war, nicht unfreundlich auf. Die heiteren Erinnerungen an
das Dienstjahr haben im Herzen unseres Schulze der Sympathie für die allgemeine Wehrpflicht durchaus nicht Abbruch gethan.

Nachdem er noch ein Jahr beim Landgericht beschäftigt war, ging er im Mai 1832 wiederum nach Naumburg zum Oberlandesgericht, um dort zum zweiten Examen zu gelangen, welches er im Herbst 1833 bestand und zum Referendar ernannt wurde. Nunmehr galt es, die weiteren Stadien der juristischen Laufbahn durchzumachen, weshalb er sich dem vorgeschriebenen Studium der Kriminalgerichts-Praxis beim Inquisitoriat in Wittenberg unterzog und im April 1834 wiederum nach Naumburg begab, um bei dem dortigen Oberlandesgericht den Cursus zum dritten Examen zu absolviren.

Der Aufenthalt in Naumburg war so bestimmend auf den Charakter unseres Helden, daß wir sowohl der Stadt wie des Lebens in derselben mit einigen Worten gedenken müssen.

In den Zeiten, von welchen wir hier sprechen, trugen die einzelnen Provinzen des preußischen Staates noch ein so starkes individuelles geschichtliches Sonder-Gepräge, daß der Staatsorganismus dieselben schonen und in Verwaltung und Rechtspflege ihrem eigenthümlichen Charakter einen freien Spielraum lassen mußte. Die Einheits-Ideale, welche jetzt durch das ganze deutsche Vaterland ihrer Verwirklichung entgegen streben, waren damals ein schwer verpönter schöner Traum der Jugend. Der Einheitsstaat Preußen bot eine Musterkarte der verschiedensten Ländergruppen dar, in welchen sich die altländischen Provinzen von den neuen wesentlich unterschieden und von der Gesetzgebung auch verschieden behandelt wurden. Nicht blos die Städte-Ordnung, die Landgemeinde- und die Provinzial-Vertretung waren in den beiden Gruppen eine sehr verschiedene, sondern auch das Recht und die Gerichte beruhten auf verschiedenen Gesetzbüchern und verschiedenen Organisationen. Ja noch heutigen Tages haben diese nicht ihre Besonderheit eingebüßt, trotzdem die Presse und Eisenbahnen, die Geistes- und die materiellen Interessen in

so hohem Grade die Einheit gefördert haben. In den drei=
ßiger Jahren lagen in der langen Strecke zwischen Memel
und Saarlouis eine Reihe von Sondergruppen, die wirth=
schaftlich und geistig im Volkswesen und Volksleben sehr ver=
schiedene Culturstufen repräsentirten.

Eine eigenthümliche Stellung nahm in diesen Gruppen
das Gebiet der neuerworbenen sächsischen Lande ein. Wäh=
rend die Rheinlande und Westphalen noch ganz von den
Grundzügen des französischen Geistes durchtränkt waren, wäh=
rend Ost= und Westpreußen von sarmatischen und kassubischen
Landstrecken durchzogen, Posen und Oberschlesien noch ganz
vom polnischen Geiste erfüllt wurden und Pommern und
Brandenburg in allen ländlichen Kreisen den feudalen Cha=
rakter an sich trugen, lebte in dem sächsischen Lande ein
freieres modernes Stück deutschen Geistes und deutschen
Fleißes, der Land und Leute kennzeichnete. Die Boden=
kultur war entwickelter, der Wohlstand allgemeiner, der Jugend=
unterricht gepflegter, die Geistesrichtung reger, die Aufklärung
verbreiteter und die Volksmasse weniger ständisch geschieden,
als sonst in den östlichen und nördlichen Provinzen des preu=
ßischen Staates. Nicht blos der „Magdeburger Weizen“, der
„Magdeburger Morgen“, die „sächsische Elle“ und die Listen
der Statistik, welche ergaben, daß in der Provinz Sachsen die
Zahl der Analphabetisten die kleinste im preußischen Staate
ist, legten hiervon Zeugniß ab, sondern auch die Thatsache,
daß sich in dieser Provinz sehr bald der erste Widerstand gegen
die orthodoxe Richtung in Preußen erhob, und in der Mitte
derselben sich der Stammsitz des freien Gemeindethums zu=
erst bildete.

Den Stempel eines freien Wesens trug denn auch das
Leben in der Stadt Naumburg. Die Lage der Stadt in
der reizenden Nähe Thüringens verlieh ihr den Charakter
einer Vermittelung des Nordens und des Südens Deutsch=
lands. Auch im Volke lebte ein von der reichen Natur ge=

pflegter freier Sinn. Naumburg genoß das Vorrecht wirk=
licher Volksfeste, der „Kirschfeste", der „Weinlesen" zu einer
Zeit, wo sonst jedes öffentliche Fest des Volkes, als eine ver=
botene Frucht vom Baume der Freiheit, unter dem Bann des
deutschen Bundestages lag. Als Sitz des Oberlandesgerichts
vereinigte die Stadt einen Kreis von gelehrten und geach=
teten Richtern in sich. Diesem schlossen sich höhere Beamte
an, welche theils pensionirt, theils begütert in der durch
prachtvolle Umgebung ausgezeichneten Stadt, nach einem
thätigen Beamten=Dasein, der Ruhe pflegten. Literatur und
Musik bildeten in diesen Kreisen die Sammelpunkte in gast=
freien Häusern, wo der Hausherr eben so gern die jüngere
Welt um sich sah, wie die Hausfrau und die Töchter
mit Herzlichkeit die Gäste aufnahmen, welche die Besuchs=
Abende verschönten. Und an solchen Gästen fehlte es in
der Stadt nicht, wo sich die jungen Auskultatoren und Re=
ferendare auf ihre Examina vorbereiteten. Nach der Tages=
Arbeit gehörte der Abend den Gesellschaften in den ersten
und gastfreundlichsten Häusern, wo musikalische und litera=
rische Bildung die besten Empfehlungskarten waren. Im
Winter bildete der Salon, im Sommer der Wohnsitz in den
nahen schönen Weinbergen den Vereinigungspunkt, wo die
junge Welt, dem freien Studentenleben entwachsen, Gelegen=
heit hatte, die Glückseligkeit eines schönen Familienlebens
näher kennen zu lernen. Concerte, Vorlesungen, Unterhal=
tungen, Wasser= und Landpartien unter dem Schutz der
Familienhäupter waren heilsame Mittel, um die frohen
Musensöhne in das Philisterium des künftigen Beamtenthums
einzuleiten. Die erfahrungsreichen Geheimräthe, die beob=
achtenden Mütter und die schönen Töchter wetteiferten gern
in dieser civilisatorischen edlen Aufgabe.

Die Musensöhne selber waren freilich nicht ohne geheimen
Widerstand gegen diese Civilisations=Versuche. Wider den
Zwang der Tages=Arbeit und den Familiendienst der Ge=

jellschafts-Abende verstanden sie, in heiteren Zusammenkünften ein freies Gegengewicht zu schaffen. Unter der De-
vise „nur kein Philister!" entlud sich beim vollen Becher
und schallenden Rundgesang die eingezwängte Lust und
Laune der Jugend, die allen Lockungen des Familienlebens
widerstrebte. Aber die ewige Bezähmerin der Sitten und
Beherrscherin der Herzen feierte dennoch hin und wieder
ihren stillen, oft lang verleugneten Triumph. Gar mancher
unbändige Musensohn verließ das schöne Naumburg mit
einer Liebeswunde im Herzen, oder glücklichen Falles mit
einem Verlobungsring am Finger.

Unser Schulze war ganz dazu angethan, sämmtliche
Curse im schönen Naumburg in allen Theilen siegreich
durchzumachen. Tapfer in der Tages-Arbeit, beliebt in den
Abend-Gesellschaften und unübertrefflich in der genialen
Verschwörung wider alles Philisterthum, schwang er sich bald
zur ersten Stelle unter seinen jungen Genossen empor.
Seine Tüchtigkeit imponirte den Räthen, seine dichterischen
und musikalischen Talente rissen Mütter und Töchter hin,
und seine Rednergabe und Weinlaune überflügelte die
Virtuosen der heiteren Verschwornen. Das Philisterthum
fand weder in der Arbeit, noch in Frauenkreisen und viel-
weniger noch in den Zusammenkünften einen Halt in seinem
Wesen. Wissen und sehen wir es ja gegenwärtig noch, wie
unantastbar er für jede Spur dieser Schwäche selbst nach
dem siebzigsten Geburtstage vor uns wirkt und spricht; sei
es, wo der Ernst des Lebens, sei es, wo der heitere Ruf
der Freunde ihn herausfordert! Jeder, der in jenen Jahren
ihn gekannt hat, bekundet und bezeugt es durch reizende
Züge aus seinem damaligen Leben, wie er an Geist und
Gemüth mit dem vollsten Schatz einer aufstrebenden blüthen-
und fruchtreichen Natur ausgestattet war, deren Ueberlegen-
heit selbst die ausgelassensten seiner Genossen sehr wohl
erkannten und schätzten.

Der Patrimonialrichter.

Gleichwohl gerieth dieser Ausbund von Missionär wider alles Philisterthum in eine ernste Neigung zu einer schönen jungen Naumburgerin, die er zu oft im Gesang und nach und nach noch öfter nach Hause begleitete. — Wer weiß, wohin das Geschick unsern Freund noch geführt hätte, wenn nicht von ganz anders wo her ein sehr bedeutungsvoller Eingriff in sein Leben geschehen wäre, der ihn zu einer ernsten Sohnes- und Bürgerpflicht berief.

Im Jahre 1835 war der Cursus zum dritten Examen beendet, und das Collegium hatte bereits über die Zulassung seiner Prüfung an das Ministerium nach Berlin berichtet. Da erhielt Schulze die schmerzliche Nachricht, daß der Vater, der inzwischen Justizrath geworden, schwer erkrankt sei und in seiner ausgebreiteten Patrimonialgerichts-Praxis im ganzen Kreise dringend des Sohnes als Vertreter bedürfe.

Der Abschied vom fröhlichen Naumburg war nicht leicht. Es war ein Abschied von der freien Jugend und einem schönen reinen Jugendtraum und eine Einkehr in einen großen ausgebreiteten Pflichtenkreis des ernsten Manneslebens. Er langte in dem Elternhause an, wo er den Vater in arbeitsunfähigem Zustande und eine Last von Arbeiten vorfand, die unverweilt erledigt sein wollten. Aber die Arbeit ist für eine thatkräftige Natur ein unfehlbares Heilmittel wider alle Herzenswunden, und neben dieser den Mannesmuth aufrichtenden Hilfe wirkte der nie versagende Genius zarter Mutterliebe noch auf ihn ein, um ihn mit seinem so unerwartet auferlegten Pflichtenleben schnell auszusöhnen. Die Mutter, in stillem seelenvollen Ahnen dessen, was in dem Sohne vorgeht, behandelte ihn im Vaterhause wie einen längst selbstständig gewordenen Mann, der auf ihre

Achtung vollen Anspruch hat, in dessen Geheimnisse sie ein=
zudringen vermied. Ihr Stolz und ihre Freude über seinen
Fleiß und seine Anstrengungen waren gleichwohl ein so
voller Trost, als ob sie in Alles eingeweiht wäre, was ihn
in stillen Feierstunden bewegte.

Das Amt des Patrimonial=Richters ist für uns ein über=
wundener Standpunkt. Wir sind auch fern davon, uns
zurückzusehnen nach den Zeiten, wo der Gutsherr in Patri=
archenweise den Eingesessenen durch einen von ihm besoldeten
Richter gegenüber stand, den er wählen, wenn auch nicht
wieder entlassen konnte. Aber das Amt des Richters, wenn es
in guten Händen lag, war eine Fundgrube der Ausbildung
für alle Zweige des Rechtes und der Verwaltung. Ihm
oblag die Polizei und das Richteramt in erster Instanz, so=
wohl in Civilprozessen, wie in Kriminal=Fällen. Die Dorf=
gemeinde, die Kirche, die Schule, die Landstraße und die
öffentliche Ordnung waren seiner Pflege anheim gestellt. Der
Patrimonial=Richter trat mit allem in Berührung, was in
seinem Kreise lebte und webte. Er hatte reichere Erfahrungen
zu machen Gelegenheit als irgend ein Mitglied eines großen
Gerichtshofes. Er lernte das Leben des Volkes viel näher
kennen als ein Richter, vor dessen Blick sich aktenmäßig nur
in streitigen und verbrecherischen Fällen ein Stück des Lebens
entrollt.

Der Vater, der Justizrath Schulze, hatte eine ganze
Reihe solcher Richterstellen in dem großen Kreis von Delitzsch.
Der Sohn trat mit Talent und Liebe in die wohleingeleitete
Bahn des Vaters. Auf den Rittergütern ringsum war er
ein stets willkommener Gast in der gebildeten Gesellschaft;
aber die Einwohnerschaft im Kreise lernte nicht bloß ihn
kennen und achten, sondern faßte volles Vertrauen zu ihm,
der ihre gerechte Sache gern vertrat. Dies öffnete ihm
nicht bloß die Herzen, die später in ganz veränderten
Zeiten ihm anhingen, sondern auch seinen Blick in die

kleinen Verhältnisse des bäuerlichen, des gewerblichen Lebens. All dies wuchs in seinem thätigen Geist zu einer Fülle von wirthschaftlichen Einsichten heran, und bildete die Vorstufe zu seinem später erst sich entwickelnden Talente auf diesem Gebiete.

Auch das Leben im väterlichen Hause gewährte dem Sohn viel. Es wurde ihm die große Freude zu Theil, nicht bloß dem Vater wiederum auf den Weg der Genesung verholfen zu haben, sondern auch den Ausdruck der Achtung vor seinem Talent und seinem Fleiß von ihm zu empfangen. Der Vater gewährte ihm auch eine Stellung, die seiner Selbständigkeit vollen Vorschub leistete. Nunmehr war er im Stande, seinem Ziele näher zu treten, nachdem die Wiederkehr der Gesundheit des Vaters ihn im Frühling 1837 der Pflicht der Vertretung enthob. Zunächst forderte die Jugend wieder ihr Recht, und einige Ausflüge in die Welt frischten den Geist und stärkten das Herz nach langen Arbeitszeiten wieder auf. Er ergriff den Wanderstab zu einer weitern Fußreise durch das thüringische schöne Gebirge und bewährte die Frische seines Wesens auch durch eine Reihe von Wanderliedern, die noch heutigen Tages das Eigenartige seines poetischen Talentes bekunden.

Da wir unsern Helden sehr bald wieder in voller Berufsthätigkeit erblicken werden, so verweisen wir als ein Zeugniß der Begabung auf die Sammlung dieser Gedichte, die in zwei Auflagen unter dem Titel „Wander-Buch von H. Schulze" bei Brockhaus in Leipzig im Jahre 1838 und sodann 1859 bei Flemming in Glogau erschienen sind. Als zutreffenden Abschluß dieser Jugend-Epoche wollen wir hier seinem Lebensabriß noch folgende Gedichte einverleiben, die sowohl seine poetische Naturbetrachtung, wie sein tiefes Empfinden kennzeichnen.

Lenzgesang.

Wonnedurstig, frühlingskräftig
Zieh' ich durch die grüne Flur,
Ueberall der Lenz geschäftig,
Junger Triebe frische Spur.

Auf der Wiese, leise, lose,
Wankt das Blümchen her und hin;
Möchte selbst mit Lustgekose
Frei, ein Frühlingslüftchen, ziehn!

Und es freut der ird'schen Hülle
Sich der Geist in Jugendbraus.
Strömet seiner Wonne Fülle
In die Muskeln schwellend aus.

Auf den Scheitel möcht' ich häufen
Alle Kränze, die jetzt blüh'n,
Nach dem Höchsten möcht' ich greifen,
Es zur Erde niederziehn.

In der Erde sollt' es treiben,
Sollt' es blühen lenzgeweckt,
Ob die goldnen Früchte bleiben
Ewig auch dem Blick versteckt.

Des Lüftchens Grab.

Ein Lüftchen war geboren
Am blauen Himmelszelt,
Aus goldnen Morgens Thoren
Zog's in die weite Welt.

Da schwillt es, sich zu heben
Frisch in die Fern' hinein,
Soll's hier, soll's dorthin schweben? —
Weiß nicht wo aus noch ein.

Und auf des Stromes Wellen
Spielt es am heißen Tag,
Die Segel anzuschwellen,
Da war es viel zu schwach.

Drauf, bei des Abends Sinken
Kam's in den grünen Wald,
Und Kühl' und Frische winken,
Wohin es immer wallt.

Doch jetzt, vom Zug ermattet,
Verweht sein letzter Hauch,
Da ward es hold bestattet
Im wilden Rosenstrauch.

Wohl säuselt durch die Erlen
Noch leis' sein letztes Ach,
Und helle Tropfen perlen
Dem jungen Leben nach.

Das Herz.

Ich bin gezogen
Als Frühlingshauch,
Ich habe geduftet
Aus Baum und Strauch.

Ich habe gebraus't
In des Donners Schall,
Ich habe gemurmelt
Im Wiederhall.

Die Schöpfung durchdrang ich
In freier Luft,
Nun schlag ich dem Menschen
Als Herz in der Brust.

Da schaff' ich und webe
Nach altem Brauch,
Ich wecke die Blüthen,
Ich breche sie auch.

Waldevangelium.

Das ist sie, die freudige Botschaft,
Das Waldevangelium,
Verkündet von tausend Zungen —
Und du, du allein bleibst stumm?

O reiße von Menschensatzung,
Vom todten Buchstab dich los!
Wahrheit und Leben sie winken
Allein der Natur im Schooß.

Wer nur still hingegeben
Sich gläubig in ihr verliert,
In eigne Lebenstiefen
Wird hold er zurückgeführt.

Das ist sie die freudige Botschaft,
Verkündet seit Urbeginn:
Der Frühling die Offenbarung,
Du selber der Priester drin.

Erwachen des politischen Lebens.

Bevor wir Schulze in seinen nunmehrigen Lebenslauf
begleiten, haben wir noch in einigen Worten zur allgemeinen
Charakteristik der damaligen Zeit einer Thatsache zu gedenken,
der man in der Geschichte der politischen Entwicklung des
deutschen Volkes, unserer Ansicht nach, bisher zu wenig Beachtung geschenkt hat.

Gemeinhin nimmt man an, daß erst mit dem Jahre 1848
und seinen nächsten Vorläufern ein Umschwung des Volkslebens und des Volksbewußtseins in Preußen eingetreten sei.
Bei näherer Betrachtung indessen ergiebt es sich, daß ein
volles Jahrzehnt vorher bereits ein großes Culturmoment
auftrat, das eine Lockerung der bureaukratischen Allmacht
und eine mächtige Regung des bürgerlichen Selbstregiments
herbeiführte. Das Culturmoment lag in dem Entstehen der
Eisenbahnen, von welchen die zwischen Leipzig und Dresden im Jahre 1837 einen mächtigen Impuls zur Weiter-
entwicklung gab.

Vor dieser Epoche war das Beamtenthum so ganz und
gar der Träger aller Zustände und Ordnungen, daß man

es für einen viel zu kühnen und nur unglücklich durchführ-
baren Gedanken auffaßte, ein Verkehrs-Institut wie die
Eisenbahn von einem Privatverein des Bürgerthums, in
der Form eines Aktien-Unternehmens, herzustellen. In
Preußen wurde diese Idee von der Regierung entschieden als
ein Bruch mit der Ordnung des Regimentes abgewiesen.
Der Minister und General-Postmeister von Nagler erblickte
auch eine unheilvolle Zerrüttung des Postverkehrs in solcher
Einrichtung. Die Geheimen Räthe prophezeiten die schwersten Verluste von Geld und Gut und die schnellste Auflösung
solcher Gesellschaften, wo undisciplinirte Bürger nicht blos
ein so großes Unternehmen beginnen und ausführen, sondern
auch gar noch ein Beamtenpersonal in Dienst nehmen und
ordnungsvoll dirigiren wollen, ohne der geordneten Staats-
disciplin unterworfen zu werden. Der Gedanke wurde nahezu
als revolutionär angesehen.

Gleichwohl, als Sachsen mit dem Bau und dem Betrieb
der ersten Bahn vorangegangen war, imponirte dies Beispiel nicht blos der preußischen Regierung, sondern erweckte
auch im Bürgerthum das Selbstvertrauen in hohem Grade.
Von da her datirt ein Selbstbewußtsein in bürgerlichen
Kreisen, das auf die politische Stimmung ungemein
erhebend einwirkte und den Widerstand der Bureau-
kratie beseitigte. Die Potsdamer und die Anhaltische
Eisenbahn waren Zeugnisse einer wirthschaftlichen Reife des
Bürgerthums, welche zu Forderungen politischer Reformen
ermuthigte. Als Friedrich Wilhelm IV. im Jahre 1840 an
die Regierung kam, fand er bereits eine politische Regung
und Bewegung vor, die, durch seinen Widerstand gereizt, nicht
mehr zu unterdrücken war und sich nach und nach bis zur
vollen Revolution steigerte.

Mit dem vollständig umgestalteten Verkehrswesen durch die
Eisenbahnen ging auch naturgemäß ein bedeutsamer Aufschwung
von Handel und Industrie Hand in Hand. Das Fabrikations-

wesen, das Maschinenwesen fing bereits damals an, die Pro-
duktionsweise des Handwerks zu überflügeln und zu neuen
Anstrengungen anzuregen. Ein Gefühl des Anbruchs einer
neuen Zeit ging so durch das ganze Volk bis hinunter in
die Arbeiterklassen. Die Locomotiven, die das Land zu durch-
ziehen anfingen, waren die Vorläufer eines geistigen Zuges,
der in allen Ständen wie die Verkündigung eines neuen
Volkslebens und Völkerlebens aufgenommen wurde.

Auf einen so regen Geist wie der unseres Schulze konnte
dies nicht ohne Einfluß bleiben. Der Glaube an eine neue
volksthümliche Zeit war auch so lebhaft in ihm wach, daß
er noch vor dem Eintritt des Volksjahres 1848 einen nahen-
den Völkerfrühling in Wort und Lied begrüßte. — Zunächst
indessen galt es dem thätigen, energischen jungen Mann, seinen
durch die Krankheit des Vaters unterbrochenen Lebensberuf
wiederum zu verfolgen und seine juristischen Studien zu
vollenden.

Gegen Ende des Sommers 1837 begab er sich nach
Berlin zur Absolvirung seines dritten Examens. Er fertigte
die Proberelationen beim Obertribunal aus und wurde am
8. Januar 1838 zum mündlichen Examen zugelassen, worauf er das Patent als Oberlandesgerichts-Assessor mit
Anciennetät von diesem Tage an erhielt. Nunmehr trat er in
dem ihm heimisch gewordenen Naumburg beim Oberlandesgericht, ohne Besoldung außeretatmäßig, im ersten Civil-
und Kriminal-Senat ein und erhielt bereits im Sommer
dieses Jahres, auf Bericht des Präsidenten an das Ministerium, das volle Votum im Collegio. Der ernste Mannes-
eifer in Verfolgung seines Berufes trieb ihn bereits im folgenden Jahre an, die Stätte seiner fröhlichsten Jugendtage
zu verlassen und beim Kammergericht in Berlin einzutreten.
Zugleich übernahm er zur vollen Ausbildung in allen
Zweigen seines Berufes Arbeiten im Gouvernements-
Gericht, um auch die Militär-Justiz kennen zu lernen.

Hier verblieb er in angestrengter Thätigkeit bis zum Herbst 1840, wo er auf Anregung des Generalauditeurs Friccius interimistisch die Stelle seines verstorbenen Bureau-Chefs, Kriegsrath Thiele, vertrat und in so ausreichender Weise dieselbe ausfüllte, daß ihm sofort die definitive Uebernahme dieses Amtes angetragen wurde.

Das wohldotirte Amt hatte viel Verlockendes; allein im Jahre 1840 stand noch, ein edles Erbe guter Zeiten, das Richter-Amt unangetastet und in voller Unabhängigkeit da. Erst später, im Jahre 1844, als das politische Leben sich im Volke zu regen begann, griff die Reaction nach der Freisprechung Johann Jacoby's von Seiten des Kammergerichts, zu dem Mittel der Disciplinar-Kunst, um die richterliche Unabhängigkeit zu zügeln. Im Jahre 1840 schlug unser Schulze im gerechten Gefühl der richterlichen Würde die angebotene Anstellung aus, bei welcher er seiner Richterqualification wäre verlustig geworden.

Ein eigenthümliches Geschick führte ihn nun wiederum in die Heimstätte zurück, wo seine Leistungen in so gutem Andenken standen, daß man sofort bei Entstehung einer Lücke zu ihm die Zuflucht nahm. Der Justitiar Hildebrandt in Delitzsch, ein Verwandter seines Hauses, der ebenfalls gleich dem Vater Schulze's einen größern Kreis von Patrimonialgerichtsstellen verwaltete, erkrankte im Herbst 1840. Unser Schulze wurde wiederum zur Vertretung desselben herbeigerufen und folgte diesem Rufe sogleich. Als im Frühjahr 1841 der Erkrankte starb, wurde dessen Stelle sofort unserem Schulze definitiv übertragen, wobei ihm der Justiz-Minister durch Rescript seine Ancicnnetät als Oberlandesgerichts-Assessor vom 8. Januar 1838 für den etwaigen Wiedereintritt in den unmittelbaren Justizdienst zusicherte.

Aus dieser Zusicherung ersehen wir deutlich genug, daß Schulze mit seiner definitiven Stellung in Delitzsch keineswegs den Gedanken aufgab, einmal wieder in den un-

mittelbaren Justiz-Dienst als Richter einzutreten. Es lag
in damaliger Zeit auch im Bereich der Wahrscheinlichkeit,
daß bei einer nächsten Reform des Justiz- und Verwal-
tungswesens das Patrimonial-Gericht beseitigt werden könnte.
Aber die Stellung in Delitzsch selbst war eine der Familie unseres Schulze durch eine lange Reihe von Geschlechtern so zugehörige, daß sie auf das jüngste Glied derselben wie ein wohlverdientes Erbe überzugehen schien. Dies
empfand man auch in Delitzsch lebhaft. Als es später anders
kam, gab unser Schulze, wie wir noch aus einer Rede beim
Jubiläum des Vaters ersehen werden, dem schmerzlichen Gefühl über den Bruch der ehrenvollen Tradition vollen Ausdruck, wobei er den Unterschied zwischen dem im Volksvertrauen
wurzelnden Beamtenthum und dem auf Augendienerei beruhenden in der Reactions-Epoche in treffender Weise kennzeichnete.

Das Amt im ganzen Kreise war nicht blos ein einträg-
liches, sondern auch ein anregendes und erfreuliches. Eine
in der letzten Regierungszeit Friedrich Wilhelm III. ganz besonders drückend empfundene bureaukratische Engherzigkeit
machte beim Regierungswechsel von 1840 einer freieren Regung Platz. Der Kampf eines freieren Volkslebens und eines
ersehnten verfassungsmäßigen Volksrechtes gegen die absolu-
tistische Macht, einmal im ersten Moment des Regierungs-
antrittes entzündet, drang langsam und stetig immer tiefer
in das Bewußtsein der ganzen Bevölkerung. Es kamen
die Zeiten, wo jeder Denkende, der das Staatswesen und
das Volksleben mit ernstem Blick betrachtete, sich sagen
mußte: es kann so nicht bleiben! Während in der Provinz
Preußen der Impuls politischer Forderungen eine mächtige
Regsamkeit gewann und durch den Prozeß gegen Johann
Jacoby einen Nachhall in der ganzen gebildeten Gesellschaft
Europas erzeugte, zeichnete sich die Provinz Sachsen durch
die entschiedenste Opposition gegen die Herrschaft der Ortho-

dorie aus. Die in Preußen verbotenen Volksversammlungen
wurden im nahen Köthen abgehalten, wozu die Eisenbahn
die Gäste schaarenweise herbeiführte. Kämpfe für die gefähr-
dete Union, Lichtfreunde, rationalistische Kritik, Abweisung
der symbolischen Bücher kamen an die Tagesordnung. Ronge,
Uhlich, Wislicenus und deren Genossen wurden volksthümliche Persönlichkeiten. In Magdeburg regte sich die erste
Bewegung zur Losreißung von der herrschenden Kirche und
zur Bildung einer freien Gemeinde mit glänzendem Erfolge,
und entzündete einen Enthusiasmus in der ganzen Provinz
Sachsen, wo stets ein rationalistischer Geist im Volke vor-
herrschte.

Wie in dem elterlichen Hause unseres Schulze derselbe
Geist des freien religiösen Bewußtseins lebte, das haben wir
bereits dargethan; und wie der Sohn nicht minder von diesem Geiste getragen wird, das bekundet sein Leben und sein
Wirken. Jedoch die direkte Betheiligung an dem erwachten
Volksleben und Bewegen nahm in Delitzsch eine Form an, wie
sie dem Wesen unseres Schulze näher lag. Der junge lebens-
frische Beamte stand an der Spitze der Gesang-Vereine, in
welchen das deutsche Volkslied zum bildsamen Element im
Volke wurde. Turnfahrten, von Schulze geleitet, versammelten die Jugend des Kreises um ihn und boten Gelegenheit,
die Unterschiede der Stände im volksthümlichen Sinne zu
überbrücken. Seine ernsten Ansprachen regten in Jung und
Alt, in Arm und Reich die Begeisterung für das deutsche
Vaterland an. Seine heiteren Reden in Flur und Wald
fachten um so zündender die Verehrung für ihn an, je
allgemeiner seine strenge Gewissenhaftigkeit im Amte bekannt war.

Künstlerische und literarische Epoche.

Das erfreuliche Wirken in Amt und Gesellschaft er=
öffnete unserm Schulze auch die Möglichkeit, dem Zuge nach
weiterer Entfaltung seiner inneren Anlage für Kunst und
Wissen folgen zu können. Sein Einkommen war beträcht=
lich genug, um alljährlich einen Ausflug in die Ferne zu
unternehmen und seine Anschauung über Natur= und Völker=
leben zu erweitern. Bereits im Sommer 1841 trat er eine
Reise durch Salzburg und Tyrol an, die vor einem Menschen=
alter keineswegs so leicht ausführbar war wie jetzt, wo die
Eisenbahnen jeden Reiselustigen bis mitten in die Hochgebirge
hinein im Fluge tragen. Von ganz besonderem Genuß war
ihm im Jahre 1842 ein längerer Aufenthalt in München,
woselbst er durch den Professor der Kunstgeschichte an der
Akademie, Rudolph Marggraf, den Bruder des Literaten
Hermann Marggraf in Leipzig, in die Künstlerkreise Münchens
eingeführt wurde und dadurch Gelegenheit hatte, eingehende
Studien über Kunst zu machen. Hier faßte er denn auch
den Entschluß, sobald als möglich Italien zu besuchen und
in der Zwischenzeit sich privatim zum vollen Genuß der
dortigen Kunstschätze vorzubereiten.

Im Juni 1843 führte ihn sein reger Wandertrieb zu=
nächst nach dem Norden unseres Welttheils, nach Schweden
und Norwegen, wo er in Gesellschaft des Orgel=Virtuosen
Vogel, — der später in Bregenz als Musikdirektor im
dortigen Lehrer=Seminar angestellt wurde — eine Fußreise
machte durch die wildromantischen Gebirgsgegenden mit ihren
Felsenwänden und Wasserstürzen und den Einbuchtungen in
die Westküste der Nordsee, deren Wasserflächen die wunder=
baren Fiords bilden. Erfrischt von den mächtigen Eindrücken
dieser eigenthümlichen nordischen Natur kehrte er über Rügen
wieder in die Heimstätte zurück, um durch erneuerte Arbeit

sich in den Stand zu setzen, im nächsten Jahre seiner Sehn-
sucht nach einem längern Aufenthalt in Italien genügen zu
können.

Der edelste Geleitsbrief für all solche Weltfahrten, ein
reger Sinn für Natur und Kunst, blieb ihm ebenso treu,
wie die rüstige Kraft und Ausdauer, um allenthalben den
Genuß durch Fußtouren zu erhöhen. Aber erfreulicher noch
als diese schöne Ausstattung jugendlicher Reiselust war die
literarische Ausbeute, welche er in Tagebüchern heimbrachte,
worin er einen Schatz von Urtheilen, Empfindungen und
Gedanken bald in poetischer bald in prosaischer Form an-
sammelte.

Ein Einblick, der uns in die Schätze gestattet wurde, überzeugte uns, daß sie sich literarisch und künstlerisch dem Besten
anreihen, was die Literatur unseres Vaterlandes in dieser
Gattung besitzt. Wir können den Wunsch nicht unterdrücken,
daß recht bald eine Sammlung dieser vorzüglichen, von
frischen Eindrücken lebhaft angeregten Arbeiten allen Verehrern dieses seltenen Mannes zugänglich gemacht werden
möge, um die Tiefe seines inneren Wesens von einer Seite
kennen zu lernen, die sich bisher nur den vertrautesten
Freunden bruchstückweise erschlossen hat. Einen kleinen Abschnitt dieses literarischen Schatzes dürfen wir aber den Lesern
dieses Buches nicht vorenthalten. Wir entnehmen ihn dem
Tagebuch aus Italien, als ein Stück des vollen geistigen
Gepräges, das in die Lebensgeschichte unseres Helden hin-
eingehört.

Das Tagebuch aus Italien vom Jahre 1844 ist meist
den Urtheilen über die Meisterwerke der Bildhauer- und Maler-
künste und den Ausblicken auf die Geschichte, die Natur und
das Volkswesen dieses so reich ausgestatteten Landes gewidmet. Nachdem er die Museen in allen Hauptstädten
mit sinnigem Kunstverständniß durchwandert und bevor er
nach Rom, seinem letzten Reiseziel, den Pilgerzug antritt, treibt

ihn die rege Liebe zur Natur nach Sicilien, um dort den
Aetna zu besteigen. Es ist Nachts, wo er auf dem Meere
die Ueberfahrt von Neapel aus unternimmt, von welcher
uns die folgende Episode des Tagebuchs das Denken und
Empfinden lebhaft vergegenwärtigt.

Auf dem sicilischen Meer.
Oktober 1844.

Still war's im Schiffe, die Schläfer in der Cajüte, auf dem
mächtigen Meere der Schimmer des Mondes. Den Mantel unter-
gebreitet streckte ich mich aufs Verdeck. Im Geräusch der brechen-
den Wogen am Kiel, im Geklapper des Takelwerks gewann es
Leben und Laut, und die alte Zeit tauchte auf, die in den Felsen
und Hainen dieser Küsten, auf dem Grunde dieser Meere schlum-
mert, und wiegte mich ein mit ihrem Heldenliede, ihrem kindlichen
Völkergesange, der magisch süß aus grauen Fernen zu mir herüber-
scholl. Diese Meere hatten sie durchpflügt mit ihren Kielen, dies
waren die Lande poetischer Wunder. Hier hausten die Cyklopen,
eine Circe, die Sirenen bereiteten dem Fremden lockendes Verderben, wenn er schon den Schlünden der Scylla und Charybdis
entgangen war. Hier bestand Odysseus seine Abenteuer, hier
blutete Acis von Polyphems ungeschlachter Faust, und welche Thaten
und Leiden die griechische Göttermythe sonst noch in diese Gegenden
versetzt.

O Du jugend- und schönheit-beglückte, frische, unerschöpflich
regsame Zeit, wo die Menschen noch nichts Besseres sein wollten
als eben Menschen, aber das im vollsten Sinne, im reichsten Maaße!
Wie sie da aus dem städtewimmelnden Hellas sich hierherfanden,
die kühnen Schiffer auf schwachem Gebälk und ohne andern Com-
paß als gesunden Sinn und freudigen Muth, wie sie Städte grün-
deten nach dem Muster derer im Vaterland! Kein Pauperismus,
nicht physische und psychische Verkümmerung, wenn die altberühm-
ten Ortschaften zu voll wurden von Bewohnern. Gleich einem
Bienenschwarme schaarten sich die Jungen, die keinen Platz mehr
fanden auf der heimischen Scholle, denen die Institutionen der
Väter zu enge wurden für freieres Regen, und zogen aus, eine

andere Stätte, eine neue Heimath zu suchen. Die Kühnsten und
Stärksten erwählten sie zu Führern, und als Völkerherrscher und
Städtebegründer von den spätern Nachkommen zu Heroen gestempelt,
führten sie das Regiment des neuen unter tausend Kämpfen ge-
borenen Staates, das länger oder kürzer in ihrem Geschlechte blieb,
je nachdem dasselbe der Väter Kraft bewahrte, oder in Entartung
versank, bis endlich die republikanische Verfassung überall durchdrang. Es war so viel Raum auf der schönen Erde, es gehörte
so wenig dazu, unter diesem milden Himmel des Lebens Nothdurft,
ja Ueberfluß zu erschwingen! Und wenn sie mit früheren Ansied-
lern, mit andern abenteuernden Schaaren zusammenstießen, so war
ja der Kampf die eigentliche Lust für dieses jugendliche Geschlecht,
den echten Heldenstamm, die Gunst heimischer Götter zu bewähren.
Der Sieg mochte insofern füglich als Gottesurtheil gelten, als er
demjenigen Volke das Land zusprach, in welchem sich die lebens-
und thatkräftigsten Elemente regten. Eben in der Existenz selbst,
in ihrer Kraft und Fülle, lag die natürliche Berechtigung, und
die schwächere mußte in der stärkeren untergehen, wie die Bäche
im reißenden Strom. Doch gewährten diese fremden Eindringlinge
den Besiegten dafür reiche Entschädigung. Ihre Götter brachten
sie mit herüber, ihre Cultur und die Freiheit, in den ersteren schon
das Andere enthalten. Wie alle Völker des Alterthums zollten
auch die Griechen den Kräften der Natur göttliche Verehrung.
Nur daß in dem milden Landstriche, der durch die Lüfte der rings-
umgürteten See ebenso vor der Indolenz der Südländer, als den
Kämpfen und Schrecken nördlichen Klimas geschützt war, diese
Gestaltungen bei ihnen unendlich heiterer und geistvoller waren.
Nicht von den sengenden Strahlen der Tropensonne, dem wehen-
den Sande der Wüste getroffen, von den starrenden Eis- und
Schneefeldern, den zerstörenden Stürmen eines nordischen Winters
nicht gebannt, schuf ihr Geist keine so abschreckend wilden, keine
so aberwitzig ungeheuerlichen Gestalten, wie wir sie bei jenen
Völkern antreffen, die, um die Gottheit nach ihren Begriffen würdig
darzustellen, alle Bildungsgesetze der Natur überbieten zu müssen
glaubten. Vielmehr fanden sie in veredelter Menschengestalt, als
dem geistigsten, höchsten Ausdruck alles Erschaffenen, den Typus
des Göttlichen, und haben uns jene wahrhaft verklärten Gebilde

hinterlassen, würdig, die Leiber unsterblicher Götter zu sein. Nicht schauderhafte Opfer und übernatürliche Selbstverleugnung, kein mystisch wahnsinniges Grübeln in räthselhaften Symbolen; so menschlich schön war ihre Lehre, so vertraut, so aneinandergrenzend darin Göttliches und Menschliches, daß das erstere das letztere durchdrang, und daraus jene hohe Lebenseinfalt und Ganzheit, jene echte Humanität hervorging, die alle ihre Schöpfungen adelt.

Und doch sind wir diesen Göttern entwachsen. Geschlossen liegt das glückliche Jünglingsalter der Menschheit hinter uns, wo sich im freudigen Genügen, in schwellender Lebensfülle und Gesundheit Materie und Geist harmonisch durchdrangen. Wie der gereifte Mann wohl einen wehmüthigen Gruß süßen Jugenderinnerungen nachsendet, sich aber sogleich wieder zusammenrafft, ernstern Mühen und Bestrebungen zugekehrt, so dürfen auch wir nur zu augenblicklicher Rast an jene seligen Ufer flüchten, um frischgestärkt unser Fahrzeug durch die bewegten Wogen der Gegenwart zu steuern. Die Gottheit einer geschichtlichen Epoche ist deren jedesmalige höchste Idee. Wie die Menschheit im Ganzen vorschreitet, wie sich ihr Ideenkreis im Allgemeinen erweitert und klärt, so wächst auch die Gottheit mit und in ihr fort, und immer reiner und gediegener tritt der Begriff aus den abfallenden Schlacken veralteter Erkenntnißformen. Die alten Götter hatten darum zu ihrer Zeit so gewiß, so wesenhaft Existenz und Macht, wie die der heutigen. Aber der Versuch, sie zu fixiren und somit abzuschließen mit irgend einer Culturperiode, welcher von Priesterkasten und andern Bevorrechteten von jeher gemacht worden ist, mußte an dem unaufhaltsamen Wachsthum der Menschheit noch immer scheitern, welches die aufgezwängten nicht mehr gemäßen Formen wie zu eng gewordne Kleider sprengte. Nur solcher ist der lebendige Gott, dessen Hauch die geistige Atmosphäre einer ganzen Generation durchdringt und erfüllt, Anfang und Ende aller höhern Bestrebung und Erkenntniß in ihr. Ist das Ziel erreicht, der Standpunkt geändert, zerfällt er mit dem Geschlecht selbst, dessen Product er war, wie jede Form, von welcher der lebendige Geist gewichen. Denn freilich sind das Alles nur Formen der Gottheit, wie die verschiedenen Generationen Formen der Menschheit, welche erscheinen und zerfallen, indem sie der ewige Begriff selbst in steter Beweglichkeit schrittweise von sich abstreift. So entwickelt sich die Gottheit fort und fort aus sich selbst heraus im unbegrenzten All, und Völker und Zeiten sind nichts weiter als die Träger einzelner Gottesgedanken, welche, sobald sie ihr Wesen nach seiner Eigenthümlichkeit entwickelt und so Blüthe und Frucht getragen haben, organisch zerfallen, mit dem Staube ihrer Verwesung den Boden für eine neue Vegetation befruchtend.

Mag der freie Menschengeist sich in seine eignen Tiefen versenken, mag er schweifen im Unermeßlichen umher, überall sucht und findet er Gott. Nicht länger in dem Versteck der Tempel und heiligen Haine, nicht in den Schulen der Priester liegt die Erkenntniß gefesselt, nicht in heiliger Ueberlieferung von Schrift und Wort. Der mündig gewordene Gedanke bedarf keiner sinnlichen Bilder, keiner Formeln und Symbole mehr, an die er sich anklammern müßte, um bei seinem Aufschwunge nicht in das Schrankenlose zu versinken. Wenn ich aufschaue zu den Sternen droben, nicht mehr drängt es mich, gleich jenen Menschen einer frühen Vorzeit, sie in phantastische Bilder nach Willkür zu ordnen, um mich nicht zu verirren in dem zahllosen Heere. Keinen Orion suche ich mehr, keinen himmlischen Schwan, nicht das Haar der Berenice oder die Leier, den Bären nicht und Himmelswagen. Welten sehe ich, bald lichtbeselt um die eigne Achse, bald strahlendürstend um andre kreisen, alle von ewigen Kräften bewegt, nach ewigen Gesetzen, in bestimmten Bahnen wandelnd. Aber der Menschengeist hat sie in seinem hohen Schwunge begriffen, diese Urkräfte, hat diese Urgesetze erkannt, diese unabsehbaren Bahnen gemessen. Hält doch ihn die gleiche Kraft in stets fluthender Bewegung, trägt er doch in sich selbst das Weltgesetz, das nothwendige Maß aller Dinge, die ewige Vernunft, in ihr das Bewußtsein des Alls. Und wie ich mich in den Gedanken versenke, überkommt meine Seele eine heilige Stille, tief wie das Meer: Den Pulsschlag der ganzen, weiten Schöpfung fühle ich in meinem Herzen, meine Schläfe rührt der Odem der Ewigkeit, wie ein verlispelnder Hauch.

Mit einem Male röthlicher Schein durch die Nacht in Südwest, der Steuermann zeigt mir den Vulkan von Stromboli, die Esse des alten Hephaestos. Was arbeitet der kunstreiche Gott so

emsig drunten, daß die Funken hoch in die Nacht sprühen? Schmiedet
er etwa für den Heros, dessen wir sehnlich harren, jene bezauberten
unbesieglichen Waffen, um den Sturm auf die alte morsche Burg
entmenschenden Wahns, verknechtender Tyrannei zu führen? Den
strahlenden Schild der Wahrheit, den Helm gehärtet in unbeug-
samer Consequenz, das scharfe, gedankenschneidige Schwert, die
Lanze flammender Begeisterung? Hat den Erwählten etwa auch,
wie den Peliden, die ängstliche Mutter unter Weiber und Schranzen
eines müßigen Hofes verborgen, ihm den blutigen Lorbeer zu er-
sparen?

Schon steht ein heller Streif über der östlichen Küste, und
bald im Morgenroth begrüßen wir Siciliens Gestade, über denen
das Riesenhaupt des Aetna, von Schneeschichten gefurcht und leich-
tem Dampf umwölkt, die ersten Strahlen der aufsteigenden Sonne
gleich einem schuldigen Tribut echt aristokratisch vorwegnimmt."

In Sicilien fand im October von Catanea aus die Be-
steigung des Aetna mit seinem 11,000 Fuß hohen Krater
statt, welche Schulze trotz des Lava-Gerölls und der Asche
auf langen Wegstrecken zu Fuß, neben den berittenen Führern und Reisegefährten, durchsetzte, was der Professor
Gemmilario in Nicolosi, der die Reisenden mit Führern
und dem Schlüssel zur Casa inglese am Fuße des Kraters ver-
sah, wo man Nachtruhe hielt, besonders in das Fremdenbuch mit
dem „Prussiano Signor Sciulze" einzeichnete. Als daher
im Frühjahr 1877 der Arbeiter-Verein in Messina an
Schulze, in ehrender Anerkennung seines Wirkens für das
Wohl des Volkes, die Bitte richtete, die herrliche Insel zu
besuchen und den Verein mit seiner Gegenwart zu erfreuen,
konnte Schulze, der die freundliche Einladung ablehnen mußte,
auf das Fremdenbuch zu Nicolosi verweisen, woselbst der
Beweis geliefert sei, daß er bereits vor dreiunddreißig
Jahren ein froher Besucher und Bewunderer der
Insel gewesen.

Auf dem Boden des klassischen Alterthums, der Schulze

4

in seinen künstlerischen Neigungen so tief angesprochen hat, verließ ihn aber auch nicht der tiefere Einblick in das große ethische Moment, welches das Christenthum in die Weltgeschichte hineingetragen hat. Die sinnliche Weltanschauung des Heidenthums, welche sich mit der Herrschaft des die Welt besiegenden Rom bis zur übersättigenden Genußsucht und zügellosesten Ueppigkeit gesteigert hatte, fand einen mächtigen Gegensatz in der sittlichen Richtung des unterdrückten und verfolgten Christenthums. Der Zerfall der heidnischen Weltvergötterung und der Sieg der in den ersten christlichen Gemeinden ausgeprägten Weltentsagung war ein gewaltiges culturreiches Moment des Umschwungs in der Menschengeschichte.

Je mächtiger die überreiche Naturschönheit Italiens auf Schulze einwirkte, desto tiefer empfand er die hohe Bedeutung jenes Cultur-Umschwunges an allen Stätten, in welchen sich Ueberreste aus jener Zeit als Zeugnisse des weltgeschichtlichen Kampfes erhalten haben.

Das reiche Tagebuch Schulze's aus Italien enthält werthvolle Schilderungen und Betrachtungen über jene Cultur-Epoche. Wir entnehmen demselben zur Charakteristik ihres tiefen Ernstes die folgende Episode, zu welcher ihm der Besuch in den Katakomben von Neapel den Anlaß gab:

„Neapel, den 8. October 1844.

Bei der Kirche S. Gennaro dei poveri steigt man in die Katakomben, diese unterirdische Welt von Gängen, Säulen und Grüften, die in drei Stockwerken über einander mehrere Miglien weit in das weiche Tuffgestein des Berges hineingearbeitet sind. Eigenthümliche Schauer wehen den Eintretenden an, wenn er die finstern Gruftgewölbe mit dem lauten Treiben der Stadt, dem milden blauen Himmel und seinen kosenden Lüften vertauscht. Das Leben der ersten Christen, welche sich diese Zufluchtsstätten für ihre kirchliche Feier, zu geweihten Ruheplätzen ihrer entseelten Leiber gewählt hatten, die ganze Stellung ihrer Lehre zur antiken Welt tritt uns lebhaft vor Augen, da sie den Gegensatz dieser finstern Höhlen zu dem heitern Lichte des Tages, zur üppigen Naturfülle des Südens auf das treueste verkörpert.

In dem von der Natur selbst vor allen zu heiterem Lebensgenusse berufenem Lande hatte sich die materielle Genußsucht der Zeit bis zur raffinirtesten Schwelgerei gesteigert. Diese Küsten waren der Schauplatz, wo die reichen Römer, von ihren Siegen ruhend, die ihnen zuströmenden Schätze der beherrschten Welt verpraßten, wovon uns schon oben die Trümmer ihrer prachtvollen Landhäuser genügend Zeugniß geben. Das herrliche Klima, dessen Fruchtbarkeit, durch vulkanisches Feuer verstärkt, die edelsten Früchte und Weine hervorbrachte, die durch Seeluft gemäßigte Hitze, die reiche Ausbeute der See selbst für die leckere Tafel, die warmen Quellen und Dämpfe zum Baden — all' diese Bedürfnisse des damaligen Luxus fanden sich hier vereint. Die Schwelgerei überstieg so sehr alle Schranken, daß eine Saison hier durchgemacht zu haben sogar in Rom in Verruf brachte.

Da mit einem Male tritt das Christenthum im schroffsten Widerspruche hiermit auf, und greift trotz blutiger Verfolgung mit reißender Gewalt um sich. Nie hat sich der Erfahrungssatz schlagender bewährt:

daß sobald eine Zeitrichtung nach irgend einer Seite hin das letzte Ziel, die äußerste Höhe erreicht hat, nicht blos ein allmäliges Sinken und Nachlassen, sondern öfter noch, ehe das letztere fühlbar wird, urplötzlich die schneidendste Opposition, erst vereinzelt und unbeachtet, bald aber in unglaublicher Schnelle Alles bewältigend hervorbricht.

So das Christenthum zu Anfange in entlegener Provinz des großen Weltreichs, deren Statthalter die von ihm für unschädlich gehaltene Sekte, lediglich um des unbequemen Drängens einer fanatischen Priesterkaste ledig zu werden, durch die Hinrichtung ihres Stifters zu beseitigen wähnte. Aber dem gesunkenen Haupte wuchsen tausende nach, die sich drängten, in Tod und Schande die höchsten Ehren unvergänglichen Lebens zu umfahen. Bald gelangte die unglaubliche Kunde zu den schwelgerischen Gelagen der Hauptstadt,

4*

und störte ihr wollüstiges Behagen, gleich der unheimlichen Schrift im Saale des Belsazar, daß sie ihre Schergen sandte, die lästige Mahnung in Kerker und Blut zu ersticken.

In der That ließ sich kein schärferer Contrast denken. Völliges Aufgehen in der Gegenwart, die man mit der raffinirtesten Genußsucht ausbeutete — von der andern Seite äußerste Verachtung dieser Bestrebungen und Freuden, ein Opfern der Gegenwart um eine verheißungsvolle Zukunft. Der Zustand nach dem Tode bei Jenen ein trauriges Scheinleben, der wesenlose Schatten wirklichen Daseins, aufs höchste indifferente, apathische Ruhe, eine Ewigkeit von Langeweile, der Tod selbst demnach das größte Uebel — bei den Andern: die Pforte zu einem höhern Geisterleben, zum ächten über alle Wandlung erhabenen Sinn, welches eigentlich erst der Mühe verlohnt, wo in ewig ungetrübter Lust oder qualvoller Verdammniß Jedem das Maaß seiner Thaten zugewogen wird.

So wurde es den Bekennern des jungen Glaubens leicht, das Licht der Sonne, die heitere grüne Erde mit jenen finstern Höhlen zu vertauschen, die ihre Andacht weihte; ihnen, in deren Augen der farbenhelle Schein des irdischen Lebens verblich gegen jenes höhere Licht des Geistes, das ihnen in die dunkle Nacht leuchtete. Mit Lust gewöhnten sie sich, in unmittelbarer Berührung mit den Leibern der Vollendeten, an Grab und Tod, und wurden im Moder der Verwesung heimisch, deren Hauch ihnen die Witterung eines bessern Morgens dünkte. —

Sinnend folgte ich dem Führer, und wie uns dessen Fackel durch die dunkeln Wölbungen leuchtete, fand ich mich bald am leitenden Faden der Betrachtung, durch die verworrenen Irrgänge von Zeit und Begebenheit zur neuesten Gegenwart zurück. Noch immer liegen die beiden schroffen Gegensätze mit einander im Kampf, noch immer ist die ächte Weisheit nicht siegend erstanden, welche die Extreme vermittelnd, eben wenn sie der Gegenwart ihre volle Geltung angedeihen läßt, der Zukunft am besten gerecht zu werden meint.

Wunderbar! Soweit reicht der Alles durchdringende Hauch der großen, unsere Zeit bewegenden Ideen, daß Du, einmal angeflogen davon, ihm Dich nirgends entziehen kannst, daß er sich sogar hierher zu Dir findet, in die Katakomben von Neapel!"

Der Aufenthalt in Italien und besonders seine Kunst=
studien in Rom bilden einen so bedeutenden Höhepunkt in
Schulze's Leben und Streben, daß ein aufmerksamer Be=
obachter wohl hätte annehmen mögen, daß fortan Kunst und
Literatur die eigentlichen Berufsgebiete werden müßten, auf
welchen sich seine besondere Begabung bewähren würde. In
der That befreundete er sich dort mit den deutschen Künst=
lern so, daß der berühmte Historien=Maler Rahl auf seiner
Reise nach London, wo er ein Bildniß der Königin Victoria
zu malen beauftragt war, sich's nicht versagen mochte, unserm
Schulze einen Besuch in Delitzsch abzustatten, wo er bei ihm
einen mehrwöchentlichen Aufenthalt nahm und sehr gelungene
Porträts Schulze's, wie seiner Eltern anfertigte. — Mög=
licherweise hätte auch wohl der rege Geist Schulze's und
sein feines Verständniß für Literatur und Kunst ihn zu
einem literarisch künstlerischen Lebensberuf geleitet, wenn die
damalige Zeit dem fruchtreichen Gedeihen poetischer Anschau=
ung günstig gewesen wäre. Aber dem war keineswegs so.

Im Beginn des Jahres 1845, wo Schulze wiederum zu
seiner Heimstätte zurückkehrte, war ein leises Regen und
Bewegen eines politischen Lebens erwacht, das alle sinnigen
und denkenden Naturen als ein Merkmal eines emporstreben=
den politischen Volkswesens erkannten und freudig begrüßten.
Es that sich dies zuerst in einem sehr energischen Streben
nach religiöser Freiheit kund, ging aber auch bald im Kampf
mit den Behörden in eine politische Gestalt über. Die spe=
kulative Philosophie Hegels nahm in den von Ruge redigir=
ten Halleschen Jahrbüchern eine sehr scharfe politische Färbung
an. Die Leipziger Allgemeine Zeitung brachte fortdauernd
Korrespondenzen aus Berlin, welche die Geister auf einen
unabweisbaren politischen Umschwung hinlenkten. Verbotene,
in der Schweiz gedruckte Brochüren gingen von Hand zu
Hand und verriethen deutlicher und immer deutlicher, was
in den Gemüthern der gebildeten Klassen lebte. Hierzu

kamen die von dem Könige Friedrich Wilhelm IV. selbst
wiederholt angefachten Hoffnungen auf ein erweitertes Recht
einer ständischen Repräsentation. Die einberufenen Provinzial=
stände machten den Anspruch auf Oeffentlichkeit ihrer Ver=
handlungen geltend. Die Stadtverordneten der Hauptstadt
und der bedeutendsten Städte der Provinzen überboten sich
im Eifer für religiöse Freiheit und gegen die reactionäre
Orthodoxie, welche die bereits bestehende unirte Kirche ge=
fährdete. Freisinnige Reden hervorragender akademischer
Lehrer und Kundgebungen gleichen Sinns, von Seiten der
Senate der Universitäten, fachten eine Geistesregung an,
welche bis in das Volksleben hinein einen tiefen Anklang
weckte. Daß all' dies Sehnen nach politischer und religiöser
Freiheit auch einen tiefen Anklang im Geiste und im Herzen
Schulze's vorfand, das bezeugen seine von uns citirten Be=
trachtungen in Sicilien und Neapel hinlänglich. Nach seiner
Heimkehr fand er dieselben Empfindungen in volksthümlicher
Weise noch ausgesprochener vor. Die künstlerische Regung
nahm daher auch in ihm sehr entschieden eine politische Rich=
tung an.

Mehr aber noch als dies nahm von nun ab das Leben
und Wesen der arbeitenden Klassen sein Interesse in Anspruch.
Im Vorgefühl einer kommenden Zeit, wo das Volk mit ein=
treten sollte und müßte in den politischen Kampf, war es
ganz unabweisbar, dem Problem der Verbesserung seiner
realen Verhältnisse nachzusinnen. Die wirthschaftliche Frage
begann in der Seele Schulze's bereits damals Wurzel zu
schlagen, wie es bei einem Manne von seinem Geiste und
seiner Volksthümlichkeit nur allzu natürlich war.

Daß in so tief ernsten Naturen solch ein Wechsel der
Regung nur im vollbewußten Gefühl der Berufspflicht vor
sich geht, ist zweifellos. In Schulze spricht sich dieser Wechsel
auch deutlich genug in den folgenden Versen aus, die wir
einem Gedichte aus seinem Wanderbuch entnehmen:

Drum ob sie auch des Kriegers Lorbeer preisen,
Weil er des Landes Feind bestand als Held:
Um Menschenwohl, zu seiner Brüder Segen,
Da giebt's zu wirken noch ein still'res Feld.

Und einen schlimmern Feind noch zu bekämpfen,
Der tückisch schleichend seinem Opfer naht:
Das Elend ist's, die Noth, der bleiche Mangel,
Ach, Tausende ganz ohne Hülf' und Rath!

Ja hier, hier braucht's ein opfernd treues Mühen,
— Wer ist's, der mit mir seinen Beistand leiht? —
Ich fühl's, viel Säumniß hab' ich einzuholen,
Drum den Bedrängten sei mein Thun geweiht!

Und was ich von den Menschen einst ersehnte,
Der heiße Wunsch, der schmerzlich mich bewegt,
Ich ruhe nicht, ich will es mir verdienen:
Daß ihre Brust mir warm entgegenschlägt,

Daß fremd ich unter Fremden nicht mehr stehe,
Daß sie den Freund, den Bruder in mir schaun,
Daß frei sich mir ihr Innerstes erschließe,
Vereint in Lieb' und herzlichem Vertrau'n.

Da kam denn auch bald die Zeit, wo sich diese Neigung durch die That bewähren sollte.

Wie allenthalben, wo das im Volke erwachte Streben nach politischer Selbstbestimmung von dem absolutistischen Regierungs=System gewaltsam zurückgedrängt wird, so machte sich auch in Delitzsch die unwiderstehliche Stimmung im Volks=leben zunächst unter dem harmlosern Gewande künstlerischer Neigungen geltend. Unter der Leitung Schulze's, dessen feiner Sinn für Musik ein edles Erbe seines väterlichen Hauses war, entstand ein Sänger=Verein, an dem sich Herren und Damen aus den gebildetsten Ständen betheiligten. Freunde im nahen Leipzig unterstützten diesen Verein durch ihre per=

sönliche Mitwirkung in so anregender Weise, daß man im
Stande war, größere Aufführungen zu veranstalten, für
welche die jüngern Bürger von Delitzsch sich freudig begeisterten. Der Beitritt gebildeter Lehrer aus der Stadt
und der Umgegend, denen die Jugend sich lebhaft anschloß,
regten nunmehr zur Bildung einer „Liedertafel für Männer-
Gesang" an, wie sie bereits in anderen mittlern Städten Deutschland's ins Leben getreten waren. Sehr bald nahm diese Vereinigung einen immer mehr volksthümlichen Charakter an,
durch den Eintritt vieler Mitglieder aus dem Handwerker-
stande. Die Leitung desselben, welche hohen Werth legte
auf Erzielung eines erfreulichen Verkehrs zwischen den gebildeten Ständen und dem Volke, erweckte ein reges deutsches
Nationalgefühl, das sich durch kleine Aufführungen, öffentliche Vorlesungen deutscher Klassiker und Vorträge über
deutsche Literatur zu jener Höhe emporschwang, in welcher
es in den folgenden Jahren zu einem fruchtreichen politischen
Moment des tiefsten Volksbewußtseins wurde.

Von gleicher Wirkung war ein von dem Rector der
Stadtschule in's Leben gerufener Turn-Verein, an dessen
Leitung sich ebenfalls Schulze betheiligte. Es regte sich in all
dem ein Stück Volksleben, das die tüchtigsten und für neue
Ideen empfänglichsten Bürger aller Stände umschloß, und
die allgemeinste Betheiligung an Turn- und Liedertafel-Festen
wachrief. Das erfreuliche Beispiel in Delitzsch fand auch in
der Umgegend und in den benachbarten Städten Eilenburg,
Bitterfeld, Brehna und Zörbig Anklang, wo sich gleichgestimmte
und gleichgesinnte Vereine bildeten und nunmehr oft gemeinsame Feste und Fahrten arrangirten. Auf Einladung
der Vereine in den Nachbarstädten marschirte unser Schulze
an der Spitze seiner treuen Anhänger und Verehrer an Sonn-
tagen in früher Morgenstunde aus, gefolgt von Leiterwagen
mit Strohsitzen und Leinwands-Planen, welche die Ackerbürger stellten und zur nächtlichen Rückfahrt benutzt wurden.

Mit Musik und freudigen Zurufen in der einladenden Stadt empfangen, wurden diese Fahrten zu allgemeinen Festen, an welchen die ganze Einwohnerschaft Theil nahm. Es entstand nicht selten ein Wetteifer unter der Einwohnerschaft in Bewirthung ihrer Gäste, der nicht wenig zur innigen Verbrüderung Aller beitrug. Dem Grundsatz der Mäßigkeit entsprechend, hatten die Vereine auch die Preise für jedes Couvert in den Wirthshäusern äußerst mäßig festgesetzt, um dem Handwerkerstand die Freude der Betheiligung nicht zu kostspielig zu machen. Die Festreden und Ansprachen fielen natürlich unserm Schulze zu, der in Scherz und Ernst stets dem gemeinsam erwachten deutschen Nationalgefühl und der humanen Verbrüderung von Reich und Arm vollen begeisternden Ausdruck zu geben wußte.

Lag in all dem bereits die Vorschule zu einer künftigen dunkel vorgeahnten Verbrüderung des Volkslebens, so bot das Nothjahr 1846 volle Gelegenheit, die Begabung Schulze's im praktischen Wirken für das Volkswohl und in der richtigen Leitung der geselligen Vereine zur gemeinsamen Abwehr der Noth zu bewähren.

Als die sehr spärlich ausgefallene Ernte das Eintreten der Noth voraussehen ließ, bildete Schulze sofort aus den tüchtigsten und wohlwollendsten seiner Verehrer ein Comité, dem er die Pflicht, rechtzeitig einzutreten zur Abhilfe drohenden Uebels, an's Herz legte. Unter seinem Vorsitz organisirte sich denn auch das Comité, das Sammlungen veranstaltete und Aufrufe erließ, die den lebhaftesten Anklang fanden. Die Amtsbehörden, der Magistrat von Delitzsch, die Vorstände der benachbarten Dorfgemeinden erwiesen sich den Zwecken des Comités sehr geneigt und betheiligten sich bei den Sammlungen mit sehr ansehnlichen Beiträgen. Nun konnte das Comité seine Hilfsbestrebungen praktisch organisiren. Es wurde eine tüchtige Bachmühle gepachtet, die von den praktischen Bürgern der Commission im Betrieb erhalten und wo das im Großen eingekaufte Getreide vermahlen wurde. Desgleichen wurde eine Bäckerei für das Comité gepachtet und unter deren Leitung in Betrieb gesetzt. Den Verarmten lieferte man das Brot zum Theil ganz frei, zum Theil zur Hälfte des Preises nach Ermittelung des Bedürfnisses von Haus zu Haus, so daß im Ganzen der Preis dem in gewöhnlichen Jahren ziemlich gleich kam.

Bekanntlich entstanden im darauf folgenden Frühjahr in fast allen Gegenden Preußens sehr traurige Excesse, in welchen sich der ärmere Theil des Volkes zu gewaltsamen Einbrüchen in Getreide-Magazine und Raubzügen in den Bäckereien verleiten ließ, welchen man nur mit Einschreiten des Militairs Einhalt thun konnte. Da der Landrath befürchtete, es könnte dieses böse Beispiel von nah und fern auch in Delitzsch Nachahmung finden, so fragte er bei dem Hilfs-Comité an, ob es nöthig sein würde, die Stadt durch eine Militair-Besatzung vor solchen Excessen zu schützen. Schulze konnte die erfreuliche Antwort ertheilen, daß dergleichen Hilfe da nicht nöthig sei. Seine wohlgeleitete Organisation der Hilfsleistungen erwies sich mächtig genug, um schwachen Versuchen solcher Excesse entgegen zu wirken; und durch seinen großen Anhang in der Bürgerschaft wußte er sich sicher, daß sie ihn nicht würde im Stiche gelassen haben, wenn es nöthig geworden wäre, einem energischen Auftreten Nachdruck zu geben.

So ging denn, Dank seiner umsichtsvollen Leitung, das schwere Hungerjahr 1846 dem Heimathsort unsers Schulze ohne Gefährdung vorüber und rief, in der gesammten Bevölkerung die Ueberzeugung wach von dem humanen, gerechten und festen Charakter ihres begabten Mitbürgers, dem sie in allen vorkommenden Fällen volles Vertrauen schenken konnten.

Da kam das anregungsreiche Jahr 1847 heran, wo der

einberufene erste allgemeine ständische Landtag in Berlin
den Durchbruch der politischen Stimmung im Volke herbeiführte. Zum ersten Male nach langem und bangem Hoffen
und Sehnen, Wünschen und Fordern hörte das Volk die
Stimme des Volksbewußtseins in geläuterter Gestalt. Mit
Staunen und Bewunderung nahm die deutsche Nation wahr,
wie trotz des tiefen Schweigens, das die Censur und die
Polizei allem öffentlichen politischen Leben aufzwingen wollte,
die Reife der parlamentarischen Begabung sich voll entfaltet
hatte. Man lauschte mit gespanntester Erwartung den Reden
eines Beckerath, eines Camphausen, eines Vincke, eines
Schwerin, eines Auerswald und ihrer Genossen, die mit voller
Meisterschaft die Kritik der Zustände ausübten und die Forderungen eines verfassungsmäßigen Zustandes in vollster Be-
stimmtheit aufstellten. Wie kümmerlich nahmen sich hiergegen
die beschwichtigenden oder gar abweisenden Stimmen der
Vertreter und Anhänger der Regierung aus! — Man konnte
sich nicht denken, daß solche loyale Forderungen eines im
Stillen herangereiften Volkslebens am Throne unwirksam
verhallen sollten. Als dennoch das „Nein" und das „Niemals"
hiergegen erscholl, da durchzog ein Gefühl das Herz des Volkes,
daß fortan nicht mehr die parlamentarische Form, sondern
die allmächtige Begeisterung einer Volkserhebung den alten
Zustand zertrümmern und ein neues Dasein, einen Völkerfrühling herbeiführen werde.

Wie tief und ergreifend dies bereits im Herbst 1847 die
Gemüther im Kreise unseres Schulze beherrschte, das bekundet ein während der Weihnachtsferien für Männergesang von
ihm mit Soli's und Chören arrangirtes Gedicht: „Deutscher Volksfrühling", welches, obschon im Frühjahr 1848
componirt, nicht mehr zur Aufführung gelangte. In die
Frühlingsfeier, zu der die Sänger ausgezogen sind, greift
das Wetter ein, darauf die Mahnung:

Baß-Solo.

Hört Ihr vom Himmel hoch des Donners Rollen?
Das schauert durch die Luft wie ernstes Mahnen.
Von anderer Feier geht ein leises Ahnen
Und also tönt's, wie ferner Stimme Grollen:

„Ist's Zeit, daß ihr an Spiel und Tanz euch weidet?
Schaut ihr das Leuchten nicht am Saum der Wolke?
Der Geistesfrühling nahet meinem Volke,
Und habt ihr auch die Stätte ihm bereitet?“

Quartett.

Brüder, nicht mit Jubelchören,
Nicht mit Kränzen hebt es an,
Leben keimet aus Zerstören
Und der Sturm erst fegt die Bahn.
Nieder stürzt's in Wetterbächen,
Heiß entbrennen Kampf und Streit,
Erst das alte Eis zu brechen,
Eh' uns Rosen bringt die Zeit.

Drum, gelobt's in edler Wette
Für das Vaterland entglüht:
Männerherzen sind die Stätte,
Wo der Völkerfrühling blüht!
Frischer Muth und feste Treue,
Starke Hand und kluger Rath;
Daß der Bund sich stets erneue
Und das Lied es werde That.

Mehr bewahrheitet hat sich wohl eine poetische Ahnung
selten. Was sich im Jahre 1847 noch in ethischer und
ästhetischer Form kund gab, das hat der Sturm des Jahres
1848 unter dem Donnergrollen des Volkszornes als geschicht=
liche That verwirklicht.

––––––––––

Oeffentliches Auftreten.
1848.

Der weltgeschichtliche Umschwung, welchen das Jahr 1848 in ganz Europa herbeigeführt hat, war in keinem Staate so tief berechtigt als in Preußen. Die betrübenden Erlebnisse aus dem vorangegangenen Jahre waren noch zu neu, um dem Gedächtniß zu entschwinden. Wohl noch niemals hat eine Landesvertretung loyalen Charakters wie der erste vereinigte Landtag von 1847 so vollkommen vergeblich seine Stimme für eine verfassungsmäßige Organisation erhoben. Die Zurückweisung, welche er von der absoluten Monarchie erhielt, rief in allen Ständen der Gesellschaft die unumstößliche Ueberzeugung wach, daß fortan nur eine von allen Klassen des Volkes ausgehende Bewegung die Fesseln des Absolutismus sprengen könnte. Die Februar=Revolution in Paris in ihrer demokratischen Tendenz hat nur gefördert, was seit der Abweisung des vereinigten Landtages im Bewußtsein jedes Einsichtigen lebte.

Wie jede Revolution brachte auch die des 18. März 1848 neue Männer an die Tagesordnung. Aber als ein charakteristisches Merkmal des loyalen Geistes in der preußischen Bevölkerung müssen wir es hervorheben, daß das völlig unerprobte allgemeine, gleiche und geheime Wahlrecht, auch in seinem ersten Auftreten am 8. Mai des tief erregten Volksjahres, eine „Nationalversammlung" herbeiführte, in welcher die überwiegende Mehrheit aus Staats= und Communal-Beamten, aus Lehrern, Geistlichen und studirten Männern bestand. Das demokratischste Wahlrecht hat sich von Beginn ab — und bis auf den heutigen Tag — nur als eine Garantie des herrschenden Freimuthes und der Bildung und als ein ehrenvolles Vertrauensvotum erwiesen, welches das Volk seinem liberalen Beamtenthum ertheilt.

Es gehört zu den erfreulichsten und ermuthigendsten Er=
scheinungen unserer nachmärzlichen Zeit, daß vom Beginn
derselben und bis auf den heutigen Tag all die Zugeständ=
nisse, welche das Wahlgesetz dem demokratischen Prinzip der
Gleichheit macht, noch niemals im Volke gemißbraucht worden
sind, um dem demagogischen Treiben fanatischer Volksverführer
Vorschub zu leisten. Die Besorgniß, welche man in dieser
Beziehung vor den Wahlen im Mai 1848 am meisten zu
hegen geneigt sein konnte, hat sich thatsächlich als völlig
unbegründet erwiesen, wie sie sich unzweifelhaft auch
für immer erweisen wird!

Im Wahlkreise Delitzsch — wie konnte dies auch anders
sein? — wurde unser Schulze zum Eintritt in die preu=
ßische Nationalversammlung gewählt. Er stand damals im
reifen Mannesalter von vierzig Jahren; gerüstet mit voller
Gesetzeskenntniß, reich an Erfahrungen im Volkswesen und
Volksleben, ausgestattet mit dem edlen Gepräge eines deut=
schen Mannes, dem der Geist aus kraftvollem Antlitz leuchtet
und mit einer Rednergabe, die Rechtssinn, Freimuth und
Begeisterung in schöner Harmonie vereinigte.

Wie in allen demokratischen Umwälzungen regte damals
unter dem Druck des durch die Revolution gestörten Erwerbs=
lebens auch bei uns die sociale Bewegung unter dem Titel
der „Arbeiterfrage" die Gemüther auf. Die Nationalversamm=
lung, zur Vereinbarung einer Verfassung für den preußischen
Staat berufen, wurde mit nicht weniger als sechszehnhun=
dert Petitionen aus Arbeiterkreisen bestürmt, die in den
buntesten und verworrensten Projekten das Wohl des Volkes
verwirklicht sehen wollten. Ein richtiger Blick der National=
vertretung erkannte sehr bald in Schulze den Mann, dem
die Entwirrung dieses dunklen Themas zur Aufgabe anzu=
weisen sei. Er trat an die Spitze der zu diesem Zweck ge=
wählten Kommission und bemühte sich, die Ueberfülle des

Materials so weit zu ordnen, daß es möglicherweise die Unterlage erwünschter Gesetze bilden konnte.

Die politischen Wirren indessen, welche bereits mit dem Juni jenes Jahres — nach dem blutig niedergeschmetterten demagogischen Aufstand in Paris — allenthalben wieder die Hoffnungen der Reaction anfachten, ließen all diese Arbeiten zu keinem Ergebniß kommen. Das gesuchte Problem trat auch bei uns in den Hintergrund, als der Prinzipienstreit über die „Anerkennung der Revolution" die Gemüther erregte.

Von diesem Moment am 8. Juni 1848 datirt die erste öffentliche, politische Rede Schulze's, die nicht blos für die damalige Situation, sondern auch für die politische Stellung des Redners charakteristisch ist, von welcher er bis auf den heutigen Tag niemals abgewichen.

Hinter dem Antrage der Linken: „in Anerkennung der Revolution den Kämpfern des achtzehnten März den Dank auszusprechen", lag mehr als ein bloßes Kompliment, das man denselben ertheilen sollte. Es sollte damit ausgesprochen wer-den, daß die Nationalversammlung, welche offiziell zur „Ver-einbarung" einer Verfassung mit der Krone einberufen war, selbständig berechtigt sei, die Verfassung festzustellen, und somit den Charakter einer nicht „vereinbarenden", sondern „constituirenden" Versammlung annehme. Dem wider-setzte sich nicht blos die Rechte mit voller Entschiedenheit, welcher die „Vereinbarung" schon ein zu großes Zugeständniß an die Revolution war, sondern auch das Ministerium, das den Rechtsboden der Nationalversammlung nicht gelockert wissen wollte. Das Centrum spaltete sich in zwei Parteien. Das rechte Centrum, unter Herrn von Unruh, schlug eine motivirte Tagesordnung vor, worin ausgesprochen wurde, daß die Be-deutung der März-Revolution als allgemein anerkannt, einer solchen nochmaligen Bestätigung nicht bedürfe. Das linke

Centrum, unter Berg und Rodbertus, welchen sich Schulze
anschloß, wollte die Anerkennung der Kämpfer nicht unaus=
gesprochen wissen; aber den Sieg der Revolution und den
Anschluß des ganzen Landes an denselben nicht dieser allein,
sondern auch dem Verhalten des Volkes nach dem Kampfe
zuschreiben, das den Thron unangetastet ließ und somit einen
Frieden mit der Monarchie schloß auf Grund der Verheißung
eines konstitutionellen Staatswesens. Die erste Rede Schulze's
gab diesem Gedanken vollen Ausdruck. Er betonte die That=
sache, daß im ganzen Lande die März=Tage erst eine volle
Begeisterung wachgerufen hätten, als man wahrnahm, wie die
Bevölkerung von Berlin sofort nach Entfernung des Militärs
die Ordnung hergestellt und den Frieden mit der Dynastie
geschlossen. Die Anerkennung dieser Thatsache müsse sich der
der Kämpfer vom 18. und 19. März anschließen, weil nur
in ihrer Verbindung der wirkliche Boden der neuen Zustände
geschaffen wurde.

Das Amendement Schulze's wurde von der Rechten wie
von der Linken bekämpft und schließlich wurde die Tages=
ordnung des rechten Centrums angenommen. Gleichwohl
lenkte die Rede Schulze's die Aufmerksamkeit auf ihn, und
sie verdient auch noch heute ein Merkmal seiner Besonnen=
heit bei aller Freiheitsliebe genannt zu werden.

Im weiteren Verlauf der öffentlichen Verhandlungen der
Nationalversammlung trat Schulze weniger in den parlamen=
tarischen Debatten auf. Es nahmen ihn die Kommissionen
vielfach in Anspruch. Im August reiste er im Auftrage der
Nationalversammlung zur Berichterstattung nach Schweidnitz,
woselbst am 31. Juli ein Konflikt zwischen dem Militär und
der Bürgerwehr außerordentliche Aufregung hervorgerufen
hatte, die zu einem schweren Konflikt zwischen der National=
versammlung und dem Ministerium heranzuwachsen drohte.
Der wahrheitsgetreue Bericht fiel nicht wenig gravirend gegen

das Militärkommando daselbst aus, begnügte sich jedoch mit
dem vom linken Centrum unterstützten Antrage, einen Gar=
nisonwechsel in Schweidnitz eintreten zu lassen, womit das
Ministerium auch einverstanden zu sein schien. Die Linke
der Nationalversammlung indessen erklärte, daß dieser Antrag
nicht weit genug gehe. Der Abgeordnete Stein aus Breslau
stellte den Antrag, daß sich der Kriegsminister in einem Erlaß
an die Offiziere dahin aussprechen möge, „die Offiziere sollen
allen reaktionären Bestrebungen fern bleiben, Konflikte jeder
Art mit dem Civil nicht blos vermeiden, sondern auch durch
Annäherung an die Bürger und Vereinigung mit den=
selben zeigen, daß sie mit Aufrichtigkeit und Hingebung dem
neuen Rechtszustande anhängen." Da dieser Antrag zum
wichtigsten Streitpunkt erhoben wurde und den Sturz des
Ministeriums Hansemann herbeiführte, so vereitelte er die
vermittelnde Stellung, welche Schulze eingenommen hatte
und erweiterte den bereits herrschenden Konflikt bis zu dem
Grade, wo die Prinzipien der Revolution und der Reaktion
in einen nicht mehr zu vermeidenden Kampf eintreten.

Vor einem Streitpunkt dieses Charakters stand die Na=
tionalversammlung am 12. Oktober. Es galt da, die Ein=
leitung in die Verfassung zu berathen, wobei die Linke den
Antrag stellte, daß die Verfassung nicht als eine „vereinbarte",
sondern als eine von der konstituirenden Nationalversamm=
lung beschlossene verkündet werden solle. In diesem Punkte
versagte das linke Centrum seine Zustimmung. Schulze wie
seine Gesinnungsgenossen wollten den Rechtsboden der „Ver=
einbarung" nicht verlassen. Der Antrag der Linken fiel mit
284 gegen 43 Stimmen. Anders stellte es sich heraus bei
der Frage, ob der aus den Zeiten des Absolutismus her=
stammende Beisatz „von Gottes Gnaden" zu dem Titel
des Königs beibehalten werden solle. In einer sehr kurzen
aber drastischen Rede erklärte Schulze, daß er gewünscht, es
möge die Nationalversammlung diese Frage formaler Natur

5

unberührt lassen, da sie aber einmal zur Sprache gebracht
sei, so könne er nicht dafür sein, daß die Firma aus dem
bankerott gegangenen Absolutismus hinübergenommen werde
in die neu zu errichtende konstitutionelle Monarchie. Er
werde also für Beseitigung dieses Beisatzes stimmen. Da
diese kurze Rede in ihrer drastischen Wirkung den Ausschlag
für die Majorität gab, wurde sie durch viele Jahre von Seiten
der Reaktion zu einem gehässigen Angriff gegen Schulze aus-
gebeutet. Wir werden noch weiterhin Gelegenheit haben, eine
entscheidende Erklärung Schulze's hierüber unsern Lesern vorzuführen. Das Resultat in der Nationalversammlung war
die Ablehnung dieses Beisatzes mit 217 gegen 134 Stimmen.

Nur noch einmal sehen wir Schulze wiederum öffentlich
in die politische Haltung der Nationalversammlung eingreifen
und zwar diesmal in der gespanntesten Situation, wo die
Erwählten der Nation vor den Bajonetten des gegen sie
einschreitenden Militärs standen.

Es war am 15. November 1848. Die Nationalversammlung war bereits am 10. November durch Militärgewalt
gesprengt worden, obwohl es feststand, daß sie staatsrechtlich
wider ihren Willen weder aufgelöst noch vertagt werden durfte.
Das Präsidium, unter Herrn von Unruh, und die Majorität
der Nationalversammlung hatten vergebens gegen diese Ge-
waltsamkeiten protestirt. Die Nationalversammlung versuchte
fortzutagen und da ihr zeitheriges Lokal von Militär besetzt
war, fanden die Versammlungen in verschiedenen Lokalen
statt. Am 14. November hatten die Stadtverordneten in
Berlin den Vertretern des Volkes ihr Lokal eingeräumt. In
dieser Sitzung wurde der Antrag gestellt, dem Ministerium
Brandenburg die Steuern zu verweigern, in der auf den
nächsten Tag anberaumten Sitzung den Kommissionsbericht
hierüber von Herrn von Kirchmann entgegen zu nehmen
und den Beschluß hierüber zu fassen.

Am Morgen des anberaumten Tages, am 15. November,

drang wiederum das Militär in den Sitzungssaal der Stadt=
verordneten ein, und besetzte denselben vor Beginn der Be=
rathungen der Nationalversammlung. Da fanden sich denn
am Abend 227 Abgeordnete in einem öffentlichen Lokal, dem
Mielenz'schen Saal unter den Linden, zu einer Sitzung ein.
Der Bericht des Herrn von Kirchmann stellte es außer allem
Zweifel, daß die fortgesetzten Gewaltthätigkeiten der Regie=
rung den Beschluß einer Steuerverweigerung rechtfertigen
und empfahl dessen sofortige Annahme. Die vereinigten
Centren dagegen suchten den Beschluß zu mildern und Schulze,
im Verein mit den Abgeordneten Philipps und Schornbaum,
stellte den Antrag, anstatt der absoluten Steuerverweigerung
nur den eventuellen Beschluß auszusprechen: „daß das
Ministerium Brandenburg nicht berechtigt sei, über
Staatsgelder zu verfügen und Steuern zu erheben,
so lange die Nationalversammlung nicht ungestört
ihre Berathung in Berlin fortzusetzen vermag.“

Noch während der Verlesung des Antrages erscholl die
Nachricht, daß das Haus von Militär besetzt werde. In
der That trat ein Major mit vier Offizieren und einem Piket
Soldaten in den Sitzungssaal ein und ließ der Versammlung
durch den Präsidenten kund thun, daß er den Befehl habe,
die Versammlung aufzulösen, eventuell auch Gewalt anzu=
wenden. Indessen gelang es, den Major nebst seiner Be=
gleitung zum Verlassen des Saales noch auf einen Moment
zu veranlassen, weil die Versammlung mitten in der Ab=
stimmung sei. Da trat denn in der höchsten Aufregung
dieses Momentes die ganze Versammlung dem Antrage
Schulze's einstimmig bei!

Es war dies die letzte Sitzung der zur Vereinbarung
der Verfassung nach Berlin einberufenen Nationalvertretung
vom Jahre 1848! Schulze, im Verein mit seinen Gesinnungs=
genossen, war es wiederum, der sie noch im letzten Moment
vor einem radikaleren Beschluß wahrte!

1 8 4 9.

Dem Staatsstreich vom November 1848 folgte die De=
troyirung der Verfassung am 5. December und die Ein=
berufung der beiden Kammern zum 22. Februar des fol=
genden Jahres. Schulze war daher wiederum genöthigt, vor
seine Wähler im Kreise Delitzsch zu treten und sowohl sein
Verhalten in der Nationalversammlung zu rechtfertigen, wie
sein Programm für die nächste Zeit zu entwickeln.

Es wurde ihm beides gegenüber der Majorität seiner
Wähler leicht. Er hatte bereits im November, als er den
Beschluß über die Steuerverweigerung ihnen mittheilte, auf
die Nothwendigkeit eines ruhigen, jede Ueberschreitung der
Gesetze vermeidenden Verhaltens hingewiesen, wie denn auch
in der That in seinem Wahlkreise nichts von den Excessen
vorkam, die sich anderweitig als Folge der heftigsten poli=
tischen Aufregung zeigten. Seiner Wahl zur zweiten Kammer
stellte sich freilich, aufgereizt von den gegen ihn in Um=
schwung gesetzten Hetzereien der Reaktion, eine conservative
Partei entgegen; allein sein Anhang im Volke war viel zu
mächtig, um ihm den Wahlsieg entreißen zu können. Die
Reaction mußte sich mit der stillen Hoffnung begnügen, daß
die Regierung ihr eine andere Genugthuung schaffen werde
durch eine Anklage wegen Verbreitung des Steuer=
verweigerungsbeschlusses, welche die Kreuzzeitung als
eine hochverrätherische Aufforderung zum Aufruhr bezeichnete.

Diese Hoffnung, Schulze auf der Anklagebank zu sehen,
sollte sich erst später erfüllen; aber dieser Triumph gereichte
der Reaktion nicht zur besonderen Freude. Im Gegentheil
war es, wie wir noch zeigen werden, die Vertheidigung
dieses Angeklagten, welche hauptsächlich das „Nichtschuldig"
aus dem Munde der Geschworenen über ihn und seine
Leidensgenossen auf der Anklagebank zur Folge hatte.

Inzwischen trat noch ein anderer Umstand ein, welcher der amtlichen Stellung Schulze's eine ganz andere Wendung gab.

Am 2. Januar 1849 erschien nämlich eine Verordnung über die Organisation der Gerichte, in welcher die Patrimonial-Gerichtsbarkeit im preußischen Staat beseitigt wurde. Die Stellung Schulze's in Delitzsch war hierdurch aufgehoben und er mußte gewärtigen, daß er vom Justiz-minister irgend wohin versetzt werde, wo man mißliebigen Richtern Gelegenheit giebt, über die Folgen ihrer Opposition nachzudenken. Zwar enthielt der Artikel 86 der eben erst octroyirten Verfassung den vortrefflichen Grundsatz, daß Richter nicht unfreiwillig an eine andere Stelle, als sie eben inne haben, versetzt werden können; allein dieser libe-ralen Bestimmung schloß sich wie immer als Hinterthür ein Nachsatz an, in welchem wohlweislich gesagt ist, daß diese Bestimmung keine Anwendung findet, wenn es sich um eine neue Organisation der Gerichte und der Gerichtsbezirke handelt. Und dies war ja eben der Fall.

Obwohl nun Schulze sehr wohl voraussah, daß man bei seiner bevorstehenden Versetzung nicht allzu zarte Rücksicht auf seine Wünsche und Neigung nehmen werde, verblieb er doch seiner zeitherigen Haltung in der Politik treu und schloß sich in der zweiten Kammer wiederum derselben Fraktion an, welcher er bisher angehört, wenngleich sich die Organisation der Parteien ein wenig verschoben hatte.

In dieser, auf Grund des demokratischen Wahlgesetzes ge-wählten zweiten Kammer waren es wesentlich drei Punkte, um welche der Kampf der Freiheit gegen die Reaction ge-führt wurde. Erstens handelte es sich um die Anerkennung der Octroyirung, zweitens um die Fortdauer oder die Aufhebung des damals über Berlin verhängten Be-lagerungszustandes, und endlich drittens, um die deutsche Frage, und ganz besonders um die Annahme der Kaiser-krone und die deutsche Reichsverfassung, wie sie das deutsche

Parlament in Frankfurt am Main am 28. März 1849 be=
schlossen hatte.

Schulze's Abstimmung in allen diesen Punkten entsprach
seiner vollen Liebe zur Freiheit des Volkes und zur Einheit
des deutschen Vaterlandes. Während er indessen sich in den
anderen Punkten nur mit einigen schlagenden Bemerkungen
an der Debatte betheiligte, war es hauptsächlich die deutsche
Frage, welche seine volle Beredsamkeit herausforderte.

Der König Friedrich Wilhelm IV. hatte nämlich die
Kaiserdeputation des Frankfurter Parlaments, welche ihm
Krone und Reichs=Einheit im Namen der deutschen Nation
darbrachte, nicht direkt abgewiesen, sondern erklärt, er wolle
das Votum der deutschen Fürsten hierüber einholen
und nach deren Beschluß sich entscheiden, inwieweit diese
Verfassung dem Heil der Nation und der Fürsten frommt. —
Die preußischen Kammern beschlossen, sich an den König
mit Adressen zu wenden. In der zweiten Kammer lagen
Adressen der verschiedenen Fraktionen vor, worin leider die
konstitutionelle Partei auf die Fiction einging, daß möglicher=
weise die deutschen Fürsten aus freien Stücken den Wünschen
der Nation nachgeben und Preußens König an die Spitze
des deutschen Reiches stellen würden. Die Adresse der Linken
hielt sich frei von dieser Voraussetzung, die sich in der Folge
auch als unrichtig erwiesen hat. In dieser Situation ergriff
Schulze am 21. April 1849 das Wort zu einer Rede, die
ein Stück seines deutschen Wesens in vollem Maße kund gab
und aus der wir als Merkzeichen seiner Stimmung wie seines
Charakters folgende Auszüge unsern Lesern vorführen:

„Meine Herren! Wohin es führen soll, wenn die deutschen
Kabinette erst eine spezielle Revision der deutschen Verfassung vor=
nehmen, wenn sie dann erst wieder kommuniziren mit der deutschen
National=Versammlung, wann es uns dann einmal in Aussicht ge=
stellt werden wird, zur Einigung, zum Ziele zu kommen, mögen
Sie leicht selbst beurtheilen.

Ueber die Unzweckmäßigkeit des von der Regierung eingeschlage=
nen Weges sind auch die meisten Anträge und der Kommissions=
bericht einverstanden, wie wir soeben gehört haben. Nur in dem
Rechtspunkte, um den es sich hier handelt, trennen sie sich von
unserm Antrage. Der Abgeordnete Rodbertus hat schon das hier
Einschlagende in seinen wesentlichsten Punkten vorgeführt. Er hat
schon nachgewiesen, wie zweifelhaft allermindestens diese Verein=
barung ist, zu der man uns hindrängen will, wenn man auf die
Grundlage selbst, auf den Beschluß vom 4. April und das Wahl=
gesetz vom 11. April v. J. eingeht. Nun ist in dem Kommissions=
berichte mit Recht großer Nachdruck und Werth gelegt auf die
Sympathien des Volkes und auf die öffentliche Meinung. Aber,
meine Herren, ich meine, sie hätten wohl in keiner Frage sich so
laut ausgesprochen, wie in dieser. Erinnern Sie sich des Ausspruchs
Heinrichs von Gagern, als er die Souverainetät der deutschen Ver=
sammlung proklamirte, wie er in allen Gauen die vollste Akklama=
tion und Zustimmung unsres Volkes fand. Erinnern Sie sich
weiter an die Einsetzung der deutschen Centralgewalt, die ebenfalls
ein Akt der Volkssouverainetät war, da man keine deutsche Re=
gierung vorher darum befragt hat.

Sie alle, meine Herren, wissen, in ganz Deutschland ist man
diesem Akte, als dem wahren, echten Ausdruck des Volkswillens
durch seine Vertreter jubelnd entgegengetreten; man hat in ihm
die einzige Rettung erkannt für des Vaterlandes Wohlfahrt.

Aber, meine Herren, wenn einige von Ihnen vielleicht der
Meinung sein möchten, daß das geschriebene, konventionelle Recht
manches Bedenken bei der Frage offen lasse, so wage ich es, Sie
an ein anderes höheres Recht zu erinnern, was allerdings nicht
selten mit jenem conventionellen geschriebenen Rechte in Conflict
kommt: ich meine das geschichtliche Recht; nicht etwa jenes fälsch=
lich sogenannte historische Recht mit seinem Grundsatze, daß Etwas,
weil es zu einer Zeit bestand, für immer bestehen müsse.

Ich nenne dies das fälschlich sogenannte historische Recht, weil
es gerade die Grundbedingung aller Geschichte, den Fortschritt,
negirt und geradezu verhöhnt. Ich verstehe unter dem geschicht=
lichen Recht nur solche Grundsätze, welche den geschichtlichen Ent=
wickelungsgesetzen gemäß sind, die historische Nothwendigkeit, die

ebenso unbedingt herrscht in dem Gebiet der Geschichte, als es die
Naturgesetze thun in dem Gebiet der Naturerscheinungen. Aus
diesem Rechte läßt sich für jedes Volk, und darin werden Sie mit
mir einverstanden sein, zuvörderst das Recht zur Existenz ableiten,
das heißt zur nationalen Einheit, denn nur diese wird in der Ge=
schichte als wahre Existenz anerkannt. Aus diesem Rechte schon
ist ein Volk unbedingt befugt, jede Sonderbündelei als eine Spal=
tung seines eigensten Wesens zu unterdrücken.

Weiter ist aber ein zweites, unbestrittenes Recht, welches auch
in der Natur existirt, daß das Todte dem Lebendigen weichen soll,
daß das Abgestorbene nicht dem frischen Dasein den Raum be=
schränke.

Hier möchte ich das alte System, vermöge dessen das ganze
Deutschland in die Domänen von so und so viel Fürsten zerfiel,
ein todtes nennen, mindestens wurzelt es nicht mehr in dem leben=
digen Bewußtsein unserer Zeit. Wie bedenklich es aber überhaupt
ist, diesen Grundsätzen ihre Anerkennung zu versagen, und wie
mißlich es steht um das sogenannte historische Recht, mag ein
kurzer Hinblick auf die Vergangenheit beweisen. Woher haben
denn die deutschen Fürsten die Souverainetät, vermöge deren sie
das Recht beanspruchen, daß das, was das deutsche Volk in seiner
Ganzheit durch seine Vertreter beschlossen hat, erst noch besonders
von einem jeden von ihnen zu sanctioniren sei? Etwa aus dem
Festhalten der alten Reichsverfassung, aus dem Festhalten der alten
Verträge? Wahrhaftig nicht! Denn da waren sie nur Vasallen,
die sich unbedingt den Anordnungen, welche die Centralgewalt im
Großen und Ganzen traf, unterordnen mußten. Die deutschen
Fürsten vermögen ihre Usurpation wohl nur zu vertheidigen, weil
das alte Recht, von dem sie sich schieden, völlig abgestorben und
dem alten deutschen Reiche der Lebensodem ausgegangen war.

Preußen hat, wie Sie wissen, eine sehr thätige Rolle dabei
gespielt, diesen alten Schutt fortschaffen zu helfen, wie es noth=
wendig war, wenn an die Stelle des alten ein neues Gebäude
aufgeführt werden sollte. Möge Preußen jetzt, wo das Alte be=
seitigt ist, wo die Zeit des Auflösens und Zerstörens vorüber ist,
und der Aufbau begonnen werden soll, seine geschichtliche und ins=
besondere seine deutsche Sendung nicht verkennen. Denn nicht

durch das starre Festhalten eines alten status quo ist es groß ge=
worden, sondern durch das Begreifen des Moments, das sichere
und rasche Festhalten der jedesmal herrschenden Idee und geschickte
Benutzen der Umstände. Ich wünsche nun, daß Preußen und
insbesondere unsere Regierung dies recht bald einsehe, so daß es
noch möglich ist, von dem betretenen Wege des starren Festhaltens
am Alten zurückzugehen.

Ich hoffe, daß das so sehr betonte dreifache „Niemals",
welches der Herr Minister=Präsident aussprach, dasselbe Schicksal
haben werde, wie ein gleiches Wort auf dem Vereinigten Land=
tage 1847, welches uns allen noch in frischem Andenken ist.
Solche Worte, in welchen Nimbus von Autorität sie sich auch
hüllen, weht der Hauch der Geschichte fort wie Staub.

Noch an eins habe ich hierbei die deutschen Kabinette und
insbesondere unsere Regierung zu mahnen, daß sie ja sich bedenken
sollen, an das Letzte, das Heiligste zu tasten, ohne welches kein
Volk zu bestehen vermag. (Bravo!)

Ich möchte sie mahnen, keinen Raub zu begehen an dem
Selbstgefühl des Volkes, an dem Vertrauen des deutschen Volkes
auf seine nationale Zukunft, seine geschichtliche Bestimmung! Sie
wissen, wie oft das Vertrauen und die gerechten Hoffnungen des
Volkes in dieser Beziehung getäuscht worden sind, lediglich durch
die Schuld der Kabinette. Die ganze Geschichte der letzten Jahr=
hunderte ist ein fortwährender Verrath der Kabinette an dem Volke.
(Bravo!)

Treten Sie dagegen unserm Antrage bei — giebt dann auch
die Regierung nicht nach, haben wir auch nicht die Macht, un=
mittelbar und direct auf den Beschluß der Regierung in dieser
Beziehung zu influiren, so schützen Sie sich doch bei der Mit=
und Nachwelt vor der Mitschuld der Regierung, deren traurige
Folgen sehr bald über uns einbrechen werden. Sie schützen sich vor
der Mitschuld an der schwersten Sünde, die überhaupt an einem
Volke begangen werden kann, von der es keine Sühne giebt, der
Sünde wider den heiligen Geist der Geschichte." (Bravo!)

Wie Schulze's Worte zur Wahrheit geworden sind, das
hat die Geschichte gelehrt. Leider hat erst ein Bruderkrieg

in Deutschland wieder erobern müssen, was der freie Ent=
schluß zur rechten Stunde friedlich herbeigeführt haben würde.

Auf der Bank der Angeklagten.
1850.

Dem Votum der zweiten Kammer in der Kaiserfrage
und über den Belagerungszustand in Berlin folgte die Auf=
lösung der Kammer am 27. April 1849. Sofort begannen
denn auch die längst geplanten Kunststücke der Reaktion ihre
Rolle zu spielen. Das demokratische Wahlrecht wurde durch
eine Octroyirung am 30. Mai beseitigt und durch das Drei=
Klassen-Wahlrecht ersetzt. — Die demokratische Partei wurde
des Hochverrathes bezichtigt und nach Möglichkeit verfolgt.
Die Vertreter derselben in der Nationalversammlung und in
der aufgelösten zweiten Kammer suchte man in Prozesse zu
verwickeln und ganz besonders hatte man es auf die Beamten
hierbei abgesehen, an welchen die Reaktion bei einer zu er=
reichenden Verurtheilung außer der richterlich erkannten Strafe
auch noch auf dem Wege der Disziplinirung ihr Müthchen
kühlen konnte.

Bereits am 16. Mai wurde nach einer wohlgeplanten
Verschärfung des Belagerungszustandes und Einsetzung eines
Kriegsgerichtes der Abgeordnete Geh. Obertribunalsrath Wal=
deck verhaftet, unter dem Vorgeben, daß er an einem hoch=
verrätherischen Plan zur Herstellung einer sozial=demokrati=
schen Republik betheiligt sei. Gefälschte Schriftstücke bildeten
die Grundlage einer Anschuldigung, von welcher man hoffte,
es würde sich das eben eingesetzte Kriegsgericht für kompe=
tent erklären, hierauf zu erkennen. Die Fälschungen lagen
jedoch so offenkundig vor Aller Augen, daß das Kriegsgericht
nicht auf Erhebung einer Anklage eingehen mochte. So
mußte es denn die Reaktion mit den ordentlichen Gerichten

verſuchen, wobei nach den damals noch beſtehenden Geſetzen
die Geſchworenen über Schuld und Unſchuld zu erkennen
hatten. Durch eine ganze Reihe von Reaktions-Künſten
gelang es zwar, Waldecks Unterſuchungshaft ſieben volle
Monate hinzuziehen und eine Anklage zu Stande zu bringen,
wonach er Kenntniß gehabt haben ſollte von dem angeblichen
hochverrätheriſchen Unternehmen; allein auf die Anklagebank
vor den Geſchworenen im November 1849 gebracht und unter
der Leitung des charakterfeſten und geſetzestreuen Präſidenten
Taddel verwandelte ſich die Anklage in ein ſo ſchändliches
Parteigetriebe, daß ſelbſt der Staatsanwalt nicht anders
konnte, als die ganze Intrigue für „ein Bubenſtück“ zu
erklären, das „erſonnen ſei, einen Mann zu verderben.“ Die Geſchworenen ſprachen ihr „Nichtſchuldig“ aus
und für einen Moment ſchien es, als ob der moraliſche Eindruck dieſes Ereigniſſes die Wuth politiſcher Verfolgungen
dämpfen müßte.

Bald jedoch ſollten neue Thatſachen lehren, daß dieſe
Hoffnung eine trügeriſche ſei.

Zur Zeit als die Freiſprechung Waldecks und die Ent-
hüllung des Bubenſtückes, das gegen ihn geplant wurde, die
Gemüther des Volkes in Aufregung verſetzte, tagten in Berlin
die auf Grund des octroyirten Drei-Klaſſen-Wahlgeſetzes zu-
ſammengetretenen Kammern, um die Verfaſſung vom 5. De-
zember 1848 zu reviſiren. Nach dieſer Verfaſſung ſollte bei
politiſchen und Preß-Prozeſſen der Spruch der Geſchworenen
über die Schuldfrage entſcheiden. Allein nach Abſchluß der
Reviſion im Januar 1850 gelangte eine königliche Botſchaft
an die Kammern, in welcher neben andern Verkümmerungen
der Rechte des Volkes auch die Einſetzung eines Staats-
gerichtshofes für hochverrätheriſche und gegen die
Sicherheit des Staates gerichtete Handlungen verlangt wurde. Da von der Annahme dieſes neuen Ver-
faſſungs-Artikels die Geltung und die Beeidigung der Ver-

faſſung abhängig gemacht wurde, ſo entſchloß ſich die Majorität
nach vielen Kämpfen zur Annahme auch dieſer Beſchränkung
des bereits beſtehenden Rechtes, worauf denn in ſpätern Zeiten
und bis auf den heutigen Tag den Geſchworenen ganz und
gar die Kompetenz in politiſchen und Preß=Prozeſſen ent=
zogen wurde.

Bevor jedoch dieſe Verkümmerung des Volksrechtes in volle
Wirkſamkeit getreten war, ſuchte die Reaktion durch Monſtre=
Prozeſſe in großem Stil ihren Kampf gegen die demokrati=
ſchen Volksvertreter zu führen. Man verſuchte zuerſt die
Steuerverweigerung vom 15. November 1848 zu einem
hochverrätheriſchen Akt zu erheben, vermochte jedoch damit
nicht bei den Anklage=Senaten durchzudringen, weil ein Ge=
ſetz aus dem Juni 1848 die Abgeordneten zur National=
verſammlung der Verantwortlichkeit für ihre Abſtimmungen
und Reden enthoben hatte. Da nahm denn die Regierung
zu dem leichtern Mittel ihre Zuflucht, die Verbreitung des
Steuerverweigerungsbeſchluſſes und ganz beſonders
einer Proklamation der Nationalverſammlung, welche die Ab=
geordneten meiſtens ihren Wählern zugeſendet hatten, für eine
Aufforderung zum Aufruhr zu erklären, welche im Land=
recht mit ſchwerer Strafe bedroht war.

Der Monſtre=Prozeß wurde gegen zweiundvierzig Mitglie=
der der Nationalverſammlung, worunter auch unſer Schulze,
angeſtrengt. Freilich konnte man für jetzt noch nicht die An=
geklagten dem Spruch der Geſchworenen entziehen. Aber man
machte die eifrigſten Anſtrengungen, dem Prozeß den groß=
artigſten Maßſtab dadurch zu verleihen, daß man die Ange=
klagten ihrem eigentlichen Forum in den verſchiedenſten Ge=
richten der Orte entzog, wo ſie den angeblichen Aufruhr hatten
herbeiführen wollen. Sie wurden ſammt und ſonders in Berlin
vor Gericht geſtellt, wo man die Hoffnung hegte, die von dem
Polizei=Präſidenten Herrn v. Hinckeldey ausgewählten Geſchwo=
renen den Wünſchen der Reaktion gefügiger geſtimmt zu finden.

Charakteristisch für den damaligen Zustand ist die That=
sache, daß dieser Tendenz=Prozeß am 4. Februar begonnen
wurde, zwei Tage vor der feierlichen Beeidigung der
preußischen Verfassung, worin das Recht der Volks=
vertretung festgestellt sein sollte. Es leuchtet ein, daß bei
solchem Vorgehen gegen die Vertreter des Volkes das Ver=
trauen zu einem verfassungsmäßigen Regiment nimmermehr
Wurzel schlagen konnte.

Unter den zweiundvierzig Angeklagten gehörte die grö=
ßere Hälfte dem preußischen Beamtenthum an. Acht der=
selben waren Geistliche der evangelischen und der katho=
lischen Kirche, drei derselben gehörten dem Lehrerstande an,
vier waren Verwaltungs=Beamte, während acht dem Justiz=
Dienst angehörten. Ihr Erscheinen auf der Anklagebank,
welche man zu diesem Zweck sehr wesentlich erweitern mußte,
machte auf die Zuhörer einen imposanten Eindruck und konnte
auch auf die Geschworenen einen solchen nicht verfehlen, wie=
wohl man bei der Zusammenstellung derselben auf der Monats=
liste sehr wohl Bedacht darauf genommen hatte, sie aus den
conservativsten Parteien auszulesen. Da die Angeklagten ihren
Wohnsitz nicht in Berlin hatten, mußte der Gerichtshof es
gestatten, daß man Zeugen aus der Heimath herbeibrachte,
die über das Gesammtverhalten der Angeklagten Auskunft
geben konnten. Selbstverständlich war auch die Staatsanwalt=
schaft in den eifrigsten und tüchtigsten Kräften dieses Amtes
vertreten; nicht minder aber bildeten die vorzüglichsten und
angesehensten Rechtsanwälte die Reihe der Vertheidiger. Der
Zuhörerraum vereinigte, soweit die für solchen Massen=Prozeß
viel zu enge Lokalität im Kriminalgerichtsgebäude auf dem
Molkenmarkt es zuließ, die Elite der politischen Persönlich=
keiten aus allen Parteien. Das Interesse steigerte sich mit
der Dauer der Verhandlung, welche am 4. Februar begann
und erst am 21. Februar durch den Spruch der Geschworenen
ihren Abschluß fand.

Am 8. Februar 1850 kam die Anklage wider unsern Schulze zur Verhandlung. Da traten denn neun Bürger aus Delitzsch, worunter auch Mitglieder des Gemeinde-Collegiums daselbst, auf und entwarfen ein Bild von dem Privatleben wie von dem politischen Verhalten des Angeklagten, das die Staatsanwaltschaft in allen ihren anschuldigenden Voraus- setzungen entwaffnete. Die Geschworenen vernahmen mit voll- ster Theilnahme von der Thätigkeit Schulze's in dem Noth- jahr 1846 bis zur Erntezeit des Jahres 1847. In der Hauptsache, der Erregung eines Aufruhrs, bekundeten die Zeugen, daß gerade im Gegentheil alle Privatbriefe Schulze's nach der Heimath im November 1848 zur Ruhe ermahnten und von jeder Art Gewaltthätigkeit und Widersetzlichkeit ab- riethen. Der Eindruck dieser Aussagen war ein so starker, daß die Staatsanwaltschaft, vertreten an diesem Tage durch den Assessor von Nadecke, vorweg einräumte, daß der An- geklagte zwar keine Excesse hervorgerufen, gleichwohl jedoch durch die Mittheilung des Steuerverweigerungsbeschlusses und der Proklamation der Nationalversammlung einen Versuch des Aufruhrs sich habe zu Schulden kommen lassen.

Hierauf erhob sich Schulze zu einer Vertheidigungsrede, welche die ganze Lage der damaligen Verhältnisse in so klarer Weise darthut, daß sie ein Stück Zeitgeschichte von historischem Werth genannt werden muß. Wir theilen sie nur auszüglich hier in ihrem wesentlichsten Inhalt mit, in- soweit sie zur Kenntniß seines Geistes, seiner juristischen Einsicht, wie seiner politischen Anschauung charakteristisch ist. Es lautete dieselbe wie folgt:

Meine Herren Geschworenen, der Spruch, den man von Ihnen verlangt, ist bereits gefällt, gefällt von dem, dem er einzig zustand, vom Volke. Wenn in konstitutionellen Staaten der Fall vorkommt, daß die Volksvertretung nach Ansicht der Regierung zu weit geht, und die Regierung zur Auflösung schreitet, so appellirt sie dadurch selbst an das Volk, welches in den vorzunehmenden Neuwahlen

das Endurtheil spricht. Ein anderes, ein Criminalverfahren kennt
der konstitutionelle Staat in solchem Falle gegen seine Abgeordneten nicht, und die Zuständigkeit dieses Volksgerichts wird sich
gegen alle Sprüche der Gerichtshöfe behaupten. Darum verfahren
Sie mit uns in Gottes Namen; wir haben nicht blos für unseren
Kreis, wir haben für das ganze Land gestanden, auch für Sie,
meine Herren, haben wir mitgearbeitet und gekämpft; warum
sollten Sie uns nicht richten?

Der Conflikt selbst, sein Beginn und Verlauf sind bekannt.
Die im Gesetz vom 8. April 1848 uns gestellte Aufgabe der Vereinbarung einer Staatsverfassung mit der Krone, enthielt ihn schon
im Keim, indem beim Mangel einer Einigung zwischen den ver-
tragenden Parteien in dem oder jenem Punkte, die Souveränetäts-
frage, die Frage, wem die oberste Entscheidung allein zustehe, früher
oder später auftauchen mußte. Nicht erst bei dem Ausbruch der
Differenz, nein, sogleich nach dem Zusammentreten der Nationalversammlung suchten deren Mitglieder ihre Stellung gegen Krone
und Volk, den Umfang ihrer Pflichten und Rechte klar zu fassen,
und hier war es das erwähnte Gesetz vom 8. April 1848, auf
welchem wir fußten. In dem bereits im Juni 1848 durch die
Presse veröffentlichten Programme des linken Centrums, dem ich
angehörte, war aus dem Vereinbarungsprinzipe durchaus begriffs-
mäßig die Gleichberechtigung der paciscirenden Theile abgeleitet,
weil eine Vereinbarung, d. h. eine freie Einigung des Willens nur
unter Selbstständigen, von einander ganz Unabhängigen denkbar
ist, nicht da, wo dem Einen eine Verfügung über den Andern zusteht, welche dessen Entschließung alterirt. Als praktische Consequenz
wurde daraus weiter gefolgert: daß der Krone daher auch das
Recht, die Versammlung einseitig zu vertagen, zu verlegen oder aufzulösen, nicht zustehe, weil in solchen Maßregeln eine in die Willens-
bestimmung des andern Theiles eingreifende, die freie Einigung
also ausschließende, sogar dessen Existenz bedrohende Verfügung gefunden wurde.

Mit dieser Auffassung, die sich auf den klaren Wortsinn des
uns berufenden Gesetzes stützte, stand die vom Ministerium Brandenburg vertretene königliche Botschaft vom 8. November 1848 im
direkten Widerspruche. Ich will den Streit, ob Umstände vor-

handen waren, die ihren Erlaß nöthig oder doch räthlich machten,
hier nicht erneuern. Aber da der Herr Staatsanwalt so großen
Nachdruck auf die hiesige Straßenanarchie gelegt, welche einen Theil
unserer Versammlung, wohl die rechte Seite, eingeschüchtert habe,
da er sich besonders auf die bekannten Vorfälle bei der Abend-
sitzung des 31. Oktober 1848 stützt: so lassen Sie uns einmal an
diesem Beispiele sehen, was es mit dieser Einschüchterung für eine
Bewandniß hat. Allerdings fand an diesem Abende ein ungesetz-
licher Angriff statt, ich gestehe dies zu und kann es nur bedauern,
es war der einzige derartige Fall. Eine Petition des hier versammelten demokratischen Congresses, von dem sich die Mitglieder
unserer Linken lossagten, drang darauf, daß dem bedrängten Wien
von hier aus unverzüglich ein Heer zu Hülfe gesendet werde, und
dies Verlangen wurde von bedeutenden Massen, die in das von
der Bürgerwehr besetzte Sitzungslokal einzudringen suchten, unterstützt. Wohl war die Aufregung des Volkes erklärlich, das in dem
Schicksale Wiens das Schicksal des bereits von den Truppen cer-
nirten Berlins erblickte. Einige Deputirte stellten einen bezüglichen
Antrag, die Nationalversammlung aber, die von dessen Unausführ-
barkeit überzeugt war, obschon sie alle Sympathien für die be-
drängte Stadt theilte, verwarf diesen Antrag mit großer Majorität,
während Volkshaufen die Bürgerwehr in die Eingänge des Hauses
zurückdrängten. Hat sich also die Nationalversammlung, haben sich
insbesondere die Mitglieder der Rechten durch jenen Auflauf ein-
schüchtern lassen? Nein, meine Herren, sie wußten, daß ein Volksvertreter vor Allem so viel Muth besitzen müsse, um der brutalen
Gewalt, sie komme von oben oder von unten, die feste Mannes-
stirn entgegenzusetzen. Durch die Straßenanarchie sind sie nicht
eingeschüchtert worden, aber freilich der Einschüchterung von einer
andern Seite her sind sie erlegen, der Einschüchterung durch die
Waffengewalt der Regierung. Es ist aus unsern Verhandlungen
bekannt, daß die ganze rechte Seite des Hauses mit uns die Ernennung des Ministeriums Brandenburg für eine verderbliche Maßregel hielt, daß sie die Adresse, die Deputation an des Königs
Majestät theilte, daß auch sie die Erlassung der Ordre vom 8. November als eine ungesetzliche Maßregel beklagte. Aber hinter dem
Ministerium standen nicht blos unbewaffnete Volkshaufen, sondern

ein wohlorganisirtes Heer, und die auf den Sitzungssaal gerichteten Kanonen sprachen eindringlicher, als das Geschrei einer tumultuirenden Menge. Dieser Einschüchterung widerstanden sie nicht und verließen, nach unserer Ansicht wider Pflicht und Gewissen, ihre Plätze.

Weiter habe ich mich gegen den völlig absolutistischen Standpunkt der Staatsanwaltschaft dabei zu verwahren. Die Anklage spricht von den der königlichen Botschaft ungehorsamen Abgeordneten. Welche Auffassung der konstitutionellen Verhältnisse! Muß ich Sie an v. Unruh's Worte von jenem denkwürdigen Tage erinnern: „daß königliche Botschaften in konstitutionellen Staaten nichts Anderes sind, als Akte des verantwortlichen Ministerii und daß die Volksvertretung das Recht und die Pflicht hat, die Legalität derselben zu prüfen?" Zum Gehorsam, d. h. „zur unbedingten Unterwerfung ohne Prüfung und ohne Wahl", ist nur der Soldat unter der Fahne und gewisse Beamte verpflichtet, und auch diese noch unter Modifikationen; die Volksvertretung befolgt keine Kommando's und empfängt keine Befehle von der Regierung, noch ist sie deren Unterbehörde, da sie ihr als gleichberechtigt in der Gesetzgebung zur Seite steht.

Nie ist von uns, das beachten Sie wohl, meine Herren, das konstitutionelle Princip so weit vergessen. Nie haben wir des Königs Majestät in diese Kämpfe gemischt, da wir es überhaupt mit der Krone und deren Träger in jenem Konflikte gar nicht zu thun hatten, sondern lediglich mit dem verantwortlichen Ministerium und dessen Vertagungs- und Verlegungsordre. Nur gegen diese gingen unsre Beschlüsse, die Sie gehört haben, und es ist mehrfach und ausdrücklich in den verlesenen Aktenstücken ausgesprochen: daß wir die Maßregeln des Ministeriums darum bekämpften, weil daraus unabsehbare Gefahr für das Land und für die Krone erwachsen müßte. Die es anders darstellen, thun der Krone selbst den schlechtesten Dienst, die eben nur dann gefährdet wird, wenn man sie aus ihrer Stellung über den Parteien herabzieht und mit den Kämpfern vermengt.

In so schwieriger Lage suchten wir die Stellung, die uns das Gesetz anwies, zu behaupten. Nicht um ein Nachgeben in gleichgültigen Punkten handelte es sich, wie Manche es darzustellen suchen. Nein, um die Vollbefugniß, die Gleichberechtigung der

Volksvertretung neben der Krone beim Zustandebringen des Ver-
fassungswerkes. Einmal hinter diese Linie zurückgedrängt, einmal
die Position aufgegeben, sei es auch in der scheinbar unwesent-
lichsten Beziehung, und sie war verloren für immer; Gesetz wurde
fortan der eine überwiegende Wille, an die Stelle der Vereinbarung trat die Oktroyirung. Dies ist das Gefühl, das uns
Alle beseelte; die Erfahrung hat es bestätigt. Schritt für Schritt
von ihrer Bedeutung zurückgedrängt, wurde die spätere Versammlung zu nicht viel anderem benutzt, als den Willen der Regierung,
etwa in Nebendingen modificirt, zu sanktioniren. Mögen nun
jetzt vielleicht viele hierin die richtige Stellung der Kammern erblicken: Wir im frischen Andenken der Verheißungen des März,
gestützt auf die Gesetze des April 1848, konnten in jenen Tagen
dies unmöglich. Von uns forderten nach unserer heiligsten Ueberzeugung Ehre und Pflicht, fest zu stehen auf dem, was wir für
unser, für des Volkes gutes Recht erkannten. Der militärischen
Macht der Regierung hatten wir nur unsere parlamentarische
Energie entgegenzusetzen. Freilich ein Kampf mit sehr ungleichen
Waffen, den wir jedoch, gestärkt von der lauten Beistimmung des
Volkes, die sich in unzähligen Deputationen und Adressen kund
gab, aufnahmen. Die Regierung, so meinten wir, würde der
Volksstimme, die sie in der bekannten Proklamation vom 11. November zur Entscheidung des Konfliktes selbst aufgerufen hatte,
nachgeben. Sie finden die Begeisterung jener Tage, das Bemühen,
die großen Volkserhebungen von jedem Exceß, jeder Störung der
Ordnung frei zu halten, in dem von der Staatsanwaltschaft aner-
kannten Brief von mir, sowie in dem offenen Sendschreiben an
meine Wähler vom 11. November 1848, das, obschon zunächst
für meinen Kreis verfaßt, von vielen meiner Kollegen angenommen
und in deren Heimat gesendet worden ist. Allein unsere Hoffnung
trog, die Volksstimme verhallte ungehört. Weiter und weiter
schritt die Gewalt vor und drängte uns endlich zum letzten parlamentarischen Mittel, dem Ihnen bekannten Steuerverweigerungs-
beschlusse, worin wir dem Ministerium Brandenburg, so lange es
auf seinen ungesetzlichen Gewaltmaßregeln gegen die Nationalversammlung beharre, die Erhebung von Steuern und Verwendung
von Staatsgeldern absprachen. Es war nichts als die Consequenz

der früheren Beschlüsse. Wegen unserer Befugniß dazu verweise ich auf den verlesenen Kommissionsbericht. Das Eindringen der Bajonette mag für Manche ein Beweis gewesen sein, daß der äußerste Moment, für welchen dies äußerste Mittel der Nothwehr aufgespart werden müsse, eingetreten sei; daß es uns die ruhige Ueberlegung genommen, dagegen muß ich mich und die übrigen Angeklagten, von denen ich dazu ausdrücklich ermächtigt bin, verwahren. Gewiß ist es der angefochtenste unserer Schritte, wie es bei einer so außerordentlichen Lage nicht Wunder nehmen kann; angefochten von den entgegengesetztesten Seiten. Während wir den Einen zu weit damit gingen, thaten wir Andern dadurch nicht genug. Während Diese den passiven Widerstand als eine Halbheit gegenüber der organisirten physischen Gewalt der Regierung verhöhnten, erblickten Jene darin die Provokation zur Anarchie.

Die Staatsanwaltschaft hat auf die furchtbaren Folgen besonders Gewicht gelegt, den möglichen Bürgerkrieg, den der Beschluß hätte haben können. Ich erwidere darauf, daß weder der Beschluß noch dessen Ausführung diese Folgen haben konnten, wenn sich die letztere in den Grenzen des passiven Widerstandes hielt, wie sie sollte und mußte, wenn sie überhaupt eine Ausführung sein wollte. Für das Hinzutreten ganz neuer thatsächlicher Momente, welche darin gar nicht enthalten waren, könnte man uns auf keinen Fall verantwortlich machen. Aber wer trug denn die Schuld daran? wer war es denn, der die parlamentarischen Debatten abbrach, den Boden des Gesetzes verließ, mit militärischer Gewalt auftrat? wer war denn der Angreifer? Wenn nun dem Einmarsch der Truppen in Berlin wirklich von der Bürgerwehr Widerstand entgegengesetzt worden wäre, hätten wir dies veranlaßt? Gesetzt, meine Herren, einer von Ihnen mitten im Frieden seines Hauses wird von einem Andern angegriffen, der ihm den Degen auf die Brust setzt, irgend etwas wider Recht und Gesetz von ihm zu erpressen; der Angegriffene wehrt sich und der Kampf nimmt ein blutiges Ende. Wird man denn nun sagen können: Ja, hättest Du Dich nicht gewehrt, hättest Du gethan, was der Andere forderte, so wäre das nicht gekommen? Dein Widerstand hat das veranlaßt und Du mußt die Folgen verantworten? Keine andere Bewandtniß hat es mit der Deduktion der Staatsanwaltschaft.

Widerrechtlich angegriffen, haben wir uns der Gewalt nicht ge=
fügt, aber wir schieben die Folgen, die dies hätte haben können,
zurück auf die Angreifer und verwahren uns feierlich in dieser
ernsten Stunde vor dem Ansinnen einer solchen Verantwortlichkeit.
Mögen wir geirrt, einen Mißgriff gethan haben — eine unbe=
fangenere Zeit mag darüber entscheiden — aber verleugnen werden
wir nichts, wie wir auch, trotzdem der Erfolg gegen uns gewesen,
nichts bereuen; denn wahrlich die neusten Erfahrungen sind nicht
der Art, uns eines Irrthums in unserm Gewissen zu zeihen. Wir
treten vor Sie mit voller Offenheit, wie wir dies Ihnen, als
unsern Richtern, wie wir dies uns selbst und unserer politischen
Stellung, wie wir dies dem Volke schuldig sind, für dessen Sache,
da uns die Tribünen der Kammern verschlossen sind, auch von der
Bank der Angeklagten zu zeugen wir für unsere ehrenvolle Auf=
gabe halten.

Ich komme zu dem speziellen Theile der Anklage, wo ich, unter
Voraussetzung der nähern Ausführung der einzelnen Momente durch
meinen Herrn Vertheidiger, dieselben nur übersichtlich zusammen=
zufassen versuchen werde, um das mir dienlich scheinende beizu=
bringen.

Ich soll mich des Versuchs eines nach § 40 und 167 A. L. R. II. 20.
strafbaren Aufruhrs schuldig gemacht haben, durch Verbreitung des
Steuerverweigerungsbeschlusses und der Proklamation vom 18. No=
vember 1848, in welcher man eine Aufforderung zu dessen Aus=
führung findet. Ich habe die Verbreitung beider Schriftstücke
eingeräumt, zugleich aber nachgewiesen, wie fern die Absicht, Auf=
ruhr zu erregen, von mir lag, indem gerade durch meine Bemühungen
Aufruhr und Störung der öffentlichen Ruhe in meinem Wahlkreis
mehrfach vermieden sind.

Das Gesetz bestimmt nach § 167: „Wer eine Klasse des
Volks oder die Mitglieder einer Stadt= oder Dorfgemeinde ganz
oder zum Theil zusammenbringt, um sich der Ausführung obrig=
keitlicher Verfügungen mit vereinigter Gewalt zu widersetzen oder
etwas von der Obrigkeit zu erzwingen, der macht sich eines Auf=
ruhrs schuldig." Schon die künstliche Ausführung in der Anklage,
die Spaltung des bezüglichen Paragraphen, wodurch man über
die Nothwendigkeit des gewaltthätigen Auftretens hinweg zu kom=

men sucht; die den Wortsinn verleugnende Erklärung, wonach das Zusammenbringen einer Menge kein räumliches, nur das Hinleiten Mehrerer an verschiedenen Orten zu einem Zwecke sein soll, müssen in jedem Unbefangenen Bedenken erregen.

Soll die Aufforderung zu einer Handlung ein Verbrechen enthalten, so muß nothwendig die Handlung selbst, zu der ich auffordere, strafbar sein. Die Aufforderung zu einer in den Gesetzen nicht verbotenen Handlung kann unmöglich bestraft werden. Die Nichtzahlung von Steuern, zu der wir aufgefordert haben sollen, gehört aber nicht zu den in unserm Strafgesetz verpönten Handlungen und zieht keine anderen, als privatrechtliche Nachtheile nach sich. Wie soll die Aufforderung dazu ein Verbrechen sein? Ferner: Wenn in der fraglichen Aufforderung der Versuch der Erregung von Aufruhr liegt, so sind Diejenigen, welche der Aufforderung Folge gegeben, Theilnehmer am Aufruhr, dies wird Niemand in Abrede stellen können. Wollten Sie wirklich, meine Herren, solche Steuer-Restanten unter das Aufruhrgesetz stellen? Wollten Sie es etwa, wenn nicht blos Einzelne, sondern ganze Gemeinden und Klassen des Volks sich dabei betheiligt hätten? Aber dieser letztere Umstand ändert in dem Charakter, den gesetzlichen Folgen der Handlung nichts. Wie den Einzelnen, so trifft auch ganze Gemeinden und Volksklassen die Exekution bei Nichtentrichtung von Steuern. Erst wenn ein Widerstand gegen die Hebungsbeamten vorkommt, scheiden sich beide Fälle. Was bei den Einzelnen Widersetzlichkeit gegen Abgeordnete der Obrigkeit ist, wird bei einer Gesammtheit, welche mit vereinter Gewalt handelte, zum Aufruhr.

Nicht also eine Aufforderung zur Verweigerung der Steuern innerhalb der Grenzen des passiven Widerstandes, vielmehr nur eine Aufforderung: sich der Steuererhebung mit vereinter Gewalt zu widersetzen, kann als Erregung von Aufruhr angesehen werden. Daß eine solche stattgefunden, wird in der Anklage gar nicht einmal behauptet.

Die Begründung, welche die Staatsanwaltschaft, im Widerspruch hiermit, versucht: daß in unserem Falle, wo man beabsichtigt, die Krone durch die fragliche Maßregel zur Entlassung der Minister oder zur Zurücknahme der Botschaft zu zwingen, auch

ohne vereinte physische Gewalt ein Aufruhrversuch vorhanden gewesen, hält hiergegen nicht Stich; daß überhaupt konstitutioneller
Weise von einem Zwange gegen die Krone hier nicht die Rede
sein kann, ist schon berührt; jedes Auftreten einer Kammer gegen
die Regierung in einer Kabinetsfrage wäre dann ein Zwang gegen
die Krone.

Da könnte am Ende, wie gesagt, jede Budget-Verweigerung,
jeder Kammerbeschluß in einer Kabinetsfrage die Veranlassung zu
einer Aufruhruntersuchung werden. Nehmen Sie an, das Ministerium löse in solchem Falle, wie es gemeiniglich geschieht, die
Kammern auf, die alten Deputirten agitiren für ihre Wiedererwählung beim Volke, und Sie haben den ganzen Thatbestand des
Aufruhrs in der Anklage. Denn durch Aufforderung des Volkes
zu ihrer Wiedererwählung — freilich an sich etwas so wenig
Strafbares als die Nichtzahlung von Steuern — wollen ja die
frühern Abgeordneten den Rücktritt des Ministerii oder die Zurücknahme einer Regierungsmaßregel erzwingen. Nein, meine
Herren, zum Aufruhr gehört vor Allem die vereinte physische
Gewalt Mehrerer, eine Zusammenrottung; so spricht schon das
Wort das Rechtsbewußtsein eines Jeden an, so ist das Verbrechen
in den Gesetzgebungen aller zivilisirten Staaten charakterisirt, und
auch von unsern Gerichtshöfen bisher stets ausgelegt worden.

Und dennoch diese Anklage, fragen Sie, meine Herren? Gerade in ihrer Schwäche sehen Sie den besten Beleg für das Ten-
denziöse, den politischen Charakter des ganzen Prozesses. Von
jeher hat man es bei solchen Sachen, wo es zuerst nur darauf
ankam, eine gerichtliche Verfolgung einzuleiten, mit dem Gesetze
nicht zu streng genommen und auf das Hinzutreten der Partei-
leidenschaften gerechnet. Freilich eine gefährliche Lehre, die man
den Gegnern giebt, von dieser Ausbeute des Sieges, wenn einmal
an diese die Reihe kommen sollte.

Wie der Spruch auch falle, wir sehen ihm ruhig entgegen.
Ihr Schuldig nimmt uns die Freiheit, unsere Aemter und Sub-
sistenz, ja man wird uns dafür, daß wir als Männer für unsere
Ueberzeugung einstanden, unsere bürgerliche Ehre absprechen, wäh-
rend man die Verleugnung dieser Ueberzeugung mit Orden schmückt.
Thut dies ein Schwurgericht, wo sollen sich dann noch Abgeordnete

finden, die das Recht des Volkes vertreten, so möchte man fragen. Eins aber, den unerschütterlichen Glauben an unsere gute Sache können Sie uns nicht nehmen, der uns, ihren Bekennern, den freudigen Muth im Leiden giebt. Was Sie auch thun, Sie tragen zu ihrer Verherrlichung bei, Sie mögen binden oder lösen, Sie mögen uns freisprechen oder uns verdammen. Das ist das Hohe, das Unantastbare einer geschichtlichen Idee, daß ihr selbst ihre Gegner dienen, wenn sie es am wenigsten wollen. Diejenigen, meine Herren, welche diesen und andere ähnliche Prozesse einleiten ließen, haben in der That unserer Sache nur gedient. Denn das werden Sie sich nicht verhehlen, nicht die Häupter von uns An= geklagten allein trifft Ihr Verdikt, nein die ganze, große Partei, für die wir hier einstehen müssen. Mit uns freuen sich, mit uns trauern Tausende unserer Mitbürger, je nachdem unser Loos fällt.

Und noch mehr: Der Spruch, den Sie über uns fällen, trifft zugleich Sie selbst. Das haben die Geschworenen mit den Ver= tretern des Volkes gemein, daß beide der öffentlichen Meinung, dem sittlichen Gefühl im Volke, die einen in der Gesetzgebung, die andern im Rechtsprechen Geltung verschaffen sollen, und daher nur ihrem Gewissen verantwortlich sind. Die politische Wirksamkeit der Volksvertretung gehört also vor das unparteiische Gericht der Geschichte. Indem man Sie dennoch berief, diesen Spruch zu fällen, hat man Sie selbst mit vor diese höchste Instanz gestellt, denn Ihr Spruch wird zum politischen Akt, der einst in der Reihe dieser Kämpfe seine Würdigung finden und namentlich bei Be= urtheilung des sittlichen Standpunktes der einzelnen Parteien einen Anhalt gewähren wird.

Wohl denn, meine Herren, damit schließe ich: Richten Sie uns, wie Sie selbst gerichtet sein wollen.

Der Eindruck der Rede war so mächtig, daß sein Ver= theidiger, Rechts=Anwalt Volkmar, das Geständniß ablegte, derselben nichts hinzuzufügen zu können. Der Staatsanwalt dagegen sah sich durch die staatsrechtliche Deduktion zu dem, die ganze Versammlung in Erstaunen versetzenden Bekennt= niß gezwungen, daß die Anklage in der That nicht vom constitutionellen, sondern vom absolutistischen Stand=

punkt aus begründet sei, da im November 1848 zwar einige conſtitutionelle Einrichtungen beſtanden, aber keine wirkliche Verfaſſung exiſtirte, welche die abſolute Gewalt des Königs beſchränkt hätte.

Die Vertheidigungsrede Schulze's bildete den Höhepunkt des Monſtre=Prozeſſes. Sie hatte nicht blos ſeine, ſondern auch — mit alleiniger Ausnahme des Mitangeklagten Aſſeſſor Bucher — die Freiſprechung aller Angeklagten durch die Geſchworenen am 21. Februar 1850 zur Folge.

Neue Katastrophen.
1850—51.

Nach der Vertheidigungsrede Schulze's im Steuerver= weigerungsprozeß trat eine Pauſe in ſeinem politiſchen Wirken ein, die faſt ein ganzes Jahrzehnt anhielt. Aber gerade dieſes Jahrzehnt war das fruchtreichſte ſeines Daſeins. In ihm entwickelte ſich die Begabung Schulze's zu einer Höhe, welche ihn in die erſte Reihe berühmter Zeitgenoſſen ſtellt und den Grund legte zu den ſegensreichen Schöpfungen, die ſeinen Namen auf die dankbare Nachwelt übertragen.

Wir kommen hier zu der Entwicklung des von ihm theo= retiſch und praktiſch ins Leben gerufenen Genoſſenſchaftsweſens, welches gegenwärtig bereits für Hunderttauſende des gewerb= lichen Lebens ſegensreich iſt und in weiterer Entwicklung noch in unabſehbarem Umfange zunehmen wird. Um jedoch eine Skizze dieſer Schöpfungen von Beginn ab und bis auf un= ſere Zeit im ununterbrochenen Zuſammenhang vorführen zu können, müſſen wir vorerſt einige weſentliche Züge ſeines privaten Lebens hier vorausſenden, die als Merkmale ſeines Charakters werthvoll ſind.

Mit der Auflöſung der Patrimonialgerichte in Preußen verlor Schulze zunächſt ſeine einträgliche Stellung in ſeinem

Heimathsorte. Er sah sich deshalb veranlaßt, seine Richter-
qualifikation, welche er sich vorbehalten hatte, geltend zu
machen und eine entsprechende Stellung bei einem der Gerichte in Anspruch zu nehmen. Nach einem kurzen Aufenthalt
bei Rodbertus auf dessen Gute im Jahre 1849, woselbst er die
reiche Bibliothek dieses eigenthümlichen National-Oekonomen
benutzte, ohne sich dessen sozialistische Ansichten anzueignen,
begab er sich wieder nach Delitzsch, woselbst er bereits die
Akten seines verwalteten Amtes abgeschlossen und dem Kreis-
gericht übergeben hatte. Seine Anstellung in dem Heimathsorte, die ihm und seinem großen Anhange am liebsten gewesen wäre, wurde indessen nicht beliebt, ja man zog diese
überhaupt hin, um sie ihm womöglich ganz zu versagen,
wenn er im bevorstehenden Steuerverweigerungs-Prozeß ver-
urtheilt würde.

Nachdem seine Freisprechung erfolgt war, veranlaßte seine
Vertheidigungsrede eine weitere Hinzögerung seiner ordentlichen Anstellung, die man ihm freilich nicht mehr versagen
konnte. Ihm indessen lag viel an seinem definitiven Eintritt
in den Staatsdienst. Er hatte bei seinem längern Aufenthalt in Berlin eine junge Dame in einem begüterten Hause
kennen gelernt, welche noch ganz besonders durch ihre
musikalische Begabung einen tiefen Eindruck auf sein Herz
gemacht und von der er voraussetzte, daß sie sein keineswegs
glänzendes Lebenslos zu theilen bereit sein würde. Erst
im Herbst des Jahres 1850 wurde ihm sein Loos bekannt.
Der deutsche Mann mit dem deutschen Herzen wurde nach
der kleinen, halb von polnischer, halb von jüdischer Bevölkerung bewohnten Stadt Wreschen in der Provinz Posen mit
einem sehr spärlichen Etat versetzt. Seine Voraussetzung indessen täuschte ihn nicht. Die junge Dame, im wohlhabenden
väterlichen Hause in Berlin erzogen, hatte nach erfolgter Zustimmung ihrer Eltern den Muth, ihm dahin zu folgen, wohin
ihn sein Geschick führte. Ja, sie bewährte gar bald den höhern

Muth, ihm weiter auf der Lebensbahn zu folgen, als die
Katastrophe eintrat, in welcher er freiwillig seinem ehren=
vollen Amte entsagte und, ganz auf seine eigne Kraft ver=
wiesen, seinen Abschied aus dem Staatsdienst verlangte und
auch erhielt.

Nach dem geschlossenen Ehebund begab er sich als Kreis=
richter nach Wreschen, wo seiner eine große Last von Arbeiten
harrte, in welchen sein energischer und umsichtsvoller Geist
eine Genugthuung nach den vielen bedrückenden politischen
Kämpfen fand.

Bei dem Gericht daselbst schwebte ein endloser Prozeß,
der noch aus der polnischen Zeit des vorigen Jahrhunderts
datirte. Die Akten dieses Prozesses hatten sich berghoch
angethürmt und boten ein Wirrsal, in das sich kaum
einer der Richter mehr hineinwagte. Jahrelang waren weder
Verhöre noch Termine hierzu anberaumt, so daß die In=
teressenten kaum mehr das Ende des Prozesses zu erleben
hofften. Nach kurzem Aufenthalt am Gericht übernahm
Schulze auf den Wunsch des Direktors, der seine Arbeits=
kraft sehr hoch schätzte, die Ordnung der Angelegenheit. Die
Aktenspinden, welche ein ganzes Zimmer bis zur Decke füllten,
wurden wiederum nach langer Pause geöffnet, die vergilbten
Akten durchstudirt, geordnet und in übersichtlichen Referaten
gangbar gemacht. In Rücksicht auf die kolossale unüber=
sehbare Arbeit wurde Schulze zur Zeit vom anderen gewöhn=
lichen Amtsdienste dispensirt. Bald konnte er wieder Termine
anberaumen und die Interessenten, die zum Theil in Polen
lebten, zu weiteren Vernehmungen vorladen, zu welchen sie
sich mit außerordentlicher Begeisterung für den umsichtsvollen
Rechtspfleger einfanden. Das Wirrsal wurde geklärt, der
Prozeß gangbar gemacht und bevor noch die Gerichtsferien
im Jahre 1851 herankamen, zur Zufriedenheit der Inter=
essenten in vollen Gang gebracht und Zahlungen aus der
angehäuften Masse geleistet.

Inzwischen war Schulze ein Sohn geboren worden, und er gedachte den Urlaub der Gerichtsferien zu einer Reise zu benutzen, um sich von der Last der Arbeiten wieder zu er- holen. Da trat der Konflikt mit dem Justizminister ein, der zu einer Lebenskatastrophe für ihn heranwuchs.

Zuerst sollte ihm auf Weisung des Justizministers Simons der Urlaub verweigert werden. Der Direktor, ein Ehrenmann, der die Verdienste Schulze's zu würdigen wußte, gerieth in große Verlegenheit, diese Verweigerung zu motiviren. Da kam es denn heraus, daß ihm wohl eine Reise gestattet werden, jedoch unter der Bedingung, daß er nicht nach Delitzsch gehen solle, woselbst man eine politische Demon- stration von Seiten seiner Parteigenossen fürchtete.

Schulze verweigerte rundweg, sich solcher Zumuthung zu unterwerfen. Er nahm den Urlaub an, ohne die Beschrän- kung seiner Freiheit zuzusagen. Er reiste nach Delitzsch und nahm die Freudenbezeugungen seines dortigen Anhanges an, der sich so ganz in den Schranken der gesetzlichen Ordnung hielt, daß sich die Behörde, trotz der damaligen Blüthezeit der Reaktion, außer Stande sah, dieselbe zum Gegenstande irgend eines mißliebigen Vorfalles zu machen.

Der Justiz-Minister Herr Simons war jedoch anderer Ansicht. Nach Schulze's Einkehr in Wreschen traf ein Re- skript dieses Ministers ein, wonach der Ungehorsam mit einem Abzug eines Monatsgehaltes geahndet werden sollte.

Der Direktor des Kreisgerichts empfand nicht geringe Pein, diesen Ukas zu verkündigen. Er versuchte, Schulze gefügig zu stimmen, sich demselben zu unterwerfen. Die Summe, um welche es sich handelte, war zu gering, um zum Gegenstand eines Konfliktes erhoben zu werden. Aber Ehre und Freiheit, Selbständigkeit des Richteramtes und die Pflicht, Unbill ab- zuweisen, lebten zu mächtig in der Brust des Mannes, der sich der jammervollen Chikane des Ministers unterwerfen sollte. Schulze erklärte fest und bestimmt, daß, wenn auch nur

ein Groschen vom Gehalte ihm verweigert würde, er seinen
Abschied aus dem Dienste eines Staates fordern werde, der
dem Minister solche Willkür gestatte. Alle Zusprache des
Direktors und der Genossen Schulze's war vergeblich. Der
Versuch des Direktors, den Minister zur Zurücknahme seines
Ukases, in Rücksicht auf die Tüchtigkeit Schulze's, zu be=
wegen, blieb unwirksam und Schulze forderte und erhielt
seinen Abschied.

Nunmehr ging er erst recht nach dem ihm verbotenen
Delitzsch. Hier in Delitzsch, wo ihn der Minister nicht einmal
als Gast wollte weilen lassen, hier begann Schulze seine
Thätigkeit, die ihm zum Ruhme und den Zeitgenossen zum
Segen wurde. — Als der Justiz-Minister Herr Simons in
der Zeit der neuen Aera den Staatsdienst quittiren mußte,
um für immer in stille Vergessenheit zu gerathen, trat der
von ihm mißhandelte Mann in das politische Leben mit dem
Ehrennamen **Schulze-Delitzsch** ein, der ihn unsterblich macht.

Es war im Oktober 1851, als Schulze mit Weib und
Kind seinen lieben alten Geburts= und Heimathsort wieder
betrat. Die braven Eltern nahmen die junge Familie mit
herzlichster Freude auf und räumten derselben in der ersten
Etage des großen alten Familienhauses eine besondere Woh=
nung ein, da Schulze durchaus auf Führung einer eigenen
Wirthschaft bestand und entschlossen war, durch Privat=Arbeiten
seinen Haushalt zu begründen.

Zunächst vergingen freilich einige Monate, wo Schulze
von seinen Ersparnissen und von den sehr mäßigen Zinsen
des Einbringens seiner Frau leben mußte; aber sein guter
Ruf und sein reger Fleiß setzten ihn bald in den Stand,
sich seinen Lebensunterhalt zu verdienen. Rechtsgutachten in
verwickelten Prozessen, Entwürfe von Verträgen und Testa=
menten lieferten ihm ein anständiges Einkommen. Im Jahre
1853 verband er sich mit einem weniger beschäftigten Rechts=
anwalt in solcher Weise, daß Schulze in den ihm von den

Mandanten anvertrauten Angelegenheiten die Ausarbeitung
der Schriftsachen übernahm, während der Rechtsanwalt die
Termine abhielt. Die glückliche Durchführung solcher Prozesse hatte zur Folge, daß Schulze bedeutende Aufträge in
ähnlichen Fällen erhielt. Selbst in Vormundschafts-Sachen
wandte man sich in schwieriger Angelegenheit an ihn, so
daß die Gerichte in Anerkennung seiner gutachtlichen Aus-
arbeitungen ihm den Einblick der Akten in den Registra-
turen gern gewährten.

Durch diese Arbeiten gelang es Schulze, sein Einkommen
so weit zu erhöhen, daß es um die Zeit, als sein zweiter Sohn
geboren wurde, das Gehalt seines aufgegebenen Richteramtes
erreichte und sich auch steigend erhielt bis zur Zeit, wo er
wiederum veranlaßt wurde, aus dem Kreise der glücklichen
Heimstätte in die große Welt hinauszutreten.

Bevor wir nunmehr den Blick auf die Thätigkeit richten,
welche hauptsächlich den Namen dieses Mannes zu seinem
Weltruhm verholfen hat, müssen wir noch eines persönlichen
Erlebnisses freudigsten Charakters gedenken, das ihm in
Delitzsch zu Theil wurde. Am 2. November 1852 feierte
der wackere Vater, der Justizrath Schulze, in Delitzsch sein
50jähriges Amts=Jubiläum. Der greise Jubilar hatte das
Glück, seinen ältesten, allbeliebten Sohn nebst Familie an
der Spitze seines Festes zu sehen und sich an dessen vorzüglicher Festrede zu erbauen. Wir theilen dieselbe hier mit,
weil sie einen Einblick in die eigenthümlichen Verhältnisse
gewährt, wo sich die höchsten communalen Vertrauens=Aemter
in Verbindung mit dem Richteramt wie ein Familienbesitz
durch mehrere Geschlechter vererbt hatten, und weil darin in
sehr charakteristischer Weise der Unterschied zwischen dem Beamtenthum alter und moderner Zeit hervorgehoben wird.

Es lautet diese Rede, welche auf Wunsch des Vaters für
die Familie aufgezeichnet wurde, wie folgt:

„Nicht blos eine persönliche Beziehung hat das heutige Fest für uns, nein, zugleich auch eine allgemeinere, weiter hinausgreifende für die ganze Familie. Die Freunde des Hauses werden dem Sohne gestatten, sie hervorzuheben; er ist bei dieser oratio pro domo gar sehr betheiligt.

Der Vater, der Stammesälteste, feiert heute den Abschluß mit dem bürgerlichen Leben nach langem segensvollem Wirken, hier an derselben Stätte, wo sein Vater und andere des Geschlechtes vor diesem in demselben ehrwürdigen Berufe gewirkt haben. Eine lange Folge von Männern hinauf, denselben Studien und Bestrebungen hingegeben, von Staat und Gemeinde mit denselben Aemtern betraut, in gleichem Ansehen unter ihren Mitbürgern und vom Vater zum Sohne forterbend mit den alten Besitzthümern auch das alte ehrende Vertrauen.

Aber mit unserem Jubilar hier scheint die Geschichte der Familie auf einem Wendepunkt angelangt zu sein. Jene äußere Stellung wird nicht mehr von der jüngeren Generation eingenommen, und es mag geschehen, daß die Familie in Zukunft wohl kaum noch den alten Sitz in der Vaterstadt behauptet.

An wem ist es nun, wem messen wir die Schuld bei? Ist das jüngere Geschlecht abgewichen von der Bahn der Väter, hat es sich des geschenkten Vertrauens unwerth gezeigt?

O, nein! gerade, daß es im Geiste der Väter fortwirkte, daß es zu diesem Zwecke von dem Vertrauen der Mitbürger auf einen ehrenvollen Platz gestellt wurde, ist der Grund geworden, der es aus jener äußeren Stellung vertrieb.

Beachten wir nun: was waren, was wollten eigentlich die Altvordern? — Wie mancherlei Staats= und Gemeinde=Aemter sie auch bekleideten, so waren und blieben sie doch stets dabei der Hauptsache nach Bürger. Durch städtischen Besitz und Gewerbe ihren Mitbürgern verbunden, deren Rechte und Vortheile in der städtischen Verwaltung, wie nach außen hin vertretend, verkehrten sie mit diesen in gemüthlicher, naher Berührung auf gleichem Fuße, Wohl und Wehe mit ihnen theilend. — Sehen Sie dagegen die jetzigen Beamten an. Den Interessen und dem Verkehr der Bürger völlig entfremdet, bilden sie eine abgeschlossene, isolirte Kaste in strenger bureaukratischer Gliederung. Nur auf die Oberen und Vorgesetzten richtet sich ihr Blick, den Bürger sehen sie nur von oben herunter an. Im gemüthlosen Hetzen nach Carrière gewinnen sie nirgend festen Fuß und eine eigentliche Heimath, an welche sie ein wärmeres Gefühl knüpfte.

Und mit diesem modernen Beamtenthum haben wir eben gebrochen, weil es sich mit der Vertretung des Bürgerthums, der von den Vätern auf uns vererbten Aufgabe, nicht vereinigen ließ. Indem wir dies thaten, waren wir also mehr als je auf der Väter Wegen.

Freilich sind die Zeiten, und mit ihnen die Aufgaben selbst anders geworden. Was jene gleichsam noch in der Kindheit pflegten, das ist inzwischen mächtig herangewachsen, und dringt aus der Enge des friedlichen Rathszimmers unaufhaltsam in die Oeffentlichkeit hinaus, im Kampfe die ihm gebührende Stelle zu erringen, die man ihm vorenthalten möchte. — Aber wie es auch fällt, was wir auch opfern müssen, ob es uns forttreibt von der Väter Besitz in die Fremde: wir nehmen die alten Hausgötter, wir nehmen der Väter Segen mit, und der, meine Freunde, schafft uns überall die neue Heimath!

So bringe ich's denn an diesem Ehrentage eines deutschen Bürgers dem Bürgerthum und seiner Zukunft!

Mögen in ihr zugleich die Geschicke dieser Familie einer freundlichen Gestaltung entgegen gehen! — Das aber mein Wort zu dem jetzigen und künftigen Geschlecht: daß es in den Kämpfen, die uns nicht erlassen werden, der guten Sache dieselbe Treue und Würdigkeit bewahren möge, welche die Vorfahren ihr in den Zeiten friedlicher Entwickelung widmeten."

Wie nicht blos „Treue und Würdigkeit", sondern Schaffensdrang und Thatkraft in dem Schoß des Schulze'schen Hauses zum vollen Ausdruck kam, das wollen wir nunmehr darzustellen versuchen. Zunächst jedoch müssen wir einen Blick auf die wirthschaftlichen Zustände der damaligen Zeit richten.

Wir haben bereits erwähnt, wie mit dem Jahre 1848

die sogenannte sociale Frage unter dem Titel „Arbeiterfrage"
in aufregender Weise die öffentliche Aufmerksamkeit in An=
spruch nahm. In Wahrheit aber bewegte diese Frage bereits
in den vorangegangenen Jahrzehnten alle denkenden Geister
und regte mannigfache Lösungsversuche an, um einer Gefahr
entgegen zu wirken, welche die bestehende Gesellschaft zu be=
drohen schien.

Mit der Erfindung und Benutzung der Dampfkraft und
des Maschinenwesens trat nämlich in allen civilisirten Län=
dern eine außerordentliche Umwälzung der Arbeit und des
Erwerbslebens ein, welche die ganze frühere wirthschaftliche
Ordnung erschütterte. Der Dampf als Kraft machte zu=
nächst die rohe Menschenkraft fast werthlos. Die Maschinen,
welche für bestimmte Vorrichtungen gebaut wurden, über=
flügelten die schnellste geschickteste Menschenhand an Ge=
schwindigkeit und Exaktität. Dadurch wurde bereits der
Arbeiter und ebenso der Handwerker in ihrer Thätigkeit und
ihrer Produktion außerordentlich im Werthe herabgesetzt.
Nun kam noch das Fabrikationswesen hinzu, durch welches
mit Hilfe von Dampf und Werkmaschinen ganz ungeheure
Massen von Produkten fertig gemacht wurden und viel
billiger wie sonst verkauft werden konnten, wo der Hand=
werker dergleichen einzeln anfertigte. Dies hob den Handel
mit Fabrikations=Produkten zu einer erstaunlichen Höhe. Es
erzeugte einerseits die Verarmung des Arbeiters und des
Handwerkers und andrerseits den Wohlstand des Fabrikanten.
Alle dem kamen nun noch die Eisenbahnen und Dampfschiffe
zu Hilfe, die Roh=Produkte in Massen brachten und Fabri=
kate in alle Welt hinaus trugen. Und weil all dies gewinn=
reich war, fand sich immer mehr und mehr das Kapital ver=
anlaßt, zu solchen Unternehmungen die Mittel darzubieten.

In Folge dieser schweren Erschütterung aller früheren Ver=
hältnisse entstanden bereits in den dreißiger Jahren Arbeiter=
Unruhen, die sich in Zerstörung von Fabriken und Maschinen

kund gaben. Hierdurch wuchs natürlich auf der einen Seite das Massen-Elend und der Haß gegen die Besitzenden und auf der andern Seite der Abscheu vor dem Proletariat und seinem Gelüste. Die richtige Erkenntniß dieses Zustandes regte daher viele denkende Geister an, die mögliche Abhilfe zu ersinnen. Das Problem dieser Aufgabe nannte man: die Arbeiter-Frage oder in umfassenderer Bezeichnung: die sociale Frage.

In den älteren Kulturstaaten England und Frankreich traten die Versuche zur Lösung dieser Frage früher auf als in Deutschland. Die Lösungen nahmen auch in ihrer Richtung einen sehr verschiedenen Charakter an, der dem ganzen Wesen der beiden Staaten entsprach.

In Frankreich, wo Alles, was da geschieht in guten wie in üblen Dingen, den staatlich-politischen Charakter trägt, suchte man auch die sociale Frage durch einen Eingriff des Staates in die gewerblichen Verhältnisse zu lösen. Nach einigen mißlungenen Versuchen wurde daselbst der Plan ersonnen, daß der Staat die ganze gesellschaftliche Arbeit sammt allen Werkstätten und Produktions-Kräften in seine Hand nehmen solle. Nicht die Privatleute, die mit einander concurriren, die nach eigenem Belieben die Arbeiter drücken und die Produkte zum eignen Vortheil auf den Markt bringen, sondern nur der Staat müsse in den von ihm zu errichtenden und geleiteten Werkstätten produciren, und zum Vortheil der Arbeiter das Geschäft betreiben. Natürlich müsse auch dieser Staat aus der Wahl der arbeitenden Bevölkerung hervorgehen, so daß das allgemeine politische Wahlrecht auch zugleich das sociale sein würde. Dies ist das System des ausgeprägten Socialismus.

In England, wo das ganze gesellschaftliche Leben auf der Selbständigkeit und der Selbstbestimmung der Bürger beruhte, nahmen nach einigen mißglückten revolutionären Bewegungen die arbeitenden Klassen die Selbsthilfe durch

Vereinigung der einzelnen Arbeiter in Anspruch. Sie bildeten Associationen, wodurch sie mit vereinten Kräften im Stande waren, sich Maschinen anzuschaffen und durch Ersparnisse und gemeinschaftliche Produktionen mit den durch Kapitalisten gegründeten Fabriken zu concurriren. Die Association eignete sich auch nach und nach in vielen Beziehungen die Vortheile des großen Kapitals an und mit Hilfe der Gesetzgebung, die sie begünstigte, gelang es vielen Associationen, musterhafte Einrichtungen zu treffen und den wachsenden Uebelständen entgegen zu arbeiten. Das ist nicht Socialismus, sondern dessen Gegentheil: die Association.

Wie sah es hiermit in Deutschland aus? Dem inneren germanischen Wesen nach hätte sicherlich das in England zur Geltung gelangte System hier am ehesten Nachahmung finden müssen. Allein ein eigner Umstand bewirkte, daß mit Ausbruch der März=Revolution das französische System bei weitem tiefern Anklang in der Masse fand, als das englische.

Die deutschen Regierungen hatten bis zum Jahre 1848 das Volk in einer politischen Unmündigkeit erhalten, welche das volle Gegentheil der in England herrschenden Freiheit war. Der redliche Versuch des vereinigten Landtags in Preußen im Jahre 1847, das constitutionelle System unter stän= discher, dem englischen Staatswesen entsprechender Form einzuführen, scheiterte an dem absolutistischen Sinn des Königs Friedrich Wilhelm IV. Dies erweckte auch in der höheren Gesellschaft die Ueberzeugung, daß nur eine vom Volke ausgehende Revolution im Stande sein würde, den unabweisbaren Sturz des Absolutismus herbeizuführen. Na= türlich konnte dies nur eine demokratische Neugestaltung zur Folge haben. Als nun die französische Revolution im Februar 1848 den unwiderstehlichen Impuls in ganz Europa zu gleichen Revolutionen gab und in den März=Ereignissen auch Deutschland auf diese Basis hingelenkt wurde, kam es von selber, daß auch die Revolution den Charakter der fran=

zöfifchen Bewegung annahm und mit dem politifchen
Umfchwung demofratifcher Tendenz auch zugleich der fociale
Umfchwung nach dem Mufter Frankreichs die Geifter erregte.

Wie bereits erwähnt, ftand Schulze an der Spitze der
Kommiffion, welche die Nationalverfammlung in Berlin im
Sommer 1848 zur Erörterung und Löfung der fogenannten
„Arbeiter=Frage" einfetzte. Die diefer Kommiffion über=
wiefenen fechszehnhundert Petitionen ergingen fich in den
bunteften und verworrenften Anfprüchen und Vorfchlägen,
die alle vom Staat, refpektive von der Allmacht der National=
verfammlung die Löfung erwarteten. Neben diefer Kommiffion
der Nationalverfammlung bildeten fich auch aus den Bürger=
kreifen Vereine, die das Problem löfen wollten. Ganz in
hergebrachter bureaukratifcher Manier fing man indeffen
damit an, ein Central = Comité, mit Bezirks= und Lokal=
Comités zu projektiren, während die eigentliche Unterlage
hierfür, die praktifche Betheiligung des Volkes, fehlte. Was
aber die Angelegenheit völlig verwirrte, das war der Zwie=
fpalt in den Prinzipien. Während fich in den Arbeiterkreifen
eine Neigung zu fozialiftifchen Plänen nach dem Mufter
Frankreichs geltend machte, fuchte man in Handwerkerkreifen
die Abhilfe in einer Befchränkung der Gewerbefreiheit und
einer Wiederherftellung der Zünfte, durch welche man wähnte,
der Uebermacht des Fabrikationswefens entgegen wirken zu
können.

Indeffen drängte die bald eingetretene Reaktion im No=
vember 1848 all' die ausfichtslofen Projekte in den Hinter=
grund. Als gar im Mai 1849 das allgemeine gleiche
Wahlrecht fortoctroyirt und das Dreiklaffenwahlfyftem pro=
klamirt wurde, entfagte die demokratifche Partei jeder Be=
theiligung am politifchen Kampfe, und hiermit fchied auch
die aufregende foziale Frage für lange Zeit aus dem Be=
reich der öffentlich verhandelten Angelegenheiten.

Dem praktifchen Scharfblick Schulze's entging es nicht,

7*

daß gerade dieses Zurücktreten der sozialen Frage aus dem Strom des erregten öffentlichen Lebens den günstigen Moment darbiete, die Arbeit vom richtigen Ende aus zu beginnen. Er erkannte die Hohlheit all der sozialistischen Projekte, von Staatswegen in das ganze Erwerbsleben des Volkes eingreifen zu wollen. Nicht minder war er von der Unmöglichkeit, zum alten Zunftzwang zurückzukehren, überzeugt. Das Studium der in England im Aufschwung begriffenen freien Assoziationen überzeugte ihn vielmehr, daß dies der Weg sei, der auch in Deutschland müsse eingeschlagen werden; aber er sah auch die großen Schwierigkeiten einer solchen Aufgabe ein, im deutschen Volke, das seither ganz unter Bevormundung der Regierung stand und gewöhnt war, alle Verbesserung der Verhältnisse vom Staate aus zu erwarten, jenen Grad der selbständigen Initiative hervorzurufen, welcher den Grundpfeiler einer gesunden Organisation bildet.

Im großen Maßstab der bisherigen politischen Agitation etwas dergleichen erzielen zu wollen, erschien ihm vollkommen müßig. Sollte der Aufbau gelingen, so mußte er vom Fundamente, von kleinen engen Erwerbskreisen aus begonnen werden. Zuerst mußte sich hier der rechte Sinn des langsam aufstrebenden Geistes zeigen, das Bewußtsein der Selbsthilfe und die Pflicht der Selbstverantwortlichkeit erwacht sein. Erst wenn sich in den verbündeten Mitgliedern einer Assoziation der geschäftliche Ordnungssinn einbürgert, der bei der Freiheit des Einzelnen doch stets die Schranken zum Wohl der Gemeinschaft zu wahren versteht, erst wenn solche Organisationen im Kleinen die Vortheile derselben durch den Erfolg ersichtlich machen und Erfahrung mannigfache Irrwege meiden lehrt, erst dann ließe sich Hoffnung schöpfen, daß die Erweiterung und Ausdehnung nicht ausbleiben werde. Erst dann würde die große soziale Frage einer langsamen, aber sicheren Lösung entgegengeführt werden können.

In richtiger Erkenntniß seiner Aufgabe erkannte Schulze

auch zugleich, daß das Ziel nicht zu erreichen sei durch Aufrufe im großen Stil der üblichen Weltbeglückungspläne, sondern einzig und allein durch persönliche Einwirkung auf kleine Kreise denkender Erwerbsgenossen, welchen man die ihnen durch eine Assoziation erreichbaren wirthschaftlichen Vortheile deutlich macht. Auch hierin vermied er zu Anfang jeden Versuch im Großen, sondern begnügte sich mit Vereinen, in welche man mit sehr geringfügigen Mitteln, mit einigen Thalern Einlage eintreten konnte. Diese Verbindungen in kleinem Maßstabe mußten erst belehrt werden, wie sie ihre Ziele durch Statuten festzustellen, wie sie sich zu organisiren haben, wie sie Buch führen und wie sie den Bestand des Vereins sichern müssen gegen etwaige Ausfälle. Endlich mußten sie lernen, unter sich die praktischsten Männer herauszusuchen, welche nicht blos ihr Vertrauen verdienen, sondern sich auch ein Verständniß für das geschäftliche Verhalten anzueignen und mit Gewissenhaftigkeit die Grenzen ihrer Befugnisse und ihrer Pflichten zu wahren wissen. Die Verbindung selber sollte eine Schule sein, in welcher sich Leiter und Mitglieder immer mehr und mehr zu ihrem und dem Vortheil der Gesammtheit heranbilden.

Ein treuer Lehrer und Pfleger des Volkswohls, scheute Schulze nicht die Arbeit und die Mühe, ohne jede Vergütigung die Statuten anzufertigen, Versammlungen zu leiten, zur Führung der Bücher anzuregen, fragliche Punkte zu erörtern, weitere Gesichtspunkte zu eröffnen, die Hoffnung der Strebenden anzuregen, aber auch zugleich auf die streng gegebene Grenze hinzuweisen, die man nicht vorzeitig überschreiten dürfe. So gewann er die Herzen für sich, so regte er den Geist an, so lehrte er Ordnungs- und Geschäftssinn, und so ebnete er den Boden für Schöpfungen, wo sich die Vortheile des Einzelnen mit dem idealen Zuge des Dienstes für die Gemeinschaft vereinigen.

Mit klugem Verständniß dessen, was die Zeit erfordert

und was ganz besonders in Deutschland zur Heranbildung der Selbstbestimmung des Volkes unabweisbar ist, verschmähte Schulze es auch in der ersten Zeit nicht, an kleine, bereits vorhandene Vereine anzuknüpfen, wenngleich sie dem eigentlichen Ziele Schulze's nicht ganz entsprachen. Krankenkassen, Darlehnsvereine, die von Wohlthätern gegründet wurden, bildeten so eigentlich einen Gegensatz zu dem Princip der Selbsthilfe. Aber an das Vorhandene anknüpfen und vorerst auch den Wohlthätigkeitssinn nicht schroff abweisen, war ein Gebot der Klugheit, die Gutes benutzte, um Besseres daraus zu entwickeln.

Solch ein persönliches und sachliches Einwirken war natürlich in erster Zeit nur in Delitzsch möglich; aber wie alles richtig Erfaßte dehnte sich diese Einwirkung bald fruchtreich auf weitere Kreise aus. Ja, noch heutigen Tages, wo sich die ursprünglich in aller Stille und Bescheidenheit ausgestreuten Saaten zu weiten Fruchtgebieten in allen Ländern ausgedehnt haben, steht das gewaltige Genossenschaftswesen noch immer unter einer glücklichen persönlichen und sachlichen Einwirkung Schulze's. Und wir haben nur zu wünschen, sie möge auch in aller Zukunft — wer auch an dessen Stelle einmal zu treten berufen wird — den soliden Charakter und das reine Gepräge ihres edlen Schöpfers bewahren.

Bereits im Sommer 1849 entstand unter Anleitung Schulze's eine Kranken- und Sterbe-Kasse in Delitzsch, welcher am Ende des Jahres die Rohstoffassociation der Schuhmacher und 1850 der Vorschußverein folgte. Bei letzterem betheiligten sich auch die sogenannten Honorationen mit Einlagen, zogen sich indessen bei der fortschreitenden Reaction bald zurück, weshalb Schulze bei seiner Rückkehr 1851 die Reorganisation auf der alleinigen Basis der Selbsthilfe sogleich vornahm. Seiner Energie wurde es leicht, im Verein mit tüchtigen Mitgliedern des Handwerks-

standes die Reorganisation zu Stande zu bringen und ihnen
durch das eigne Beispiel deutlich zu zeigen, wie fortan die
Abweisung der Wohlthäterei und die Herstellung von Vereinen auf dem Grundsatz der Selbsthilfe der einzige Weg
sei, die Lage der arbeitenden Klassen zu verbessern.

Von hier ab datirt auch die segensreiche Thätigkeit
Schulze's und die systematische Erweiterung derselben auf
alle Gebiete der genossenschaftlichen Vereinigung, welche wir
gegenwärtig im deutschen Vaterlande in einer Blüthe erblicken, die die Bewunderung aller Volksfreunde unseres Zeitalters mit Recht hervorruft.

Die Vorbilder des Genossenschaftswesens waren freilich,
wie wir bereits erwähnt, in England schon zur Zeit, als
Schulze mit ihrer Gründung in Deutschland begonnen, vorhanden. Der Professor V. A. Huber, ein verdienstvoller
Gelehrter, von politisch sehr konservativer Gesinnung, aber
auch zugleich voll warmen Herzens für Volkswohl, erwarb
sich im Jahre 1852 ganz besonders durch seine Schrift „über
die kooperativen Arbeiter-Assoziationen in England" das Verdienst, diese Vereine zu schildern und dem deutschen Volke
als Muster zu empfehlen. Indessen genügen solche theoretischen Hinweisungen niemals, zur Nachfolge anzureizen, wenn
nicht die praktische Initiative hinzutritt. Deshalb sah Schulze
ein, daß bloße schriftstellerische Anregungen zur Bildung von
wirthschaftlichen Assoziationen, wie er sie bereits in seiner
Schrift: „Mittheilung über gewerbliche und Arbeiter-Assoziationen" (Leipzig, E. Keil 1850) dargelegt hatte, ein für
die praktische Einführung erfolgloses Bemühen bliebe. Nur
das Einsetzen seiner Persönlichkeit und die Einwirkung auf
den Kreis seines ihm treuen Anhanges in nächster Umgebung
konnte den Weg eröffnen, um mit praktischem Schaffen vor-
anzugehen. Glücklicherweise hat ihn die Natur mit reichen
Gaben hierzu ausgestattet. In seiner persönlichen Erscheinung, in seinem begeisternden Ernst, in seiner hinreißenden

Rednergabe, in seiner uneigennützigen Thätigkeit, in seinem
im ganzen Kreise wohlbekannten und hochgeschätzten Freiheits=
sinn und in dem Vertrauen, das sein öffentliches, amtliches
und Privatleben erweckte, lag der Impuls, der die schlichten
Bürger aus der gewohnten Schüchternheit gegenüber neuen
Schöpfungen heraushob. Sie ließen sich zur Betheiligung
an seinen Plänen ermuntern und wurden fähig, Bahnbrecher
auf einem Gebiete zu werden, das außerordentlich schnell
in allen Nachbarstädten rührige Nachfolger fand.

Im Jahre 1853 konnte Schulze bereits ein Buch er=
scheinen lassen, das über seine glücklichen Versuche nicht blos
Bericht gab, sondern auch das ganze System des Genossen=
schaftswesens in allen seinen Zweigen beleuchtete. Das in
Leipzig bei Ernst Keil erschienene Werk unter dem Titel: „Asso=
ziations=Buch für deutsche Handwerker und Arbeiter"
gewährt so recht einen Einblick in den ungemein praktischen
Sinn, mit welchem Schulze die Aufgabe in die Hand nahm.
Zunächst enthält das Buch eine äußerst schlichte und populär
gehaltene Darstellung der Systeme, welche in Frankreich und
England auf diesen Gebieten versucht worden sind. Dann
werden die Vortheile beleuchtet, welche die Verbindungen
ihren Mitgliedern in mannigfachen Fällen gewähren. Den
Assoziationen für Krankheits= und Sterbefälle schließen sich
die Consumvereine an, denen die Vorschußvereine, die
Rohstoff= und Magazin=Genossenschaften der Hand=
werker folgen, endlich als Spitze des Systems die Pro=
duktivgenossenschaft.

Alle diese Arten von Assoziationen werden in dieser Schrift
als Stufenfolgen vorgeführt, die sich nach und nach entwickeln
müssen und die erst nach sorgfältiger Vorbereitung verwirk=
licht werden dürfen. Hauptsächlich warnt Schulze bereits in
diesem im Jahre 1853 erschienenen Werk vor dem Wahn,
als wäre die letzte Stufe der Assoziation mit Leichtigkeit
zu erringen. Er zeigte die Gefahren, welche dem ganzen

System drohen, wenn man ohne gründliche kaufmännische
Kenntnisse und ohne eine durch sorgsam ausgearbeitete Statuten gesicherte Leitung zur Bildung einer Produktiv-Ge-
nossenschaft schreiten wollte. Ja, er wies auch ganz besonders darauf hin, daß man selbst unter günstigen Umständen
stets darauf bedacht sein müsse, durch Erfahrung die Einsicht
zu bereichern und sich durch die Zeit über die schwierigen
Aufgaben belehren zu lassen, die sich erst nach und nach
herausstellen, wenn man sich mitten in der Praxis befindet.

Daß solche lehrreiche praktische Mittheilungen und Unter-
weisungen von ganz anderem Einfluß auf die betheiligten
Kreise sein mußten, als eine blos literarische Anregung oder
mündliche Besprechung in öffentlichen Versammlungen, läßt
sich leicht denken. Es war denn auch sehr natürlich, daß
sich sofort in den Nachbarstädten Eilenburg, Zörbig, Bitterfeld, Brehna u. s. w. der Wunsch kund gab, dem guten
Beispiele in Delitzsch zu folgen.

Einen großen Vortheil für all die Einrichtungen bildete
der glückliche Umstand, daß ihr Schöpfer und Förderer ein
praktischer Jurist war, dem nicht blos die volle Gesetzes-
kunde zur Seite stand, sondern der auch durch sein zeither
verwaltetes Richteramt wohl eingeweiht war in die Gefahren,
die eine lockere und lose Geschäftsführung, selbst beim guten
Willen der leitenden Persönlichkeiten, für die Assoziationen
heraufbeschwört. Schulze brachte zu all dem noch die um-
fassende Kenntniß des praktischen Volkslebens und Volkswesens
mit, die er sich in reichem Maße angeeignet hatte. All
dies, in Verbindung mit seinem idealen Zuge, dem Volke
ein treuer und dessen Wohl fördernder Führer in geistiger,
wie in materieller Beziehung zu sein, befähigte ihn ganz
besonders, das gedeihliche Wirken mit glücklichem Erfolge zu
krönen.

Seine Beschäftigung, welche ihm und seiner Familie den
Lebensunterhalt verschaffen mußte, ließ ihm noch Zeit, die

Nachbarorte zu bereisen, wo man seine Leitung und Hilfe
in Anspruch nahm. Die materiellen Opfer, welche er hier=
bei seinem idealen Streben brachte, wurden ihm nur durch die
Verehrung vergolten, die das Volk ihm entgegentrug. Ihm
selber gewährte aber nicht blos das Bewußtsein eines edlen
Strebens eine Genugthuung, sondern auch die sich stets in
ihm verstärkende Ueberzeugung, daß er ein Werk schaffe, das
bald den engen Kreis der ersten glücklichen Versuche über=
schreiten und in seiner Ausdehnung und Entwicklung ein
Segen des Zeitalters zu werden bestimmt sei.

Von dieser begeisternden Ueberzeugung getrieben, machte
er bereits im Jahre 1854 den glücklichen Versuch, sich ein
Organ in der Presse zu verschaffen, um für die Agitation,
welche er bis dahin aus seinen schwachen Mitteln bestreiten
mußte, ein erweitertes Gebiet zu gewinnen. Der Redakteur
und Eigenthümer der deutschen Gewerbe=Zeitung, G. Wieck
in Leipzig, verstand sich nämlich dazu, in seinen, in acht
Jahresheften erscheinenden Blättern einen besonderen Abschnitt
dem beginnenden Genossenschaftswesen zu widmen. Dieser
Theil der Zeitschrift erschien unter dem Titel: „Die Innung
der Zukunft", welchen Schulze, ohne ein Honorar zu be=
anspruchen, lieferte. Bis zum Jahre 1861 blieb auch dieses
Organ des Genossenschaftswesens eine Beilage der genannten
„Gewerbe=Zeitung"; erschien dann aber für die inzwischen
ganz gewaltig emporgewachsenen Genossenschaften als ein
selbständiges Organ zuerst unter dem oben genannten Titel,
sodann als „Blätter für Genossenschaftswesen", die
gegenwärtig bereits ihren achtzehnten Jahrgang begonnen
haben.

Diese literarische Anregung verfehlte auch neben den prakti=
schen Durchführungen ihre Wirkung nicht. In der Provinz
Sachsen und bald auch im Königreich Sachsen erregten die Mit=
theilungen die lebhafteste Theilnahme. In Eisleben, Halle,
Leipzig, Meißen, Braunschweig, Wolfenbüttel, Celle

traten unter Beirath Schulze's, wozu sich meist Deputationen
bei ihm in Delitzsch einfanden, neue Genossenschaften ins Leben.
So bildeten sich direkte Verbindungen zwischen ihm und den
entstehenden Genossenschaften, welche sich verpflichteten, ihm
genaue Berichte über den Gang und den Erfolg ihrer Unternehmungen abzustatten. Dadurch wurde er denn auch ihr
stetiger Rathgeber in allem Guten und ihr Mahner und
Warner in vorkommenden Abirrungen.

Zugleich entstand hierdurch ein Zentralpunkt in der Hand
Schulze's. Seine „Innung der Zukunft" verbreitete nicht
blos die Ideen, sondern auch die Einsicht in den Verlauf all der Unternehmungen. Das Interesse für dieselben
wuchs nun bald zu einer solchen Höhe heran, daß in allen
Theilen Deutschlands die Freunde des Volkswohls sich be-
strebten, dem Muster nachzueifern. In den Jahren 1855 und
1856 fingen auch bereits die politischen Zeitungen der demokratischen Partei an, ihre Aufmerksamkeit auf die segensreiche Thätigkeit ihres stets hochgeachteten Parteigenossen zu
richten. Man fühlte sich gehoben durch die Wahrnehmung,
daß sich ein Mann, den die Reaction mit Erbitterung als
einen Verführer des Volkes verpönte, als wahrer treuer Förderer des Volkswohls in so glücklicher Weise bewährte.

Zu einer außerordentlichen Blüthe erhoben sich bereits in
den ersten Jahren die „Vorschuß-Vereine", welche nach
dem Plan Schulze's das Prinzip der Selbsthilfe in vollster
Strenge festhielten und mit großer Entschiedenheit alle Arten
von Wohlthäterei abwiesen. Drei Grundprinzipien waren
es besonders, welche diesen von Schulze eingeführten Vereinen einen glänzenden Erfolg sicherten. Zunächst war es
die in der damaligen Gesetzgebung begründete Nothwendigkeit,
die sämmtliche Mitglieder des Vereins als solidarisch für etwaige Schulden verpflichtete. Die Mitglieder, welche einzeln
meist kreditlos waren, gewannen durch ihre Gemeinsamkeit
und ihr gegenseitiges Einstehen für einander einen sehr

williaen Kredit, so daß der Verein gegen mäßige Zinsen sehr leicht bei Capitalisten Anleihen machen konnte. Sodann wurden durch Einzahlung geringer Monatsbeiträge von wenigen Groschen Geschäftsantheile der Mitglieder gebildet, wodurch dem Vereine der rechte Halt gegeben und den Mitgliedern die pünktliche Einzahlung ihrer Spargroschen mit dem Motto: zeigt euch kreditwürdig, so machen wir euch kreditfähig, an das Herz gelegt wurde. Endlich mußten Zinsen und Provisionen für die Vorschüsse gezahlt werden, deren Ueberschuß über die Verwaltungskosten aber den Mitgliedern als Dividende auf ihre Einlagen zu gut kam.

Bereits im Jahre 1858 konnte Schulze einen Bericht über einige dreißig solcher Vereine vorlegen, welcher damals höchst überraschende Resultate lieferte.

Dieselben hatten sich auch bald über Sachsen und Hannover verbreitet, sowie in Mitteldeutschland und zum Theil auch in Süddeutschland. Es waren dies so sichere Merkzeichen des Aufschwungs, daß Schulze den Muth hatte, es öffentlich auszusprechen, es würden diese Volksbanken binnen Kurzem als finanzielle Macht den Banken des Großkapitals zur Seite stehen, und es werde mit der Zeit kaum eine Stadt zu finden sein, welche nicht ein derartiges Institut aufzuweisen habe. Wie sehr dieser Ausspruch sich bewahrheitete, ist allgemein bekannt.

Obwohl nun die segensreiche Wirksamkeit unseres Volksmannes den Freunden und Gesinnungsgenossen desselben nicht entging, so fehlte doch in der Reactionszeit die rechte Gelegenheit, mit dem System öffentlich hervorzutreten und die neuen Lehren weiteren Kreisen zugänglich zu machen. Erst der Präsident des Landes-Oeconomie-Kollegiums, Lette, dieser verehrungswürdige Menschenfreund, forderte Schulze im Herbst 1857 auf, dem in Frankfurt a/M. tagenden „Congrés international de bienfaisance" beizuwohnen und diese internationale Versammlung über seine Absichten zu verständigen.

Dies geschah und Schulze konnte dem Kongreß seine erste
Tabelle mittheilen, welche etwas erweitert sich in dem bei
G. Mayer in Leipzig im Jahre 1858 erschienenen Buch „Die
arbeitenden Klassen und das Assoziationswesen in
Deutschland" befindet. Eine Wirkung für seine Orga=
nisationen der Selbsthilfe konnte Schulze freilich auf
dem internationalen Wohlthätigkeitskongreß nicht erzielen.
Dagegen gab sein, in einer von ihm berufenen besonderen
Versammlung, im Hotel Landsberg darüber gehaltener Vor=
trag Anregung zur Gründung des Kongresses deutscher
Volkswirthe. Für dessen erste Versammlung im Herbst
1858 zu Gotha wurde ihm und dem Dr. Böhmert — jetzt
Statistiker in Dresden — das Arrangement übertragen,
wie dies in dem gedachten Buche berichtet wird.

Hier fand Schulze für seine Ideen den fruchtbarsten
Boden, und der durch ihn in's Leben gerufenen Genossenschafts=
bewegung wurde nicht nur die allgemeinste Anerkennung,
sondern auch Förderung mancher Art zu Theil. Den ersten
ausführlichen Bericht über die Resultate des Jahres 1858
erstattete der nunmehr in den weitesten Kreisen mit Achtung
genannte Volkswirth in der Westermann'schen Monatsschrift
„Unsere Tage", im Jahre 1859.

Eine äußere politische Wandlung, über welche wir in
dem folgenden Kapitel des Ausführlicheren berichten werden,
war der neuen Bewegung auf dem wirthschaftlichen Gebiete
ungemein förderlich. Als nämlich König Friedrich Wil=
helm IV. erkrankte und sein Bruder Wilhelm die Stellver=
tretung übernahm, ging es mit der Reaction langsam zu
Ende. Und als gar im Jahre 1859 die Regentschaft der
Stellvertretung folgte, machte sich — mit der erwachenden
Hoffnung auf eine bessere Zeit — auf allen Gebieten des
Staatslebens eine freiere Bewegung geltend. Die liberale
Aera brach an. — Langsam vollzog sich ein Umschwung.
In dieser Zeit aufdämmernder Hoffnungen und Wünsche

entfaltete Schulze die staunenswertheste Regsamkeit und die genossenschaftliche Bewegung wuchs und entfaltete sich vom Herzen Deutschlands aus wie ein mächtiger Baum, dessen Schatten und Früchte Tausende in allen Theilen Deutschlands erquickten.

Wir werden das Nähere hierüber in den späteren Kapiteln unserer Schrift mittheilen.

Gründung des deutschen Nationalvereins.
1859.

Gerade in der Zeit, da Schulze auf dem wirthschaftlichen Gebiete die neue Bewegung in's Leben rief und glückliche Erfolge errang, vollzog sich auch in der politischen Welt eine große Wandlung. Als der Prinz von Preußen im November 1858 die Regentschaft übernahm, hatte — wie wir bereits bemerkten — die Reaction ihr Ende gefunden und es wurde bald klar ersichtlich, daß die nunmehr ernannten liberalen Minister das Staatswesen ernstlich in die verfassungsmäßige Bahn einzulenken gedachten. Um diesen den Uebergang zu erleichtern, beschlossen die Führer der demokratischen Partei, bei den Neuwahlen zum Landtag auf jedes Mandat zu verzichten, damit bei den Regierungsmännern selbst die Furcht vor einer starken Opposition wegfalle und sie erkennen sollten, daß man ihnen Vertrauen entgegenbringe. Die demokratische Partei verzichtete diesmal auf ihr Programm und die Wahlen fielen denn auch im Sinne der sogenannten Gothaer Partei aus, an deren Spitze Herr von Vincke stand. Da trat inmitten des Aufschwunges der liberalen Hoffnungen ein zweites politisches Ereigniß in Europa ein, das für Deutschland von gewaltiger Bedeutung werden sollte.

Bekanntlich zögerte Napoleon III. so lange, den Freiheitsbestrebungen der Italiener zu Hülfe zu kommen, als Friedrich Wilhelm IV. in Preußen König war. Er wußte, derselbe werde im Falle eines Krieges der Bundesgenosse Oestreichs sein, dessen Einfluß in Italien gebrochen werden sollte. Mit dem Beginn der Regentschaft indessen fiel dieses Bedenken fort. Als bei der Neujahrsbegrüßung des diplomatischen Corps in Paris am 1. Januar 1859 der Kaiser Napoleon sich veranlaßt sah, gegenüber dem östrei= chischen Gesandten seinen Unmuth auszusprechen über das Regiment Oestreichs in dessen italienischen Besitzungen, da leuchtete es allen Denkenden ein, daß hiermit eine Kriegs= epoche eingeleitet werde, welche in ihren Folgen auch Deutsch= land befreien könnte von dem östreichischen Joch, das ihm der unheilvolle Vertrag von Olmütz auferlegt hatte. Der Gedanke, ein deutsches Reich unter der Leitung des preu= ßischen Königshauses zu gründen, der bereits im Jahre 1849 seinen vollgültigen Ausdruck in der Reichsverfassung des Frankfurter Parlaments gefunden hatte, tauchte nunmehr, wo man eine liberale Regierung in Preußen auftreten sah, mit verstärkter Macht auf. Als endlich im Frühjahr 1859 die Kriegswolken in Italien sich gesammelt hatten, und nach kurzem Zusammenstoß die blutigen Würfel bei Magenta und Solferino zu Ungunsten Oestreichs fielen, da wehte ein Gefühl der Hoffnung durch die Herzen deutscher Vaterlands= freunde, daß nunmehr der Zeitpunkt gekommen sei, in welchem der preußische Staat sich seiner Pflicht für die deutsche Nation bewußt werden müßte.

Von diesem Gefühle geleitet, ergriff unser Schulze mit einer Anzahl Gleichgesinnter glücklich den richtigen Moment, um die nur dunkel im Herzen des Volkes dämmernden Wünsche zum vollen Ausspruch zu bringen.

Es war während der Pfingsttage in Weimar, wo Schulze eine wichtige Versammlung von Genossenschafts=Vorstän= den geleitet hatte, über welche wir noch später berichten

werden. Nach dem Schluß dieser Versammlung verkehrte
er privatim mit den Rechtsanwälten Fries aus Weimar
und Hering aus Eisenach. Diese drei Männer diskutirten
Angesichts der bevorstehenden Kriegsunruhen die deutsche
Frage und kamen zu dem Schluß, daß jetzt der rechte Zeit=
punkt da wäre, um für die Verwirklichung des Einheits=
gedankens mit Wort und That einzutreten. Sie vereinigten
sich deßhalb zur Veranstaltung einer Versammlung deut=
scher Patrioten. Der Aufruf Schulze's und seiner Freunde
verhallte nicht ungehört. Der Drang nach Wiederaufnahme
nationaler Strebungen war im Volke vorhanden, es bedurfte
nur der äußern Anregung, um denselben zum Ausdruck zu
bringen. Im Juli fanden sich daher in Eisenach etwa dreißig,
meist den mitteldeutschen Staaten angehörige Patrioten zu=
sammen, unter denen Schulze der einzige Vertreter Preußens
war. Unter Erlaß einer kurzen Resolution trat man von
hier aus mit den an gleichen Kundgebungen anderwärts —
z. B. Hannover, Nassau u. a. Betheiligten in Verbindung und
veranstaltete dann die zweite Eisenacher Versammlung
im Spätsommer, welcher schon zahlreichere Vertreter der meisten
Deutschen Staaten beiwohnten, von denen namentlich von
Bennigsen aus Hannover und Metz aus Darmstadt zu nen=
nen sind. Unter Erlaß einer weitern Proclamation mit An=
knüpfung an die Erbschaft der deutschen Nationalversamm=
lung in Frankfurt a. M. erließ man nun die Einladung
zu einer allgemeinen Zusammenkunft in Frankfurt
im Anschluß an den dorthin zum September berufenen Volks=
wirthschaftlichen Congreß. Da sollte die Verständigung
über die Schritte gesucht werden, welche zur Förderung der
nationalen Einigung und Bekämpfung der innern und äußern
Gegner derselben in den Einzelstaaten zu thun seien. Auf
der Reise dahin fand eine Besprechung zwischen Schulze,
v. Unruh aus Berlin, v. Bennigsen aus Hannover, Fries aus
Weimar und Streit aus Coburg statt, und man stimmte der

von Schulze geplanten Bildung eines förmlich organi=
sirten Vereins zu, der sich über ganz Deutschland erstrecken
und alle Nationalgesinnten zu geordnetem Wirken in der ge=
meinsamen Sache zusammenfassen sollte. Mitte September
tagten ca. 200 Männer als Abgesandte von Tausenden zu
Frankfurt. Wie schwer es war, hier ein Programm mit ge=
meinsamen Zielpunkten aufzustellen, läßt sich wohl bei der Zu=
sammensetzung der Versammlung leicht begreifen. Deshalb
entwarf Schulze sofort das Statut des von ihm beantragten
Vereins, dessen Aufgabe es eben sein sollte, erst die Ver=
ständigung über die Einzelheiten des Programms herbeizu=
führen. Die Versammlung nahm den Statutenentwurf,
den Schulze als Referent der Commission zu vertreten hatte,
wörtlich an, und so gelang die Constituirung des Vereins,
ohne welche die Bewegung leicht hätte im Sande verlaufen
können. Der Ausschuß wurde gewählt, v. Bennigsen Vor=
sitzender, Coburg Ort des Vereins.

Die Gründung des „Nationalvereins" war eine epoche=
machende That, denn derselbe übernahm im Osten und
Westen, im Süden und Norden von Deutschland die Pflege
des nationalen Gedankens. Niemand wird es bezweifeln,
daß der deutsche Nationalverein die Erfolge jener großen
Kämpfe, die zur Constituirung des deutschen Reichs führten,
mit vorbereiten half.

Hier der Schluß der Rede Schulzes bei seinem Referat
aus der Nr. 40 der „Gartenlaube", Jahrgang 1859. Nach
Hinweis auf das altgermanische Institut der Geschworenen,
wie es sich bei unserm Brudervolke in England erhalten
habe, schloß er mit den begeisterten Worten:

„Wenn die Geschworenen dort zusammentreten, so dürfen
sie nicht eher die Stätte verlassen, als bis sie sich über
den Wahrspruch vollständig geeinigt haben.

„Sie, die hier Versammelten, sind die Geschworenen
des deutschen Volks in dieser großen Frage, und Sie

8

dürfen diesen Saal nicht verlassen, bis Sie den Wahr=
spruch gefunden haben über die von der ganzen Nation
heißersehnte Einigung.

„Geistige Wächter hüten den Eingang und scheuchen
Alle zurück, die entweichen wollen. Es sind der Schmerz
und Jammer unseres Volks, seine zertretene Größe,
seine geschändete Ehre! Die brennendste Scham müßte
mich verzehren, wenn ich ohne Frucht von diesem Einigungs=
werke zurückkehren sollte zu denen, die mich gesendet; die
brennendste Scham, die es giebt, nicht blos in der eignen
Seele, die Scham in der Seele meines Volks!"

Man kann sich denken, welchen tiefen, nachhaltigen
Eindruck diese von echt vaterländischer Begeisterung einge=
gebenen Worte hervorbrachten. Ohne jenen unerschütterlichen
Glauben an die Zukunft des deutschen Volkes, ohne jene
freudige Hoffnung und gewaltige Energie, welche unsern
Helden belebten, wäre der deutsche Nationalverein nur schwer
zu Stande gekommen. Durch diese patriotische That wurde
die nationale Strömung allmählich so verstärkt, daß sie das
Eis des Particularismus später brechen konnte.

Eintritt in die Volksvertretung.
1861.

Mit der Bildung des Nationalvereins im Jahre 1859
gewann die Bewegung im deutschen Vaterlande einen be=
stimmteren und klareren Charakter. Die freudige Erregung,
die der Systemwechsel in Preußen wachgerufen hatte, wurde
politisch in bedeutendem Maße gedämpft durch die Wahr=
nehmung, daß die liberalen Minister sich keineswegs stark
genug fühlten, den reaktionären Geist des bestehenden Be=
amtenthums zu beseitigen. Auch die constitutionelle große
Fraktion des Abgeordnetenhauses zeigte sich so ganz abhängig

von der gouvernementalen Stimmung, daß man kaum hoffen
durfte, entscheidende Schritte von hier aus zu erwarten. Da=
gegen fand in ganz Deutschland das Bestreben des National=
vereins einen tiefen Anklang. Es schlossen sich ihm auch die
freisinnigsten Parteien in allen deutschen Staaten an und
richteten die Blicke hoffnungsvoll auf die Regierung in Berlin,
daß sie dem nationalen Impulse nach Möglichkeit werde Vor=
schub leisten.

Leider erwiesen sich diese Hoffnungen als völlig unbe=
gründet. Den liberalen Ministern, welche in der neuen
Aera an der Spitze der Regierung standen, war der National=
verein sicherlich höchst willkommen. Aber sie verstanden es
nicht, dies auch am Hofe geltend zu machen und wollten
selbst es nicht zugeben, daß man der Einheit des deutschen
Vaterlandes, der Beseitigung der alten Bundesverfassung
unter Leitung der Krone Preußens einen Ausdruck in einer
Adresse des Abgeordnetenhauses geben solle. Die liberalen
Minister verwendeten ihren Einfluß und ihre Kraft darauf,
den Militäretat in die Höhe zu schrauben, ohne auch nur
anzudeuten, daß dies im Interesse der deutschen Einheit ge=
schehen solle. So griff denn ein Geist der Unzufriedenheit
sowohl in Preußen wie im freisinnigen Deutschland um sich,
und regte die Ueberzeugung an, daß bei den nächsten Wahlen
nicht wiederum die demokratische Partei auf Mandate zu ver=
zichten habe, sondern durch energische Verfolgung des deut=
schen Programmes dem Abgeordnetenhause seinen bestimmten
deutschen Charakter verleihen müsse.

In diesem Sinne wurde denn auch im December 1860
bei einer Ersatz=Wahl in Westfalen dem treuen Volksmanne
Waldeck ein Mandat zum Abgeordnetenhause zu Theil, in
welchem er sich der kleinen Fraktion der Freisinnigen von
16 bis 18 Abgeordneten anschloß, welcher man in reac=
tionären Kreisen den Namen: „Jung=Litthauen" beilegte,
weil sie meist aus Ostpreußen bestand, während die große

8*

Majorität unter Vincke immer mehr das liberale und nationale
Prinzip preisgab.

Von ganz besonders betrübendem Eindruck war die Ab=
stimmung des preußischen Abgeordnetenhauses im Februar
1861 über einen Antrag des Abgeordneten Stavenhagen, der
in einem Amendement zur Adresse die Einheit der deutschen
Nation unter preußischer Spitze ausgesprochen wissen wollte.
Der Antrag wurde mit 261 gegen 41 Stimmen verworfen.
Die Nation gewann hierin die Ueberzeugung, daß die Schwäche
und Nachgiebigkeit der constitutionellen Fraktion der guten
Sache schweren Abbruch thue und dem Geiste der Nation erst
sein rechter Ausdruck gewonnen würde, wenn man wiederum
die entschiedeneren Charaktere der demokratischen Partei in
die Volksvertretung brächte.

Von diesem Bewußtsein durchdrungen, fühlte sich denn
auch unser Schulze veranlaßt, als Candidat bei einer Nach=
wahl zum Landtage im Jahre 1861 in Berlin aufzutreten.
Seine Wahlrede im III. Berliner Wahlbezirk trägt so sehr
das Gepräge der damaligen Situation, daß wir sie im
Auszuge als ein Dokument unsern Lesern vorzuführen ver=
pflichtet sind.

Nach einer vortrefflichen Auseinandersetzung des wahren
Verhältnisses zwischen Volksvertretung und Regierung und
der gegenseitigen Einwirkung sowohl des Vertrauens wie
der Anregung zur Ueberwindung der zeither mächtigen Reak=
tion und Förderung des eigentlichen Rechtsstaates, wendet
sich die Rede Schulze's zu der Kernfrage der deutschen Na=
tion und spricht hier Wahrheiten aus, welche nicht blos in
der Berliner Wahlmannschaft, sondern in der ganzen deut=
schen Nation mit hellem Beifall begrüßt wurden.

„Ich kann mir nicht versagen, noch eine Frage zu berühren,
die zwar im Augenblick dem Abgeordnetenhause nicht speciell vor=
liegt, die aber so sehr die Situation beherrscht, die ganze geistige
Lebenslust unseres Volkes erfüllt, daß sie sich überall von selbst

in den Vordergrund drängt, und daß sie niemals übergangen
werden sollte, wo preußische Männer tagen, besonders wenn es
sich um einen Platz in der Volksvertretung handelt. Ich meine
die nationale Frage, die Frage der deutschen Einigung, die zugleich
eine preußische Frage ist, die uns angeht, wie alle deutsche Staaten,
ja noch mehr, weil man mit Recht die ersten Schritte von Preußen
erwartet, und mit deren Lösung auch die Geschicke unseres engeren
Vaterlandes auf das Engste verknüpft sind.

Soll ich Ihnen Noth und Schmerz des deutschen Volkes erst
noch schildern? Mitten unter großen, einheitlich organisirten Staaten
steht unser Vaterland in seiner kläglichen Zersplitterung da, der
Spielball fremden Uebermuthes, der Stück um Stück davon ab-
gerissen und unserer Nationalität entfremdet hat. Auf dem Höhepunkt humaner Bildung ist es zu politischer Nichtigkeit verdammt,
und bei übermäßiger Anspannung seiner wirthschaftlichen Kräfte für
eine Unzahl Regierungen mit ihrem kostspieligen Apparat von
Diplomaten, Beamten und Soldaten — kein rechter Schutz nach
Außen, nicht einmal eine Flotte, seine Küsten, seinen Handel gegen
die schwächsten Nachbarn zu decken! Es ist bekannt, wie jene schmäh-
lichen Zustände über unser Land gekommen sind. Dasselbe Element hat sie verschuldet, das sich auch jetzt wieder wie immer dem
zeitgemäßen Ausbau unserer staatlichen Institutionen widersetzt,
die Feudalaristokratie. Die großen Kronvasallen waren es, welche
der so gewaltig aufkeimenden deutschen Nationalmonarchie den Boden
unter den Füßen wegzogen, indem sie ihr die Grundbedingung aller Monarchie, die Erblichkeit, vorenthielten,
während sie dieselbe sich selbst in den Reichsämtern
und den damit verbundenen Rechten und Besitzungen
zu verschaffen wußten! So geschah es, daß während in
den meisten übrigen europäischen Staaten der Absolutismus seine
geschichtliche Mission, die Völker durch Niederwerfung des Feudalismus zur nationalen Einheit überzuführen, erfüllte — er
dies in Deutschland, wo der Feudalismus die Oberhand behielt,
nicht vermochte. Vielmehr wurde bei uns der siegende Feudalismus absolut, mit ihm die Ohnmacht und Zerrissenheit des Landes.
Indessen, mitten in diesem kläglichen Wirrsal, welches den Vater-
landsfreund fast an der Fortdauer des deutschen Namens ver-

zweifeln ließ, hatte der Genius unseres Volkes dafür gesorgt, daß gleich einer Oase in der Wüste, unter allen den verkrüppelten Staatsbildungen, in diesen Nordostmarken des Vaterlandes sich der gesunde Kern einer neuen, wahrhaft nationalen Macht bildete, der seine Triebkraft unter den schwierigsten Verhältnissen bewährte und bald Aller Augen auf sich zog. Nicht hundert Jahre waren verflossen, seitdem zuerst wieder der große Brandenburgische Kurfürst deutsche Tüchtigkeit im Felde und Kabinett zu Ehren gebracht hatte, als sein Urenkel, der große Friedrich, dem halben Europa im Kampfe begegnete und der Aufklärung des Jahrhunderts in seinen Staaten ein Asyl gab. — Das Bewußtsein der ganzen Nation hob sich an dem einen Mann! Ob auch später manche Schwankungen in der von ihm eröffneten Bahn eintraten, so wurde Preußen doch immer von der Gewalt der Umstände selbst zu diesem seinem geschichtlichen, seinem deutschen Beruf zurückgeführt, ja fortgerissen, und wieder in diesem Jahrhundert war es der Kern und Führer der nationalen Erhebung gegen den fremden Unterdrücker. Durch diese Siege und Großthaten hat sich nun ein Bewußtsein im preußischen Volke entwickelt, ein Gefühl seiner geschichtlichen Sendung und Bedeutung, welches dasselbe vor den größten Opfern und Kämpfen nicht zurückscheuen läßt. Davon Zeugniß zu geben, ist aber eben jetzt die dringendste Veranlassung. Angesichts der siegreich durchgekämpften Einheit Italiens, im Gefühl der eigenen gefährdeten Existenz, dem begehrlichen westlichen Nachbar gegenüber, hat der Geist nationaler Zusammengehörigkeit alle deutsche Stämme mächtig ergriffen, und von Preußen erwartet man die Losung. Die Ueberzeugung, daß nur in dem Einen Rettung sei, wenn sich endlich in der letzten Stunde Deutschland über seine einheitliche diplomatische und militärische Führung einigt, bricht sich allerwärts Bahn. Eine deutsche Centralgewalt in der Hand des preußischen Königs mit einer deutschen Volksvertretung an der Seite! Dies der Ruf, der durch die deutschen Gauen schallt, und an uns ist es, zu zeigen, daß er in allen preußischen Herzen Wiederhall findet. Sind doch die lebendigen Sympathien des deutschen Volkes unser einziger zuverlässiger Bundesgenosse, wenn die Arglist des Auslandes, der Verrath heimischer Kabinette uns umspinnen. Preußen an der Spitze des geeinigten Deutschlands vermag den Gefahren der Lage ruhig und

fest in das Auge zu blicken, nicht aber das Eine ohne das
Andere.

Freilich stellen sich der Regierung Hemmnisse und Bedenken
der schwersten Art in den Weg bei den Schritten, die das ersehnte
Ziel erfordert, und wir werden deren Vornahme nicht sogleich er=
warten. Aber eben deshalb sollen das preußische Volk und seine
Vertreter den Mahnungen Deutschlands gegenüber ihre Stimme
immer und immer wieder erheben. Denn nur aus solchen un=
zweifelhaften und allseitigen Kundgebungen kann einestheils die
Regierung die Kraft zu dem Entschlusse schöpfen, den das große
Werk fordert; und anderntheils wird nur so das Band lebendig
erhalten zwischen uns und den übrigen deutschen Stämmen, wenn
diese uns von gleichem Drange beseelt wissen und nach Kräften
bemüht, die Entscheidung, zu welcher Alles drängt, je eher je lieber
herbeiführen zu helfen. Dies mein Standpunkt in der deutschen
Frage, weshalb ich das neuliche Schicksal des Stavenhagen'schen An=
trags im Abgeordnetenhause nur lebhaft beklage. Es wäre eine
große Uebereilung, der ich mich durchaus nicht schuldig machen
möchte, in der eigenthümlichen Komplikation des Falles gegen die
deutsche Gesinnung des Hauses, die dasselbe doch sonst gezeigt hat,
einen Schluß ziehen zu wollen. Allein zu bedauern ist der Fall
doch immer, da er nur zu sehr geeignet ist, das neuerlich erst sehr
sparsam wieder keimende Vertrauen zu Preußen im übrigen Deutsch=
land zu erschüttern, dessen wir bei dem Einigungswerk doch gar
nicht entbehren können. Wir haben daher dringende Ursache, bei
dieser wie anderen Gelegenheiten darzuthun, daß jene 41 Abgeord=
neten, welche den Antrag allein hielten, zwar die Minorität des
Hauses waren, dafür aber ganz entschieden die große Majorität
des Landes hinter sich haben. Dürfte ich mich hierin Ihrer Zu=
stimmung versichert halten, so würde mein Auftreten vor Ihnen
schon deshalb allein kein verfehltes sein."

Der Erfolg dieser Wahlrede war entscheidend. Es folgte
derselben jedoch noch ein kleines Intermezzo, dessen wir hier
noch gedenken müssen, weil es einem Mißverständniß vor=
beugte, welches noch gegenwärtig in reaktionären Kreisen
gegen Schulze benutzt zu werden pflegt.

Ein Mitglied der Wähler-Versammlung, der General von Maliczewski, richtete an Schulze die Frage: „ob er sich über den ihm aus seiner parlamentarischen Wirksamkeit von 1848 zur Last gelegten Ausspruch: „daß unser Königthum von Gottes Gnaden oder das Haus Hohenzollern eine bankerotte Firma sei," auslassen wolle?

Schulze erwiderte hierauf:

„Ich weiß dem geehrten Herrn nur Dank, daß er diese Frage an mich richtete. Ich war darauf vorbereitet durch mehrfache Zeitungsinserate, und habe die urkundlichen Beweisstücke darüber zur Stelle. Hätte ich jene Aeußerung wirklich gethan, so wäre dies nicht blos unverzeihlich, sondern eine absolute Albernheit. Aber ich habe niemals gesagt, was man mir vorwirft, und glücklicherweise zeugen für mich amtliche Aktenstücke, die stenographischen Berichte. Es konnte mir nicht einfallen, in solcher Weise von dem preußischen Königthum oder von dem Regentenhause der Hohenzollern zu sprechen.

Ich habe gesagt: der „Absolutismus (die absolute Regierungsform also) mit seiner alten Firma von Gottes Gnaden habe in der Geschichte bankerott gemacht." Mag diese Aeußerung schroff erscheinen, die Gefühle von Einzelnen der Herren verletzen, so bedaure ich dies, aber ich kann nicht anders, ich halte diesen Ausspruch auch jetzt noch seinem ganzen Wortsinne nach aufrecht. Blicken Sie um sich, sehen Sie hin nach Oestreich, nach Italien, wohin jenes Regiment führt. Zum finanziellen, zum sittlichen, zum politischen Bankerott: es giebt keinen anderen Namen dafür, ich kann mir nicht helfen, und so hat die neueste Geschichte selbst über meinen Ausspruch entschieden.

Sie sehen, meine Herren, daß sich die ganze Sache um die beiden Prinzipien handelt, das dynastische und nationale. Mit dem dynastischen, welches unter jenem Titel das Privateigenthum des Fürsten an Land und Leuten proklamirt, wurde durch meine Aeußerung gebrochen. Heißt das, das Preußische Königthum antasten? Ich denke, das ist mit dem geschichtlichen Leben, mit den Interessen unseres Volkes so innig verwachsen, daß es jener morschen Stützen nicht bedarf. Grade nur Preußen allein in ganz

Deutschland hat das Glück, alle Elemente einer nationalen Regierung in sich zu vereinigen. Jede große Wendung, jeder Glanzpunkt seiner Geschichte lehnt sich an eine jener gewaltigen Gestalten des Hauses Hohenzollern, die den Stolz unseres Volkes ausmachen."

Auf Grund dieses Programms vereinigte Schulze auf sich die Stimmen aller Liberalen des III. Berliner Wahlkreises und trat im Abgeordnetenhause der kleinen Fraktion, dem sogenannten „Jung=Litthauen" bei. Als gleichwohl trotz aller Mahnungen die Majorität des Abgeordnetenhauses jeden Beschluß in der deutschen Sache von sich abwies und der Landtag im Juni mit einer Schlußrede entlassen wurde, die fern blieb den immer drängenderen Wünschen und Forderungen der Nation, kam unter wesentlicher Anregung Schulze's, der das Zusammengehen der Fraktion mit seinen alten Collegen von 1848 und dem Vorstande des Nationalvereins vermittelte, unter Betheiligung der Vertreter der liberalen Berliner Preßorgane die Gründung der deutschen Fortschrittspartei zu Stande. Dieselbe wendete sich, wie bekannt, mit einem neuen Programm an das Volk, das Fortschritt im Innern zur Verwirklichung des Rechtsstaates und einen deutschen Bundesstaat mit preußischer Spitze gleich demjenigen forderte wie er im Jahre 1849 von dem Reichsparlament beschlossen worden.

Der Kampf gegen die Reaktion und die Demagogie.

Der Zeitpunkt, in welchem Schulze in den Landtag eintrat, war dem Ausbruch des Confliktes so nahe, daß ihm wie den Mitgliedern der in's Leben gerufenen Fortschritts=Partei keine andre Rolle zufiel, als die verfassungsmäßigen Rechte des Volkes entschieden zu wahren, und im Volke selber das Bewußtsein zu stärken, daß seine Interessen nur gewahrt

werden können durch eine kräftige Betheiligung an den poli=
tischen Rechten.

Der Erfolg entsprach denn auch diesem berechtigten
Streben. Die Neuwahlen von 1861 fielen so entschieden
günstig für die Fortschritts=Partei aus, daß dem liberalen
Ministerium nur die Wahl blieb, entweder mit der Grün=
dung des Rechtsstaates Ernst zu machen und dadurch die
verheißene „moralische Eroberung in Deutschland" zu
verwirklichen, oder zurückzutreten und der feudalen Partei,
welche hinter ihm lauernd stand, das Heft der Staatsleitung
zu überlassen. Der erwartete Bruch blieb denn auch im
Jahre 1862 in der That nicht aus. Die Auflösung des
Abgeordnetenhauses im März 1862 brachte es dahin, daß
die Neuwahlen nur noch entschiedener als die vorangegan=
genen im Geiste der Fortschritts=Partei ausfielen; aber gerade
dieses Merkmal der Volksgesinnung verschärfte den Konflikt
und hatte nach kurzer Uebergangszeit nur zur Folge, daß
das Ministerium Bismarck an die Spitze des preußischen
Staates berufen wurde, von dem man voraussetzte, es werde
durch energische Maßnahmen im Stande sein, die Ge=
sinnungen des Landes umzuwandeln und die reactionären
Ideale der feudalen Partei zu verwirklichen.

Daß diese Voraussetzung eine irrige war, das sollte die
Geschichte der folgenden Jahre beweisen. Das Regiment
Bismarck hat selbst mit den rücksichtslosesten Maßnahmen
gegen die Presse im Jahre 1863 nicht die allergeringste Ein=
wirkung auf die politische Gesinnung des preußischen Volkes
auszuüben vermocht. Eine neue Auflösung des Abgeordneten=
hauses und eine Preßordonnanz ganz im Geiste des fran=
zösischen Imperialismus führte es herbei, daß die Neu=
wahlen im Oktober 1863 ganz und gar im Geiste der
Fortschritts=Partei ausfielen und die Regierungs=Partei bis
auf 37 Stimmen im Abgeordnetenhause zusammenschmolz.
— Der Verlauf der kommenden Jahre hat gerade das Gegen=

theil jener Voraussetzungen der Reaktion an den Tag ge=
bracht. Nicht das Volk hat seine politischen und nationalen
Gesinnungen und Programme verleugnet, sondern die Folge
der weiteren Ereignisse hat das Ministerium Bismarck ge=
zwungen, den feudalen Zielen zu entsagen und sich den For=
derungen des preußischen Volkes und der deutschen Nation
zu fügen.

Der lebhafte Antheil, welchen Schulze im Abgeordneten=
hause sowohl wie in freien Versammlungen an diesem Kampfe
im Kreise seiner Gesinnungsgenossen nahm, lenkte die Auf=
merksamkeit der deutschen Nation ganz besonders auf ihn und
seine wirthschaftlichen glücklichen Erfolge. Aber um dieselbe
Zeit trat hierzu noch eine gegen Schulze gerichtete Agitation
des radikalen Demagogen Lassalle, um alle treuen Freunde
des Volkes ganz besonders auf die segensreiche Wirksamkeit
Schulze's hinzuweisen und die Begründung des Genossen=
schaftswesens als ein geschichtliches Ereigniß zu erkennen,
welches ganz geeignet ist, den Geist des Volkes vor den Ver=
führungen und dem Verderben der socialistischen Demagogie
zu bewahren.

Unter dem regen öffentlichen Leben der neuen Aera
nahm das Genossenschaftswesen fortdauernd einen außer=
ordentlichen Aufschwung. Die Vereine wuchsen in ganz
Deutschland zu einer Macht heran, welche die Bewunde=
rung aller Freunde des socialen Fortschritts erregte. Auch
die Behörden konnten nicht umhin, die hohe Bedeutung dieser
überraschenden Thatsachen anzuerkennen und machten sich
nach und nach mit dem Gedanken vertraut, daß die Gesetz=
gebung die Pflicht haben werde, diese neuen Institute durch
Zugeständnisse von Rechten in ihrem Bestande zu befestigen.
Im Volke selber empfand man in der Zeit des politischen
Confliktes um so lebhafter das Bedürfniß, sowohl das Ge=
nossenschaftswesen als eine Großthat des liberalen Geistes
zu fördern, wie den Schöpfer desselben durch Zeichen der

Anerkennung und Verehrung auszuzeichnen, wenngleich Schulze seinen ursprünglichen Prinzipien treu mit großer Festigkeit darauf hinwirkte, die eigentliche wirthschaftliche Aufgabe der Genossenschaften von politischen Tendenzen fern zu halten.

Um so eifriger erhob sich gegen Schulze und sein Wirken von zwei Seiten her eine scharfe Feindseligkeit.

Zunächst erkannte die feudale Reaction mit instinktivem Scharfblick, daß im volksthümlichen Genossenschaftswesen, trotz dessen Abweisung politischer Tendenzen, ein mächtiger Hebel zur Emancipation des Volksgeistes liege. Die Selbsthilfe auf wirthschaftlichem Gebiete wurde als ein naturgemäßer Vorläufer der socialen Selbstständigkeit des Volkes erkannt, die nicht ohne tiefen Einfluß auf die ganze gesellschaftliche Ordnung bleiben könne. Man schleuderte politische Verdächtigungen gegen das Genossenschaftswesen und seinen Begründer und stellte dies als eine Vorschule einer socialen Revolution dar, der man mit allen Mitteln der Staatsmacht entgegenwirken müsse. Diese Gegenwirkung versuchte man durch sogenannte „conservative Volksvereine" zu erzielen, worin man die gefährliche „sociale Frage" im Sinne der feudalen Reaction zu leiten unternahm, angeblich um das Volk vor der Ueberwucherung und Uebervortheilung der emporwachsenden Industrie und ihrer Macht zu schützen. Man nannte in diesen Kreisen die Industrie „das moderne Raubritterthum, welches nunmehr unter hohen Schornsteinen seinen Sitz habe."

Mit dem richtigen Instinkt des Hasses erkannte auch die feudale Reaction sehr bald, daß ihr von der anderen Seite her ein Hilfsgenosse in der Demagogie erwachse, die gleichfalls in dem geordneten Wesen des wirthschaftlichen Fortschritts einen Feind ihrer eingebildeten Massenbeglückung erblickte.

In Ferdinand Lassalle, einem Demagogen ganz nach dem

französischen Muster eines Louis Blanc, brannte ein unbe=
grenzter Ehrgeiz, die Verdienste Schulze's zu überflügeln.
Während dieser sich darauf beschränkte, die wirthschaftlichen
Verhältnisse der Mitbürger zu verbessern, die sich bereit
fanden, durch Sparsamkeit und Ordnung die eignen Kräfte
zu verstärken und durch gegenseitige Verbindungen ihre Credit=
fähigkeit zu erhöhen, um sie unabhängiger als bisher von
den Kapitalisten und Großhändlern zu machen, stellte Lassalle
vor der Arbeiterbevölkerung das Ideal auf, sich durch das
bloße allgemeine Wahlrecht in den Besitz aller staat=
lichen Macht zu setzen! Er rechnete der Bevölkerung vor,
daß fünfundneunzig Prozent der Bevölkerung der Noth und
dem Elend und der Willkür der Kapitalisten und Arbeit=
geber anheim gefallen sei. Da hätten sie eben nur dahin
zu streben, sich durch das allgemeine Stimmrecht in die Ma=
jorität der Volksvertretung zu versetzen und als solche die
Regierung zu zwingen, durch Staatscredit für sie Fabriken
zu gründen, wo der Gewinn=Antheil jedem Arbeiter zuge=
wiesen werde. Der Staat brauche ja auch nicht einmal das
Kapital selber herzugeben, sondern es würde genügen, wenn
er nur die Zins-Garantie übernehmen wollte, durch eine An=
leihe das nöthige Kapital zu beschaffen. Diese großartige
Idee, mit der echten „Magenwärme" der hungernden Be=
völkerung weiter verfolgt, wäre die eigentliche Lösung der
socialen Frage, wogegen die Schulze'schen Genossenschaften
doch nur ein kleinliches Mittel wären, um die Todesqual
des kleinen Handwerkers zu verzögern, der ja bereits dem
Untergang durch die Groß=Industrie geweiht sei.

Dieses Phantom mit allen Scheingründen einer wissen=
schaftlichen Betrachtung und mit allen aufreizenden Demagogen=
künsten ausgestattet, wie sie ganz geeignet sind, eine un=
wissende Masse in Leidenschaft zu versetzen, wurde von Lassalle
in einer Schrift an die deutschen Arbeiter dargelegt, in welcher
zwar der große Massen=Beglücker dem kleinen Helfer Schulze

gern die Bruderhand als Anerkennung für sein bisheriges kleinliches Wirken reiche; aber auch zugleich ihm darthue, wie nichtig dergleichen gegenüber der großen Massenhilfe des großen Agitators sei.

Schulze unterließ nicht, das demagogische Phantom Las= salle's durch eine Reihe von öffentlichen Vorlesungen im Mai 1863 im Berliner Arbeiterverein*) in seiner vollen Blöße zu zeigen, und ganz besonders jede Agitation in der socialen Frage zu politischen Zwecken im Interesse des wahren Volks= wohls abzuweisen. Er wies den Wahn, an die Stelle der persönlichen Tüchtigkeit, des Fleißes, der Sparsamkeit und der wirthschaftlichen Umsicht, welche die Selbsthilfe begründet, nur eine Abstimmung zu setzen, um vom Staat mit Arbeit und Gewinn versorgt zu werden, als einen Plan nach, der Gedankenlosigkeit und Faulheit im Volke fördern würde. Der Staat, der Vorsehung spielen und die angeblichen fünf= undneunzig Prozent des Volkes versorgen solle, habe ja keine anderen Mittel als diejenigen, welche er vom Volke selber entnimmt. Die Vorstellung, daß es nur der Zinsgarantie des Staates bedürfe, um das Kapital zur Anlage solcher socialistischen Volks = Fabriken durch Anleihen aufzubringen, wäre eine Chimäre, da es notorisch sei, daß der Staat auch für das Kapital würde eintreten müssen, wenn die Geschäfte unrentabel und werthlos würden. Sollte jemals ein Staat auf solch ein Unternehmen eingehen, so müßte er ein ge= waltiges Aufsichtspersonal hierzu besolden, das für Pünkt= lichkeit der Arbeitsleistung und Gewissenhaftigkeit der Ge= winn=Vertheilung zu sorgen hätte, wodurch das Einkommen des Unternehmens wesentlich beeinträchtigt würde. Endlich wäre der Mangel an Selbstverantwortlichkeit der Arbeiter und

---

*) Die sechs Vorträge sind mehrfach im Druck erschienen. Gegen= wärtig sind dieselben für 10 Pfennige zu beziehen vom Büreau der Ge= sellschaft für Verbreitung von Volksbildung. Berlin W. Matthäikirch= straße 15.

das Hinausschieben aller Fürsorge auf den Staat das volle Gegentheil der Freiheit, die einzig und allein im moralischen Selbstbestimmungsrecht des Menschen wurzle.

Dem demagogischen Treiben gegenüber, das nur auf Erregung von Haß der Besitzlosen gegen die Besitzenden berechnet war, fand das entschiedene Auftreten Schulze's den vollsten Anklang aller wahren Freunde des Volkswohls; aber in demselben Grade, wie sich dies kund gab und die gesammte Fortschritts=Partei eine überwiegende Anhänglichkeit im Volke gewann, beeiferte sich auch die feudale Reaktion, mit der Demagogie zu liebäugeln und Lassalle als einen, wenn auch nicht ihren Zielen, jedoch ihren Zwecken dienenden Genossen, einen Befreier des Volkes aus den Schlingen der liberalen Bourgeoisie, zu behandeln, dem man möglichst als dem Feinde ihres Feindes Vorschub leisten müsse.

Bis zu welchem Grade sich dieses Verhalten der Reaktion verstieg, das kam im Jahre 1865 im Abgeordnetenhause zur öffentlichen Aussprache. Der Ministerpräsident Herr von Bismarck hielt es für angemessen, einen sozialdemokratischen Arbeiter, Namens Florian Paul, nebst einigen Gesinnungsgenossen aus der Lassalle'schen Schule Seiner Majestät vorzustellen und ihnen aus den Privatmitteln Sr. Majestät eine nicht unbeträchtliche Summe zu verschaffen, um nach dem Muster Lassalle's eine Produktiv = Genossenschaft als Gegensatz der Schulze'schen Genossenschaften zu gründen. Daß dieser Versuch zu nichts weiter führte, als zum Verlust des wohlwollend von Sr. Majestät gespendeten Geldes, ist allbekannt. Aber er verleitete nicht wenige Arbeiter, dem sozialdemokratischen Wahn eine bedeutende Tragweite beizumessen und den demagogisch aufgereizten Zwiespalt zwischen Arbeitern und Arbeitgebern noch möglichst zu fördern.

Eine vernichtende Kritik dieses Liebäugelns der feudalen Reaktion mit der sozialen Demagogie lieferte Schulze in seiner klassischen Rede im Abgeordnetenhause im Jahre 1865. Der Abgeordnete Wagener, der Fürsprecher der Feudalen, hatte den Plan Lassalle's, „Produktiv-Genossenschaften mit Staatshilfe" zu begründen, als das edlere Ziel der feudalen Partei hingestellt, das ja auch gegenwärtig noch der Reichs-kanzler als eine Lösung der sozialen Frage unter besonderer Anerkennung Lassalle's gelten läßt. In den Verhandlungen über das Coalitionsrecht der Arbeiter, welches Schulze an der Spitze der Fortschrittspartei damals beantragte, kam das so-ziale Thema zur gründlichen Erörterung. Wir entnehmen der Rede Schulze's ganz besonders die wichtigsten Punkte, weil sie nicht blos von historischem Werthe, sondern auch noch zur Zeit von der wesentlichsten Bedeutung sind.

Es lauten dieselben wie folgt:

„Ja, meine Herren, das ist ein einfaches Rechenexempel, eine Frage des Einmaleins. Es ist möglich, daß eine kleine Minorität auf Kosten einer großen Majorität im Staat gewisse Privilegien und Vortheile genießt und den Staat für ihre Sonderinteressen ausnutzt. Eine Majorität kann eine Minorität erhalten, das ist finanziell möglich. Fassen Sie, wenn Sie das Exempel wollen, die Sache so: 5 pCt. der Staatsbürger können von den andern 95 pCt. der Staatsbürger leben, das ruinirt die letztern noch nicht. Aber, meine Herren, wie die Majorität von der Minorität soll getragen werden können, das ist ein Exempel, dazu gehört mehr als die Kunst eines Oesterreichischen Finanz-Ministers, um es zu lösen. (Heiterkeit.)

Was sind die Staatsmittel und was heißt es, aus Staats-mitteln Kapitalien und Garantien geben wollen? D. h. allemal auf Kosten und aus den Taschen der übrigen Gesellschaft. Der Staatssäckel ist ja nicht Etwas, was aus der Luft durch atmo-sphärische Niederschläge genährt und erhalten werden kann (Heiter-keit), er besteht aus den Zuflüssen aus unsrer Aller Taschen. Eine Klasse, die das will, nimmt die Taschen der übrigen Gesellschaft in Anspruch, darüber kommen wir nicht fort. Darum bleibt der Satz wahr: nur eine Minorität, eine kleine mächtige Partei vielleicht, kann auf Kosten der großen Gesammtheit gewisse Vorrechte, gewisse Sonderstellungen und andere Vortheile genießen, aber das Umgekehrte, das bekommen Sie nicht fertig.

Und wie sagt man uns nun von Seiten der Arbeiterpartei, welche die Staatsunterstützung fordert? Man sagt, wir sind 89, nach einer andern Annahme 95 pCt. der ganzen Bevölkerung, wir sind eigentlich der Staat, und wir wollen vom Staate die Kapitalien zum Gewerbebetriebe für unsere Rechnung haben, denn wir können uns nicht selbst helfen, wir gelangen nicht aus eigner Kraft dahin, wir sind in unsern Verhältnissen nicht so gestellt, daß dies überhaupt möglich ist. Ja, meine Herren, da wird sich aus meinen Prämissen die Erwägung von selbst ergeben. Wenn es wahr wäre, wenn eine so große Masse der Bevölkerung nicht im Stande wäre, sich selbst zu helfen in ihren wirthschaftlichen und Erwerbsverhältnissen, wie soll ihnen dann der Staat helfen, der Staat, von dem sie eben sagen, sie sind es selbst? Das ist ja eine Selbsthülfe auf Umwegen, die noch dazu vertheuert wird durch den Umweg. Denn daß ein Staat, der die soziale Frage lösen soll, der soziale Staat also, eine ungeheure Verstärkung des Beamtenapparats für Gewerbezwecke und dergl. haben müßte, daß dadurch eine Menge produktiver Kräfte verloren gingen und zu unproduktiver Thätigkeit verwendet, also von den übrigen erhalten werden müßten, ergiebt sich ja von selbst.

Also das ist eine Chimäre, daß diese 89 oder 95 pCt. der Bevölkerung — ich will die Richtigkeit dieser Statistik hier nicht prüfen, ich habe es an anderen Orten gethan — auf Kosten der übrigen 5—10 pCt. justentirt, mit Kapital versehen werden könnte. Es ist einfach eine Unmöglichkeit, das Ein=mal=eins steht uns im Wege, das ist der öffentliche Bankerott. (Sehr gut! links.)

Nun, meine Herren, wenn die Frage an sich schon so steht, nun bitte ich Sie zu betrachten: wie sich die Sache erst macht, wenn die Konservativen die Lösung der Frage in die Hand nehmen wollen, wenn sie an die Regierung kommen. (Hört! hört!)

Es giebt doch keine theurere Regierung als die der feudalen Reaktion, (Sehr wahr; links.) das haben wir ja Alle gesehen. Denken Sie doch an die stets bereiten Gewaltmittel, den hohen Friedensstand der Armee, den bewaffneten Frieden, das große Be=

9

antenperſonal, das die Herren erhalten müſſen, um ſich gegen den Volkswillen an der Spitze des Staats zu erhalten, (Sehr wahr! links.) dazu die Maſſe Stellen, die kreirt werden müſſen, durchaus nicht im Intereſſe des Gemeinweſens, ſondern eben um die Anhänger der Partei zu belohnen und unterzubringen und auskömmlich zu placiren. Das iſt in ſolchen Dingen nicht anders. (Heiterkeit.)

Wenn nun in ſolcher Weiſe, wie ich ſchon andeutete, eine Minorität auf Koſten der Majorität auch allenfalls eine Zeitlang aus der Staatskaſſe übertragen werden kann, wenn auch die Finanzen dabei zurückkommen, wie will es die Minorität, die doch an ſich zu denken hat, die ſchon für ſich bedeutende Staatsmittel braucht und bei deren Regierungsſyſtem außer der Verſtärkung der Ausgaben, wegen des Druckes auf die Steuerkraft, ohnehin auch eine Verminderung der Einnahmen ſich bemerklich macht — wie will dieſe an der Regierung befindliche Minorität, die, wie geſagt, für ſich die Staatsmittel ſo nöthig braucht und ſie ausgedehnt in Anſpruch nimmt, nachher auch noch die Majorität mit Kapitalien zum Belauf von Tauſend Millionen und mehr behufs Expropriirung der Privat-Induſtrie ausſtatten? Ich bitte Sie, dieſe Ausgabe überſteigt ja Alles, was Menſchen überhaupt als möglich angeſonnen werden kann! Deswegen iſt es eine der allerlächerlichſten Einbildungen, wenn Jemand in den Arbeiterkreiſen glauben könnte, der die Staatshülfe beanſprucht: daß, wenn man die Sache nur gläubig in die Hände der Konſervativen legt, die StaatsUnterſtützung, das ganze Syſtem der Aſſoziation aus öffentlichen Mitteln, die glänzendſte Realiſirung und Ausführung finden wird. Indeſſen, meine Herren, was ich eben ſagte, das kleine Exempel, was ich vorführte, das wiſſen die Herren ſehr gut, ſie verſtehen gewiß ſo gut zu rechnen wie wir. Ich deutete deshalb eben an, es ſei gar nicht ſo gemeint mit dieſen Produktiv-Aſſoziationen. Gehen Sie nur der Spur der Petition und den Aeußerungen der Herren ſelbſt nach! Was wird es werden? Ein paar ſchwächliche Verſuche mit Muſteranſtalten, die man zu machen denkt, und hier und da ein kleiner Zuſchuß bei dem und dem Unternehmen bei irgend einer paſſenden Gelegenheit, wie bei den Wahlen u. ſ. w., wo man die kleine Anlage ſich recht nützlich politiſch verzinſt machen kann. Darauf läuft die Sache hinaus. (Heiterkeit.)

Die Lösung der sozialen, der Arbeiterfrage, die Hebung der arbeitenden Klassen in ihrer individuellen Lebenshaltung und gesellschaftlichen Stellung liegt nur in der steigenden Civilisation. (Bravo! links.)

Indem dieselbe durch Dienstbarmachung der Naturkräfte die Arbeit allmälich immer leichter und immer ergiebiger macht, indem sie die rohesten und aufreibendsten Arbeitsmethoden mehr und mehr beseitigt und die Arbeits-Operationen, wenn ich mich des Ausdrucks bedienen darf, allmälich mehr vergeistigt; indem sie ferner die Beschaffung des materiellen Gesammtbedarfs in immer reichlicherem Maße und mit leichterer Mühe ermöglicht, theilt sie sich immer größeren Kreisen im Volke mit und gleicht so auf naturgemäßeste Weise mehr und mehr die schroffen Klassen-Unterschiede aus. Die soziale Frage ist also keine spezifische Frage, die man mit irgend einem spezifischen Mittel gleich den Wunderpillen eines Quacksalbers zu lösen vermag, (Bravo! links.) und ich glaube, wir stimmen dem Abgeordneten Waldeck darin vollständig bei, wenn er eine solche Auffassung dieser Frage mit vollem Rechte für Schwindel erklärt.

Nein, meine Herren, vielmehr fällt die soziale Frage mit der geschichtlichen Entwickelung des Menschengeschlechts überhaupt zusammen, und nur wenn man die letztere fördert, trägt man zu ihrer Lösung bei. Halten wir dies fest, so frage ich Sie, meine Herren, mit welcher Stirn vindizirt der Herr Abgeordnete Wagener sich und seiner Partei die Stellung, die er andeutete uns gegenüber in dieser Frage? eine Partei, welche das Gesetz der geschichtlichen Entwickelung, den Fortschritt bekämpft, welche das Element dieser Entwickelung, die Freiheit, in mehreren ihrer wichtigsten Beziehungen durch den Mund desselben Abgeordneten für antiquirt erklärt? die dies thut, meine Herren, weil sie weiß, daß sie mit alle dem nicht bestehen kann, daß sie Bildung und Sittigung des Volkes rückläufig machen muß, um sich in ihrer Sonderstellung und in ihren Vorrechten zu behaupten. (Bravo!)

Indessen wir sind so weit gekommen, daß in unserem Volke jetzt nicht die Worte, sondern die Thaten entscheiden. An ihren Früchten sollt ihr sie erkennen, heißt das Sprüchwort (Heiterkeit.) und, meine Herren, die Förderung unseres Vater-

9*

landes, der speziell-vaterländischen Interessen und der geschichtlichen Entwickelung überhaupt, die wir von dieser Partei erfahren haben, liegt vor Jedermann zu Tage. War sie es nicht, welche das Volk um die Früchte seiner großen Erhebung von 1813—1815 entschieden gebracht hat, und heiligen Versprechungen entgegen wieder in das alte System einlenkte, bis der Bruch von 1848 dadurch herbeigeführt wurde? (Bravo!)

Mit solchen Phrasen kommt man also nicht mehr durch! Wir, meine Herren, dagegen bescheiden uns, daß das, was der Einzelne in dieser großen Frage thun kann, unendlich wenig ins Gewicht fällt; wir bescheiden uns, daß wir zu verharren haben in unserer dauernden und ruhigen Thätigkeit für die Sache, wir wissen, daß die sozialen Aufgaben und die politischen Aufgaben für uns dasselbe sind, und daß sie in ihren Endzielen und in ihren Voraussetzungen zusammenfallen. Es gilt uns nicht nur, in dem verfassungsmäßigen Rechtsstaate, auf dem Boden der wirthschaftlichen und politischen Freiheit einen Bau zu gründen, in dem alle Klassen des Volkes ihren Platz finden; nein, es gilt auch, diesen Bau als die würdige Form mit dem würdigen Inhalt zu erfüllen, mit dem Geist der neuen Zeit — und das ist der Geist der Humanität! Dazu helfe uns das Volk! Ich meine, an der liberalen Majorität dieses Hauses, mag sie auf diesen Bänken sitzen, oder anderswo im Lande ihre stille Wirksamkeit fortsetzen, an dieser liberalen Majorität wird es bei diesem Werke niemals fehlen.

Zum Schluß aber rufe ich, nachdem schon mein Freund Loewe den Herren das Bild des Zauberlehrlings vorgeführt hat, Ihnen noch ein Anderes auf die Drohungen mit Ihren Bataillonen, und was Sie sonst Alles haben, (Heiterkeit.) zu, und mahne Sie an die tiefsinnige Mythe des Alterthums von der Sphinx. Man mag wohl die soziale Frage die moderne Sphinx unserer Zeit nennen, meine Herren!

Nun giebt es in der menschlichen Natur bei uns Allen, wie wir sind, bei Groß und Klein, bei Vornehm und Gering, eine dunkle Grenzlinie, wo das Thierische an das Menschliche streift, und wehe dem, meine Herren, — das sind die Erfahrungen aller Jahrhunderte — der muthwillig und mit frivoler Hand an diese

Grenzlinie taftet! Er entfeffelt die Beftie, die ihn mit ihren
Löwenklauen zerfleifchen wird! (Stürmifches Bravo!)

Im Anfchluß an die vorftehende Rede, welche den tief
ethifchen Sinn Schulze's bekundet, halten wir es für unfere
Pflicht, aus einem Vortrage von fpeziellerem Charakter, den
er im Jahre 1869 im Berliner Handwerkerverein vor einem
großen Publikum gehalten, feiner Lebensgefchichte nachftehen=
den Abfchnitt einzuverleiben, weil die darin ausgefprochenen
Anfchauungen in der That einen Grundzug feines Wirkens
und Strebens repräfentiren.

Nach einer fehr eingehenden Betrachtung der Kultur=
Aufgabe, in welcher das Menfchenwefen fich emporrichtet
aus der Sphäre des thierifchen Dafeins und der geiftigen
und leiblichen Sklaverei, wendet fich der Vortrag zu dem
mehrfach angeregten Thema über das Verhältniß der Kirche
zur fozialen Frage in folgender Weife:

So groß, fo allumfaffend fteht die Frage vor uns, mit der
wir es zu thun haben. Von den phyfifchen Dafeinsbedingungen, von
dem, was der Menfch mit dem Thiere gemein hat, fchwingt fie fich
auf zu den letzten Zielen menfchlicher Entwicklung. Die roheften
Triebe unferer Natur knüpft fie an die edelften Regungen, und ver=
klärt den harten Kampf des Individuums um die äußere Exiftenz,
im Bewußtfein der geiftigen Lebensgemeinfchaft unferes Gefchlechts,
durch deren Vermittlung Allen die Laufbahn zur Vollendung er=
öffnet ift. Und fo tief wurzelt der Keim einer folchen Löfung
in der menfchlichen Natur, daß die Ahnung davon uns aus
den älteften Zeiten entgegendämmert, und vor nahezu zwei Jahr=
taufenden, beim Beginn der Zerfetzung der alten Welt, in der
Chriftuslehre ausgefprochen wurde, als Botfchaft einer neuen
Zeit. —

Wie wir bereits beim Rückblick auf die Anfänge der Civili=
fation angedeutet haben, beruhte die antike Gefellfchaft auf dem
Principe der Exclufivität, wie es in dem damaligen Stande
der Kultur, befonders in der geringen Produktivität der Arbeit
und den rohen, der geiftigen Difpofition der Arbeiter ungünftigen

Arbeitsmethoden begründet war. So gelangte man dahin, sich die
beiden Hauptrichtungen menschlicher Thätigkeit als unvereinbar
vorzustellen und sie unter verschiedene Menschenklassen zu theilen.
Damit die eine sich den höheren Aufgaben im öffentlichen und
Privatleben, in Wissenschaft und Kunst widmen konnte, wurde
der anderen die ganze Last der niederen Erwerbsthätigkeit auf=
gebürdet und ihr obenein meist die freie Persönlichkeit entzogen.
Die allgemein gültige Voraussetzung dabei war:

„daß Bildung und Gesittung mit jeder höheren Thätigkeit und
Geltung im Privat= wie im öffentlichen Leben nur für einen
Theil, nicht für die Gesammtheit der Menschen möglich sei,
daß vielmehr der andere Theil im Tagewerk für die materielle
Versorgung der Gesammtheit gebunden werden müsse, damit
der erstere Zeit und Kraft zu höheren Dingen freibehalte, und
dieselbe für den andern mit verwalte."

Dieser Ausschließlichkeit, als sozialem Dogma, begegnen wir
in allen Beziehungen des antiken Lebens. Wie sich ein Volk dem
andern gegenüber mit seinen Nationalgöttern als bevorzugt, die
übrigen als Barbaren, als ihm preisgegeben betrachtete: so standen
sich wiederum die einzelnen Klassen im Volke selbst, eine Priester=
und Kriegerkaste den niedrigen Arbeitern, die Voll=
bürger den Sclaven in schroffer Scheidung gegenüber. Ins=
besondere behauptete die Sclaverei als unentbehrliches, völkerrechtlich
geheiligtes Institut so gut in den alten Despotieen, wie in den
Republiken ihre Stelle. Da trat das Christenthum auf und
durchbrach diesen Vorstellungskreis, indem es der Menschheit eine
neue Welt des Geistes und Gemüthes erschloß. In der allge=
meinen Gotteskindschaft aller Menschen, in der gleich=
mäßigen Berufung aller Völker war die alte Ausschließlichkeit dem
Prinzip nach durchbrochen, die gleiche Berechtigung Aller, die ganze
volle Menschenbestimmung in sich auszuleben, anerkannt. „Bil=
dung und Gesittung, Gemeingut Aller, Allen gleich
zugänglich!" Dies der Kern, der ethisch humane Grundgedanke
der neuen Lehre, der sich immer bewußter aus ihr herauszubilden
bestimmt war. Ein ungeheurer Umschwung in der gesammten
Weltanschauung war damit eingeleitet, der Beginn einer neuen
Geschichtsepoche bezeichnet. Den Nationen, über deren strenge

Abgeschlossenheit das Alterthum sich nicht zu erheben vermochte, wurde die Menschheit, als höhere Einheit, übergeordnet, ihnen im Dienste der Humanität, in der Darstellung verschiedener Seiten der menschlichen Gesammt-Entwicklung, die Stellung angewiesen, in welcher allein ihre geschichtliche Berechtigung beruht. Zugleich war damit die Vollmacht der Gesellschaft dem Staate, des Menschen dem Bürger gegenüber ausgesprochen, was die Verwerfung des schroffen Kastenwesens und der Sclaverei bereits in sich schloß.

Jahrhunderte vergingen, ehe die Realisirung Alles dessen auch nur in den unvollkommensten Anfängen begann, und wir wissen sehr wohl, wie selbst unsere heutigen Zustände davon noch entfernt, wie wir noch heute, in mehr als einer Beziehung, in schwerem Ringen darnach begriffen sind, wenn auch in rascherem Fortschreiten, wie je vorher. Aber wie auch Herrschsucht und Fanatismus sich gemüht haben, den ewigen Keim unter einem Wust von Unvernunft und Verderbtheit zu ersticken, niemals ist es ihnen völlig damit gelungen, niemals hat man auf die Dauer vermocht, in ihm die tief humane Grund-Idee des Christenthums völlig bei Seite zu schieben. Immer und immer wieder rafft sich dieselbe, nach so vielen verfehlten Anläufen, aus den Fesseln des starren Dogma zu neuem Aufschwunge empor, und bricht einer ihrer Gestaltungen nach der andern die Bahn. Und damit nicht genug. Auch außer solchen offen in das Leben der Zeit eingreifenden Anstößen übt dieser Gedanke unabläßig unter der Oberfläche der Tageserscheinungen seine stille Arbeit im Gemüthsleben des Volkes. Und wunderbar! Gleich dem Dogma der Kirche, welches sich seiner Entstehung aus unmittelbar göttlicher Eingebung und deren authentischer Ueberlieferung berühmt, so ist auch er in ununterbrochener Folge uns in einem Hauptstück des christlichen Kultus vermittelt, welches von der Kirche aller Konfessionen anerkannt wird. Diese Ueberlieferung, welche seinen Inhalt nach allen Seiten hin zum ergreifenden Ausdruck bringt, sie findet sich in dem Gebet des Herrn, welches uns die heiligen Schriften, als vom Stifter unserer Religion unmittelbar herrührend, aufbewahrt haben. In ihm, diesem von allem Dogmatismus freien, wahrhaften Weltgebet, begegnen sich Bekenner der verschiedensten Konfessionen in gleich lebendigem Drange heut, wie vor beinahe zwei Jahrtausenden, und

wo seine Hoheit vom Verstand nicht denkend erfaßt wird, da fühlt
sie das Herz der Einfältigen und Schlichten. Ein Gebet für Alle,
in allen Lagen, sucht man in ihm Weihe zu religiöser Vertiefung,
wie Sammlung vor ernster Entscheidung; Zuflucht bei innerer
Beängstigung, wie bei äußerer Bedrängniß. In Freude und Dank,
in Noth und Tod ringt es sich aus den Lippen, denn es ist all-
umfassend gleich dem Leben selbst, es eint Himmlisches und Irdisches,
Ideales und Reales, und faßt so die ganze humane Seite, in ihr
die soziale Mission des Christenthums in sich zusammen. Mit
der Ableitung des Menschlichen aus dem Göttlichen, dem engsten
Verbundensein beider in Vater- und Kindschaft, mit dem
„Vater Unser Aller" beginnt es und schwingt sich mit und zunächst zur Welt des Idealen empor, indem es die Heiligung des
Gottesgedankens, die Ahnung vollendeter Zustände im Bilde eines
himmlischen Reiches, den Vorstellungen der Zeit gemäß, uns vor-
führt: aber Alles dies nur, um seine Realisirung in unseren irdischen Verhältnissen, als Ziel unserer Bestrebungen, daraus abzu-
leiten. Zu uns soll jenes Reich kommen, auf Erden der
göttliche Wille geschehen und Zustände schaffen, wie sie an
jeder idealen Stelle herrschend gedacht werden. Und — das ist,
was uns das Gebet so nahe bringt — das Erste bei der Rückkehr vom Himmel zur Erde, die erste Forderung, die sich dem
anschließt, daß „Gottes Wille geschehe im Himmel also auch auf
Erden", es ist die Bitte um das tägliche Brod! Sie, der
Mittel- und Wendepunkt des ganzen Gebets, der Punkt, wo sich
der Knoten schürzt zwischen Ideal und Leben, in dem Gefühl des
Gebundenseins an die Materie, wo man beginnen muß, will man
an die Verwirklichung des Höheren Hand anlegen. Und wie tief
und wahr, was sich ferner daran knüpft: das brünstige Verlangen
nach innerem und äußerem Halt im Kampfe des Lebens, im Konflikt der höheren Anforderungen mit der rauhen Wirklichkeit. So
die Versöhnungs-Bedürftigkeit der menschlichen Natur in der Ver-
gebung der Schuld, im gegenseitigen Ertragen und Entgegen-
kommen, als Bedingung sittlicher Menschengemeinschaft. So das
demüthige Bekenntniß der Schwäche in dem Flehen um Abwen-
dung der Versuchung, welcher der Einzelne nicht gewachsen
sein möchte. Der Schluß aber faßt Alles zusammen, den ge-

sammten Gang des geschichtlichen Kulturprozesses in der Erlösung
vom Uebel, der Beseitigung alles dessen, was der Lebensent=
wicklung und Bethätigung des Einzelnen wie der Gesammtheit,
somit der Vervollkommnung menschlicher Zustände auf allen Ge=
bieten des Daseins störend und hemmend in den Weg tritt. Es
ist das Endziel der Civilisation, die Lebensvollendung der Mensch=
heit, die uns zum erhebenden Abschluß vor Augen geführt wird.

Und damit, wir künden es immer und immer wieder, stehen
wir vor der Lösung der sozialen Frage. Nur in der stetig sich
steigernden allgemeinen Bildung und Gesittung wird die Möglich=
keit unverkümmerter Entwickelung für Alle gewonnen. Nur mittelst
des unablässigen weiteren Vorschreitens zu immer vollkommnerer
Bewältigung der Materie im Dienste des Geistes wird die weitere,
die vollständige Emanzipation der gedrückten Klassen erreicht.

Entstehung der Anwaltschaft und die Betheiligung der deutschen Nation.

Wie wir bereits erwähnt haben, hatte Schulze durch ein
volles Jahrzehnt, in reiner und uneigennütziger Liebe für das
Wohl der ärmeren Mitbürger, ohne jede Vergütigung, seine
Zeit und Arbeitskraft der Gründung des Genossenschafts=
wesens geopfert. Bis zum Ablauf des Jahres 1858 blieben
auch die Genossenschaften unter einander ohne eine Verbin=
dung und fanden ihren natürlichen Mittelpunkt nur in den
Berichten, welche sie zur eignen Belehrung ihrem Meister und
Gründer zusendeten. Als jedoch im Jahre 1859, mitten in
dem regen Volksleben der neuen Aera, nicht blos die Grün=
dung neuer Genossenschaften an Zahl zunahm, sondern der
Umfang der Geschäfte in den einzelnen Instituten in hohem
Grade zu steigen begann, da machte sich das Bedürfniß sehr
bald geltend, sich gegenseitig zu berathen. Man wollte die
gewonnenen Erfahrungen einander mittheilen, etwaige Vor=

schläge zur Erweiterung der Geschäftspraxis gemeinschaftlich besprechen und zu diesem Zweck einen stehenden Verband begründen, der durch alljährliche Zusammenkünfte eine Art Congreß zu gegenseitiger Belehrung bilden solle.

Im Juni 1859 fand denn auch eine Zusammenkunft der Vorstände von einigen dreißig der hervorragendsten Vorschuß-Vereine in Weimar statt, woselbst man sich die Nothwendigkeit einer sichern Verbindung klar machte. Selbstverständlich gelangte man da auch zu der Ueberzeugung, daß man fortan der Organisation eines Central-Bureaus bedürfe, in welchem die Angelegenheiten der wirthschaftlichen Genossenschaften einen gemeinsamen Mittelpunkt der Berathung und Besprechung finden sollen. Und ebenso überzeugt war man davon, daß man zur Leitung dieses Organs die stetige Thätigkeit und Hilfe unseres Schulze nicht entbehren könne, und dennach Mittel und Wege gesucht werden müßten, sich der dauernden Thätigkeit desselben unter dem Titel eines „Anwalts der Genossenschaften" zu versichern.

Der in Weimar angeregte Gedanke fand in allen Kreisen der verbreiteten Genossenschaften vollen Anklang, so daß Schulze sich im Januar 1860 veranlaßt sah, den Plan zu dieser Organisation näher festzustellen und in der „Innung der Zukunft" die Bedingungen darzulegen, unter welchen er das Amt eines Anwalts zu übernehmen geneigt sein würde.

Das Schriftstück, welches diese Bedingungen enthält, ist als ein charakteristisches Dokument der Uneigennützigkeit des verehrten Mannes von historischem Werth. Wir geben es hier um so lieber in vollständiger Fassung wieder, als man von gegnerischer Seite unsere Zeit als eine nach materiellem Gewinn haschende ausgiebt, die des idealen Zuges entbehrt.

Es lautet dasselbe wie folgt:

„Von den deutschen Gewerbsgenossenschaften, welche sich seit den letzten zehn Jahren nach den von mir vertretenen Grundsätzen gebildet haben, sind mehrere zusammengetreten, um eine Einigung zu Stande zu bringen, welche bezweckt, mir durch ein gemein= schaftlich auszusetzendes Gehalt es zu ermöglichen, meine Thätigkeit ausschließlich der Förderung der Genossenschaftssache zu widmen, und die mehrfachen Anerbietungen und Aussichten, welche mir neuerlich auf eine lohnende Stellung anderweit eröffnet sind, auszu= schlagen. Es ist an mir, mich über dieses Vorhaben zu erklären.

Bei dem Umfange, den die Genossenschaftsbewegung bei uns erreicht hat, und der sich mit jedem Jahre erweitert, sehe ich mich schon jetzt außer Stande, den von allen Seiten an mich gestellten Anforderungen um Rath und Auskunft zu genügen, will ich nicht meine ganze Arbeitszeit opfern. Kommt es nun gar darauf an, die Bewegung weiter fortzuführen, das bisher Geleistete weiter aus= zubilden, so wird es unerläßlich, daß Jemand seine ganze Zeit und Kraft dieser Angelegenheit widme. Was mich anbelangt, so müßte ich namentlich allen juristischen Arbeiten entsagen, auf welche ich meiner Subsistenz halber größtentheils angewiesen bin, weshalb es mir ohne eine mindestens theilweise Remuneration allerdings nicht möglich sein würde, mich der Aufgabe in ihrem ganzen Umfange zu unterziehen. Bei Regelung der mir zugedachten, ganz außer= gewöhnlichen Stellung dürften daher etwa folgende Hauptgesichts= punkte in's Auge zu fassen sein:

1) Vor Allem muß dieselbe eine durchaus würdige sein, da ich bei meiner Wirksamkeit des moralischen Einflusses, eines auf freies Vertrauen gegründeten Ansehns nicht entbehren kann. Die Hebung der Erwerbszustände der am meisten betheiligten Klassen greift überall in das sittliche und intellectuelle Gebiet zurück, und die hier anklingenden Saiten können von mir nur dann mit Er= folg angeschlagen werden, wenn ich selbst unantastbar in dieser Beziehung dastehe. Dazu gehört namentlich die vollste Selbst= ständigkeit meinerseits, sowohl in Beziehung auf das, was man mir bietet, als auf das, was man von mir verlangt. Das ganze Verhältniß muß daher rein geschäftlich auf der allein gesunden Grundlage von Leistung und Gegenleistung begründet werden, indem nur so jeder Theil dadurch, daß er sich selbst wie den Andern vollkommen gerecht wird, sein Selbstgefühl, seine innere Freiheit und Characterwürde wahrt. Aber wie ich jede Remune=

ration, die ich nicht durch meine Arbeiten verdiene, ablehnen müßte, so würde ich es auch in Beziehung auf alle und jede Anmuthungen, in der mir zugedachten Stellung irgend etwas gegen meine Ueberzeugung zu thun oder zu vertreten. Niemals werde ich mich zum bloßen Lohndiener von Ansichten und Bestrebungen hergeben, die etwa unter den Mitgliedern der Genossenschaften sich geltend machen könnten, im Fall ich von deren Verderblichkeit und Verkehrtheit überzeugt wäre. Das was ich den Genossenschaften biete, ist der redliche Wille, ihren und ihrer Mitglieder wahren Interessen mit meiner besten Kraft — und das heißt bei mir eben nach meiner besten Ueberzeugung — zu dienen. Meine Grundsätze in dieser Hinsicht sind bekannt, von unsern Vereinen bereits erprobt und bewährt gefunden und auf diesem von uns betretenen Wege, welchem Wissenschaft und Praxis zur Seite stehn, weiter fortzuschreiten, das bereits erreichte zu festigen und fortzubilden, und für manches sich hervordrängende weitere Bedürfniß die weiteren genossenschaftlichen Formen zu finden, das ist es, wozu ich mich allein verpflichten kann und will.

2) Um das erforderliche Honorar in einer auch die unvermögenden Mitglieder der Associationen nicht belästigenden Weise aufzubringen, und den letzteren selbst kein irgend nennenswerthes Opfer zuzumuthen, ist der allein mögliche Weg bei Aufnahme des gegenwärtigen Projects schon eingeschlagen. Nur diejenigen bereits in Thätigkeit begriffenen Vereine, welche, außer den ihren Hauptzweck bildenden geschäftlichen Vortheilen, für ihre Mitglieder noch einen Reingewinn in baarem Gelde in einem bestimmten Rechnungsjahre zurücklegen, sollen einen geringen Procentsatz von diesem Gewinne zu dem Gehalte beisteuern, so daß sie, wenn einmal bei weniger günstigen Geschäften ein solcher Reingewinn in einem Jahre nicht erzielt wird, von jedem Beitrage befreit bleiben. Nun bestehen gegenwärtig in Deutschland 140—150 Vorschuß- oder Creditvereine und 50—60 Rohstoff-Associationen in einzelnen Handwerken (z. B. der Schuhmacher, Tischler, Schneider ꝛc.), welche fast durchgängig sehr gute Geschäfte machen, und man wird nicht fehlgreifen, wenn man den Reingewinn eines Vorschußvereins etwa auf 200 Thaler, den einer Rohstoff-Association etwa auf 100 Thaler im jährlichen Durchschnitt annimmt. Gelänge es, ungefähr 50 Vor-

schutzvereine und 10 Rohstoff-Associationen mit einer Verwilligung
von etwa zwei Procent ihres jährlichen Reingewinns zunächst zu-
sammenzubringen — und diese Annahme ist schon eine sehr gün-
stige —, so würde dies einen Jahresgehalt von 200—300 Thalern
für den Anfang ergeben, der hoffentlich im Laufe der Zeit durch
den Zutritt neu entstehender Genossenschaften sich steigern würde.
Daß überhaupt mehr zu erlangen sein wird, glaube ich auf keinen
Fall, besonders würde ein höherer Procentsatz die bei dieser Rechnung angenommene Betheiligung unter den Genossenschaften höchst
wahrscheinlich noch vermindern, weshalb davon abzurathen ist. Im
Gegentheil ist noch eine andere Sicherungsmaßregel in Bezug auf
die größeren und älteren Vereine nothwendig, will man diese nicht
zurückschrecken, indem man ihnen zu viel, den kleinen und neueren
zu wenig zumuthet. Es ist dies die Feststellung eines Minimum
und Maximum der Beiträge, welches man der Summe nach etwa
auf mindestens zwei bis höchstens zwölf Thaler für das Jahr nor-
miren könnte, so daß kein Verein darunter oder darüber hinaus
beizutragen hätte, möge sein Reingewinn so groß oder so klein
sein, als er wolle. Wenn man so die großen Vereine, welche sich
bereits zu bedeutendem Verkehre aufgeschwungen haben, gegen zu
hohes Maß von Beisteuern sichert, scheint die Heranziehung der
kleineren erst entstehenden Vereine mit jenem Normalsatze, auch
wenn ihr Gewinn noch unter 100 Thalern beträgt, doch nur billig,
weil sie gerade im Anfange Rath und Förderung am allermeisten
in Anspruch nehmen.

3) Gegen Gewährung einer solchen theilweisen Remuneration
würde man von mir zu erwarten haben, daß ich keine Anstellung
im öffentlichen Dienste oder in einem Privatunternehmen annehmen
würde, welche mich hinderte, der bezeichneten Aufgabe soviel von
meiner Zeit und Kraft zu widmen, als mir die Sorge um die
eigne Subsistenz dazu übrig läßt — ein Maß, welches natürlich
durch die Höhe der zu gewährenden Remuneration einigermaßen
bedingt wird.

Die Hauptgegenstände, auf welche ich sodann meine Thätigkeit zu richten haben möchte, würden etwa in folgenden bestehn:

a) Vertretung und weitere Ausbildung des Genossenschaftswesens im Allgemeinen, in der Presse, auf den volkswirth-

schaftlichen Congressen und sonst im öffentlichen Leben, besonders Wahrnehmung der Interessen unserer Vereine in
Bezug auf die Gesetzgebung der deutschen Einzelstaaten;

b) Förderung mit Rath und That, sowohl bei Gründung neuer
Genossenschaften, als auch bei Erhaltung und Weiterführung
bereits bestehender, insbesondere durch Auskunftsertheilung
und Belehrung auf ergehende Anfragen;

c) Vermittelung gegenseitiger Beziehungen zwischen einzelnen Genossenschaften, zum Behufe des Austausches der gemachten
Erfahrungen und gewonnenen Resultate und Anknüpfung
von Geschäftsverbindungen unter einander, sowie von Ver-
anstaltungen zur Wahrnehmung gemeinschaftlicher Interessen
mit vereinten Kräften und Mitteln.

Hält man die vorstehenden Gesichtspunkte fest, so wird jeder
unserer Vereine danach leicht zu ermessen vermögen, in wie weit
ihm und der gemeinsamen Sache mit dem, was man von mir
billiger Weise erwarten darf, gedient, und was man andererseits
daran zu setzen bereit ist, um sich meine ausschließliche Thätigkeit
für die Zukunft zu sichern. Was mich selbst anlangt, so wird soviel wohl auch dem Befangensten einleuchten, daß ich bei Annahme der fraglichen Stellung die Rücksicht auf mein persönliches
Interesse gänzlich bei Seite setzen muß. Nicht nur, daß das Verhältniß, von welchem jedem Theile, der Natur der Sache nach, der
beliebige Rücktritt jederzeit freisteht, ein höchst unsicheres ist, erreicht mein Honorar im günstigsten Falle nicht den dritten oder
vierten Theil dessen, was jeder Rechtsanwalt in Preußen in einer
gewöhnlichen Mittelstadt bei sehr mäßiger Praxis einnimmt. Dennoch bin ich entschlossen, auf die Sache einzugehen und thue es
gern. Ich bin von der Wichtigkeit der Associationen für den
deutschen Handwerker- und Arbeiterstand auf das Innigste überzeugt, ich sehe so reichliche Früchte bereits aus den mühsam ge-
pflegten Saaten erwachsen, daß schon die Rücksicht auf das, was
Jeder dem Gemeinwohl schuldet, mich bestimmen muß, der Aufgabe,
soviel an mir ist, auch in Zukunft meine Thätigkeit zu widmen.
Dazu kommt, daß wohl Jedem ein solcher frei erwählter, der Be-
fähigung und dem ganzen Streben eines Menschen gemäßer Beruf,
wie ich ihn in der Anregung und Förderung der deutschen Ge-

nossenschaftsbewegung gefunden habe, theuer wird, und er sich nur
schwer davon trennt. Ich bin dadurch in so viele Verbindungen
mit tüchtigen Männern getreten, die mit mir Hand in Hand auf
diesem Felde arbeiten, und vor Allem — ich habe die wackeren
Leute, um deren Interessen es sich handelt, in langem persönlichen
Verkehr liebgewonnen, bin vielen schönen Zügen bei ihnen be-
gegnet, einem so regen Treiben, sich zu bilden, sich durch eigene
Kraft emporzuheben, daß ich zu dem gebotenen Wirkungskreise
auch schon deshalb mich mit dem Zuge herzlicher Neigung hin-
gezogen fühle.

Weiter erblicke ich aber noch in dem gegenwärtigen ersten
Versuche dieser Art in Deutschland, wenn er gelingt, einen Vorgang von hoher Bedeutsamkeit für das öffentliche Leben. Haben
es unsere Handwerker und Arbeiter in den Genossenschaften erst
dahin gebracht, einen Anwalt, einen Vertreter ihrer Interessen aufzustellen und zu besolden, so wird dies auf ihre sociale Stellung,
ihr Verhältniß zu den übrigen Gesellschaftsklassen günstig zurück-
wirken. Die Probe von der Macht, zu welcher sie sich im Verkehre durch eigene Kraft, durch ihren Zusammenschluß emporgeschwungen haben, vermöge deren ihnen Intelligenz und Kapital
so gut wie den höheren Gesellschaftsschichten dienstbar sind, kann
auf die Erweckung ihres Selbstgefühls, als der ersten Bedingung
sittlicher Tüchtigkeit und wirthschaftlichen Gedeihens, nicht ohne Einfluß bleiben. Und das von ihnen gegebene Beispiel mag sich das
ganze deutsche Volk zur Lehre nehmen. Nirgends verlangt man
von Männern, die sich dem gemeinen Wohle widmen, so viel und
leistet ihnen dafür so wenig, wie bei uns. Daß zu jeder Art von
Wirken zunächst eine materielle Existenz gehört, das scheint ihnen
gegenüber Niemand zu bedenken. Sind sie nicht zufällig einmal
mit äußern Glücksgütern ausgestattet, so tritt in den meisten Fällen
zu der Anfeindung und Verfolgung, die ihnen ihr Streben ohnehin einbringt, Mangel und Entbehrung als sichere Zugabe. Ehe
wir es daher in Deutschland nicht dahin gebracht haben, daß das
Volk solchen Vorkämpfern für humanen, socialen und politischen
Fortschritt, in so weit es den Bestrebungen derselben seine Anerkennung zollt, eine unabhängige, wenn auch noch so bescheidene
Existenz gewährt, so werden wir gegen andere Völker — z. B.

die Engländer — in Entwickelung unserer öffentlichen Zustände
stets im Nachtheil stehen, weil sich oft die besten Kräfte entweder
jenen schwierigen, die höchste Hingebung fordernden Aufgaben alsdann ganz entziehen, oder sich ihnen, im sorgenvollen Kampfe um
des Lebens Nothdurft, nur mit halber Seele widmen können. In
diesem Sinne hat das jetzige Projekt unserer Associationen eine
wahrhaft nationale Bedeutung, eine Tragweite, welche weit über
die Personalfrage hinausreicht. Nicht sowohl mir, dem gegenüber
für die noch in Aussicht stehenden Jahre seiner Wirksamkeit sich
die Ausführung bestenfalls wohl kaum über die Grenzen eines
Versuchs erheben dürfte, sondern denen nach uns, dem folgenden
Geschlechte, wird das gegebene Beispiel vielleicht einmal zu Statten
kommen, und es mag leicht geschehen, daß alsdann, solchem Vor-
gange gemäß, ganz andere Männer durch die reell bethätigten
Sympathieen des Volks über das niedere Bedürfniß erhoben, zu
Ehren und Frommen des Vaterlandes mit ihrer vollen Kraft den
edelsten Aufgaben und Bestrebungen zugeführt und erhalten
werden.

Und deshalb darf und will ich die Associationen bei ihrem
Vorhaben nicht hemmen, sondern mich ihnen darbieten. Es ist
eben nicht mehr als ein Versuch, über dessen große Schwierigkeiten
sich die Männer, die ihn angeregt haben, doch ja nicht täuschen
mögen. Indessen, schon daß man ihn wagt, gilt als ehrenvolles
Zeugniß von dem Geiste, der in vielen Leitern und Mitgliedern
unserer Genossenschaften lebt. Und ich bin ja im Stande, den
Verlauf der Sache ruhig mit anzusehen, indem weder meine
materielle Existenz noch meine öffentliche Wirksamkeit an das Gelingen des Planes geknüpft sind. Wie ungewiß auch der Ausfall
sein mag, Eins bleibt ja doch über jeden Wandel sicher und fest:
daß ich selbst, auch wenn der Plan scheitert, so weit mich die nothwendige Fürsorge um das eigene Bedürfniß nicht abzieht, meine
Thätigkeit der Sache der Genossenschaften in unveränderter Gesinnung erhalten werde. Was dieselben daher auch thun und be-
schließen, ich bleibe doch der ihre.

Die vorstehende Erklärung Schulze's rief wegen der Bescheidenheit, mit welcher er seine Thätigkeit den Genossen-

schaften anbot, nicht blos in den Kreisen der Vereinsmit=
glieder Verehrung und Dankbarkeit wach, sondern regte in
einsichtsvollen Fachmännern, die die Verdienste des uneigen=
nützigen Gründers all der segensreichen Schöpfungen zu
schätzen wußten, den Gedanken an, daß es Pflicht der Zeit=
genossen sei, Fürsorge für die dauernde Fortsetzung seiner
Wirksamkeit zu treffen und ihn in die Lage zu versetzen,
frei von allen Sorgen, sich seiner glücklichen Thätigkeit zu
erhalten. Bereits im Jahre 1860 sprach sich Professor
Roscher und nicht minder der würdige V. A. Huber da=
hin aus, daß Schulze's Verdienst um die Volkswohlfahrt
kein flüchtig vorübergehendes, sondern ein „auf die Nach=
welt kommendes sei." Eine gleiche Ueberzeugung belebte
auch die Genossenschaften, die bereits in ihrem Vereinstage
zu Halle im Jahre 1861 durch ihren engeren Ausschuß nicht
blos die Anträge Schulze's genehmigten und alle Genossen=
schaften zum Beitritt für die Errichtung des Central=Bureaus
und der Anwaltschaft aufforderten, sondern auch dem Gefühl
Ausdruck gaben, daß das deutsche Vaterland den Verdiensten
dieses Mannes eine Anerkennung zu zollen habe. Das Cen=
tral=Bureau und die Anwaltschaft Schulze's wurden denn auch
allgemein beschlossen und durch Statuten begründet, so daß
fortan das bis dahin ohne centrale Leitung bestandene Ge=
nossenschaftswesen einen festeren Mittelpunkt für die gemein=
samen Interessen gewann und dadurch die Aufmerksamkeit in
erhöhtem Grade auf sich lenkte.

Da inzwischen auch die Wahl Schulze's in Berlin zum
Mitglied des Abgeordnetenhauses stattgefunden hatte und
ihn in die Nothwendigkeit versetzte, in der Hauptstadt längere
Zeit zu verweilen, so regte dies bei ihm den Wunsch an,
den bescheidenen Wohnsitz in Delitzsch nunmehr, da eine
umfangreichere Wirksamkeit in Aussicht stand, mit dem in
Potsdam zu vertauschen. Die Uebersiedelung fand denn auch
im März 1862 statt, nachdem sein Scheiden aus der Vater=

stadt von den freisinnigen Bewohnern derselben und des
ganzen Kreises unter vollster Theilnahme stattgefunden hatte.
Eine lesenswerthe Schrift von Dr. Fiebiger über die Feier-
lichkeit dieses Abschiedes (im Verlage von Carl Eisner in
Delitzsch) giebt uns ein Bild der herzlichsten Stimmung und
der Verehrung, in welcher er daselbst bis auf den heutigen
Tag fortlebt.

In seinem neuen Wohnsitz und ganz besonders in Berlin
bildete Schulze's Persönlichkeit, sein Auftreten im Abgeordnetenhause, wie seine nunmehr gesteigerte Thätigkeit für die
inzwischen gar mächtig anwachsenden Genossenschaften den
Gegenstand der allgemeinsten Theilnahme. Bereits im Winter
von 1862 zu 1863 legten sich seine Verehrer im Stillen die
Frage vor, ob es der Würde des deutschen Vaterlandes ent-
spräche, einen Mann von so segensreichem Wirken für das
Volkswohl in der nur sehr kümmerlichen Lebenslage zu be-
lassen, welche seine Bescheidenheit ihm begründet hatte. Das
Wachsthum der Genossenschaften, welches sein Einkommen
einigermaßen erhöhte, war mit neuen Arbeitslasten verbunden, welche die Kraft eines selbst so energisch thätigen
Mannes aufreiben mußten, da grade die neuentstehenden
Vereine und Genossenschaften mit ihrem geringen Gewinn
seine Hilfe in höherem Grade in Anspruch nahmen. Eine
würdige Aushilfe hier zu schaffen, trat allen seinen Verehrern um so dringlicher nahe, als Schulze selber jedes
freudige Anerbieten der Genossenschaften zur Erhöhung seiner
Dotation mit solcher Entschiedenheit abwies, daß die auf
den Vereinstagen in diesem Sinne gestellten Anträge zu-
rückgenommen werden mußten.

In Berlin war es der unvergeßliche treue Freund des
Volkswohls, der Präsident des Landesökonomie-Collegiums
Lette, der den ersten Schritt zur Verwirklichung des allge-
mein empfundenen Gefühls that.

Unter Zuziehung des Verfassers dieser Schrift fand eine

Berathung hierüber im Hause des verstorbenen Rechtsan=
walts Lewald statt. Die drei Berathenden waren überein=
stimmend der Ueberzeugung, daß ein Aufruf an die Volks=
freunde des deutschen Vaterlandes in dieser Angelegenheit
von günstigstem Erfolge sein und ein Kapital leicht zusam=
mengebracht werden würde, das ausreichend wäre, Schulze
fortan sorgenlos hinzustellen, um seine ganze Zeit dem von
ihm begonnenen segensreichen Wirken zu widmen.

Lette entwarf sofort einen Aufruf, der später unter Zu=
ziehung des Redakteurs der Nationalzeitung Dr. Zabel ab=
gefaßt wurde und nunmehr ohne Vorwissen Schulze's einer
größern Versammlung seiner Verehrer vorgelegt werden sollte.

Inzwischen war der Moment herangekommen, wo die
demagogischen Umtriebe Lassalle's die Verehrer Schulze's be=
deutend vermehrten. Im April 1863 fand in einem Con=
ferenz=Zimmer des Abgeordnetenhauses unter dem Vorsitz
Lette's eine gewählte Versammlung statt. Außer den Ab=
geordneten Forckenbeck, Hoverbeck, v. Unruh, Reichenheim,
Franz Duncker und einigen Genossen war auch als Gast
Herr von Bennigsen anwesend. Plan und Aufruf fanden
allgemeine Zustimmung. Das einzige geltend gemachte Be=
denken bestand in der Befürchtung, daß Schulze selber da=
gegen einen Protest einlegen würde. Dem gegenüber und
um der feudalen Reaktion, wie der demagogischen Aufreizung
und Verleumdung keinen Anhalt zur Vereitelung des Unter=
nehmens zu bieten, wurde der Beschluß gefaßt, den Aufruf
nicht in den Zeitungen zu veröffentlichen, sondern auf ver=
traulichem Wege unter den Verehrern Schulze's zu ver=
breiten und durch persönliche Einwirkung zur Geltung zu
bringen.

Der Aufruf lautete wie folgt:

„Leistung um Gegenleistung" heißt das Gesetz, auf welchem
die Ordnung alles Güterlebens und Verkehrs unter den Menschen
wie unter den Völkern beruht.

Nicht würdig ist es deshalb, von seinen Mitbürgern Gaben und Geschenke zu verlangen und zu nehmen ohne Gegengabe, nicht recht: uneingedenk empfangener Leistungen der Schuldner zu bleiben seines Mitbürgers!

Das ist die große volkswirthschaftliche Lehre, welche uns unser Freund, der treue Freund des Volkes in allen seinen schaffenden Gliedern, unser Schulze-Delitzsch, vielfach klar gemacht hat. Beweisen wir es, und beweisen wir es vor allem ihm selber, daß wir, seine Freunde, seine Lehre in ihrem Werthe zu schätzen wissen! Was er dem Volke gelehrt, das soll er auch auf sich selber anwenden lassen.

Wir alle seine Freunde aus dem ganzen deutschen Volke, für dessen geistige und sittliche Hebung, wie für dessen materielles Wohl er seit Jahren mit seltenster Opferwilligkeit und Opferfreudigkeit, mit vollster Hingabe der reichen Schätze seines Geistes, wie von Zeit, Mühe und Kräften gewirkt und gearbeitet hat, — wir wollen ihn jetzt nöthigen, daß er das Gesetz des wirthschaftlichen und bürgerlichen Weltverkehrs auch gegen sich gelten lasse. Wie es so oft in England geschehen, in dem Lande, dessen freies Gemeinwesen seit Jahrhunderten Muster und Vorbild in Europa gewesen, so wollen auch wir gegen unsern Schulze-Delitzsch die Pflicht der Dankbarkeit üben. Was das Volk Englands an Cobden in Anerkennung seiner volkswirthschaftlichen Verdienste that, das wollen wir nun unserem nicht minder verdienstvollen Schulze-Delitzsch thun. Wir wollen Sammlungen veranstalten, welche ihm ein Kapitalvermögen zur Verfügung stellen, das ihn in den Stand setzt, mit ungetheilter Kraft seine so segens- und erfolgreichen Bestrebungen für Arbeiter- und Volkswohl fortzusetzen. Er wird diesen Zweck unserer Sammlungen anerkennen und würdigen! Ihm selbst bleibe es überlassen, über den Ertrag nach seinem Ermessen im Interesse der großen Sache und seiner selbst frei zu verfügen. Er darf die Gegenleistungen seiner Freunde aus allen Klassen des Volkes nicht zurückweisen. Er wird sie um so höher zu würdigen wissen, wenn ohne Unterschied auch die geringen Beiträge zu unserer Sammlung zusammenfließen. Dem edlen Zweck unserer Sammlung wird sein Edelmuth und seine Uneigennützigkeit kein Hinderniß in den Weg stellen!" — —

Der Erfolg entsprach vollkommen den Erwartungen und
Wünschen der Verehrer Schulze's. Der 4. Oktober 1863
war der Ehrentag, an welchem sich, geleitet von dem Prä=
sidenten Lette, eine Anzahl Freunde in der Wohnung Schulze's
in Potsdam einfand, um ihm das gesammelte Kapital zu
übergeben. Außer den Berliner Freunden von Unruh, Löwe,
Faucher, Prince=Smith, Berthold Auerbach, Fürst, Dittmann,
Bensemann, Delbrück, Lewald, Franz Duncker hatten sich
als Deputirte der Genossenschaften eingefunden: Kleidermacher
Schulte aus Potsdam, Dr. Henneberg aus Gotha, der treue
Nachfolger Schulze's, Troitzsch aus Delitzsch, Wichmann aus
Hamburg, Sörgel aus Eisleben. Die herzlichen Worte Lette's
bei der Ueberreichung hatten einen tiefen Eindruck auf die
Anwesenden gemacht.

„Er schätze sich glücklich", äußerte der würdige Führer der
Gäste, „dem Freunde, dem lebenden Mann ein Zeichen der Aner=
kennung der deutschen Nation zu überreichen, wie solches wohl noch
nicht dagewesen, da man sich sonst begnügt habe, die bedeutenden
und großen Männer erst nach ihrem Hinscheiden zu feiern. Er
übergebe ihm hier in einer Anweisung die Summe von sieben=
undvierzig Tausend Thalern, als vorläufiges Resultat der Samm=
lung, noch seien bei weitem nicht alle Listen wieder eingegangen
und es sei mit Sicherheit anzunehmen, daß das Gesammtresultat
die Ziffer von fünfzig Tausend erreichen, wenn nicht übersteigen
werde.

Seine Freunde und er gäben sich der Hoffnung, ja der sichern
Erwartung hin, daß Schulze die Gabe annehmen werde, annehmen
müsse zum vollen freien Eigenthum für sich und seine Familie.
Mit seltenster Hingabe habe sich Schulze vor allem seiner wirth=
schaftlichen und sozialen Aufgabe hingegeben, nicht minder für die
großen politischen Ziele der deutschen Nation seine Lebenskraft ein=
gesetzt, und sich damit in die Unmöglichkeit versetzt, für sich und
die Seinen in ausreichender Weise zu sorgen; es sei Ehrenpflicht
des deutschen Volkes, hier einzutreten, Schulze müsse in unge=
schwächter Kraft dem Vaterlande erhalten bleiben, deshalb sei es

seine Pflicht gegen das Vaterland, alle kleinlichen Bedenken weit abzuwerfen, die Gabe in dem Sinne, wie sie geboten würde, anzunehmen."

War man durch die hierauf gegebene Antwort Schulze's bereits gefaßt darauf, daß er die Gabe der Nation nicht als sein nunmehriges Eigenthum betrachtete, so belehrt die am folgenden Tage verfaßte Erklärung Schulze's, in welch großem Sinne er diese Gabe angenommen hat. Diese in den Zeitungen veröffentlichte Erklärung lautet wie folgt:

„Von Freunden und Gesinnungsgenossen, von Mitstrebenden auf politischem und sozialem Felde, Männern aus allen Klassen des Volkes und aus ganz Deutschland, insbesondere auch von Genossenschaften und Vereinen ist ein bedeutendes Kapital zusammengebracht und mir gestern als Eigenthum zu freier Verfügung durch eine Deputation nebst mehreren Ehrengaben der sinnigsten und schönsten Art überwiesen. Ich habe mich im Drange und in der Bewegung des Augenblicks vor den Mitgliedern der Deputation über Annahme dieser Gabe wie über die Art ihrer Verwendung meinerseits nur sehr kurz und andeutungsweise aussprechen können. Indem ich nun hierdurch offen und herzlich meinen Dank abstatte, fühle ich mich gedrungen, das bei der Ueberreichung Gesagte der Gesammtheit der Geber, wie den Einzelnen gegenüber theils zu wiederholen, theils zu ergänzen und mich überhaupt bestimmt über Alles zu erklären. Es ist meines Wissens das erste Mal in Deutschland, wenigstens innerhalb der liberalen Partei, daß man, um die Thätigkeit eines Mannes für die gemeine Sache zu erhalten, ihm die Mittel zu seinem Lebensunterhalt bietet. Desto ernster und größer ist aber ebendeshalb die Verpflichtung, welche damit an mich herantritt.

Was den Charakter der Gabe anlangt, so weiß ich, und sprach es schon gegen die Deputation aus: daß von einem sogenannten Nationaldanke nicht im Entferntesten die Rede ist. Ich sehe hierbei von dem in jeder Hinsicht Mißlichen eines Wägens und Vergleichens der eigenen Leistungen mit denen Anderer ganz ab, und enthalte mich aller in solchen Fällen vorkommenden Bescheidenheitsphrasen. Aber das steht fest: es würde ein hoher Grad von

Geckenhaftigkeit dazu gehören, wollte ich eine Auszeichnung vor einer Schaar trefflicher Männer darin erblicken, in deren Reihen auch nur mitzuzählen schon die höchste Ehre ist. Nein, „Leistung und Gegenleistung", das ist Ihre Losung bei dieser Gabe. Weil der Zweig der Thätigkeit, dem ich mich speziell im Interesse des Gemeinwohls gewidmet habe, meine Zeit und Kraft so vollständig in Anspruch nimmt, daß ich wenig davon für mich und meine Familie übrig behalte, während ich es doch jeden Augenblick in der Gewalt habe, mir ein reiches Einkommen aus eigener Kraft zu schaffen, und schon verschiedene dahin zielende Anerbietungen von mir zurückgewiesen sind: deshalb wollen Sie die Differenz aus- gleichen, damit ich im Stande bleibe, mich dem erwählten Berufe nach wie vor zu widmen und manches Begonnene weiter zum Ziele zu führen.

Und weil dies die einfache Wahrheit ist, so nehme ich das Dargebotene an, mit dem selbstverständlichen Vorbehalt der Ver- fügung darüber nach meinem eigensten Sinne und Geiste. — Ich werde daraus, den Absichten der Geber gemäß, mir Erleichterung und die mit wachsender Arbeit in immer größerem Maße nöthig werdende Hülfe schaffen, mich von manchen Sorgen für meine und der Meinigen Zukunft befreien, mir eine feste Häuslichkeit gründen. Ich darf hoffen, dadurch meine wankende Gesundheit zu befestigen, mich länger und frischer in meiner Thätigkeit zu erhalten, auch mehr wie bisher durch Reisen in den verschiedenen Theilen Deutsch- lands für meine Bestrebungen wirken zu können. — Aber alles dies kann und wird durch den zusammengebrachten Fond in einer Weise erreicht werden, daß derselbe nicht blos mir während meiner Wirksamkeit, sondern nach meinem Abtreten dauernd auch anderen Männern, deren Kräfte nach irgend einer Richtung für die gemeine Sache in Anspruch genommen werden, zu Statten kommt.

Denn ich äußerte es schon gegen die Deputation, das dürfen wir uns nicht verhehlen, daß uns Allen, der ganzen liberalen Partei, höchlich daran gelegen sein muß, daß diese Angelegenheit in einer für Geber und Empfänger gleich würdigen Weise geordnet werde. Es ist ein Vorgang, ein Beispiel von weitgreifender Be- deutung. Wie die Gabe im großen, freien Sinne geboten wurde, so muß sie auch im gleichen Sinne angenommen werden. Sie

legen Werth auf meine Wirksamkeit, Sie wollen mich darin erhalten, darin fördern, nicht hemmen. Da haben wir vor Allem
darauf zu achten, daß diese meine Wirksamkeit in ihren inneren
sittlichen Bedingungen, wie in ihren äußeren Erfolgen nicht erschüttert werde. Zu diesen innern und äußern Bedingungen meiner
Wirksamkeit, zur Erhaltung der echten Freudigkeit am eignen Thun,
sowie der allein wirksamen Stellung in sozialer wie in politischer
Hinsicht gehört aber vor Allem:

> daß ich rücksichtlich der Hauptquellen meiner Existenz auf
> mich selbst angewiesen bleibe!

Wer dem Volke die Selbstverantwortlichkeit für die eigene
Existenz, das Stehen auf der eignen Kraft als Grundbedingung
wirthschaftlicher Selbstständigkeit und bürgerlicher Freiheit predigt,
der hat diese Prinzipien zunächst im eigenen Leben darzustellen.
Eben dem Umstande, daß ich, aus Amt und Einkommen gedrängt,
meinen Weg unbeirrt wandelte, und mir eine neue Existenz aus
eigner Kraft in strenger Arbeit gründete, verdanke ich zum großen
Theile, daß man mir von allen Seiten mit dem Vertrauen entgegen kam, welches die wesentliche Bedingung jeder gedeihlichen
öffentlichen Wirksamkeit ist. Wer ernste, oft schwere Forderungen
an die Menschen zu stellen genöthigt ist, von denen ihr Emporkommen abhängt, der soll diesen Maßstab auch an sich selbst legen.
Den meisten Anklang, namentlich bei unsern Arbeitern, wird naturgemäß immer der finden, der seinen Unterhalt, gleich ihnen, aus
seiner Arbeit zieht, und in einer so wichtigen Beziehung mit ihnen
auf gemeinsamem Boden steht. Diese meiner Lebensgewöhnung
und Lebenshaltung entsprechende, mir lieb gewordene Stellung, —
ich darf wohl sagen, die Frucht nachhaltiger Anstrengung, die mich
deshalb mit einigem Selbstgefühl erfüllt, — ist mit allen Wurzeln
meines Seins und Thuns innig verwachsen.

Daher mag ich wohl eine Steigerung der mir zu gewährenden Gegenleistung für meine Thätigkeit auf angemessene Höhe sowie die Gewährung der Mittel zur Besoldung von Gehülfen annehmen, weil dies das Prinzip dieser Thätigkeit selbst nicht alterirt,
nicht aber die Schenkung eines ganzen Vermögens, welches auf
die Zukunft hin mich der Selbstsorge für mich und die Meinigen
überhöbe, und es gleichgültig machte, ob und wie viel ich ferner

auf dem erwählten Felde arbeitete. Denn dadurch würde meine angedeutete Stellung in ihrem Grunde verschoben und mir diejenige Freude am eigenen Thun verkümmert, welche für Jeden daraus entspringt, daß es ihm nicht nur innere Befriedigung, sondern auch die Mittel zum Leben gewährt.

Und dieser Grundforderung meinerseits wie allen sonstigen Rücksichten kann leicht und im vollsten Maße genügt werden. Wird selbst ein unerheblicher Theil der Gabe zum Erwerb einer bescheidenen Häuslichkeit für mich verwendet — ein Punkt: in welchem ich dem Drängen der deutschen Genossenschaften nachgegeben habe, — so sind doch die Zinsen des dann noch verbleibenden eigentlichen Stammkapitals mehr als ausreichend für mich, die nöthigen Hülfsarbeiter anständig zu besolden, den Büreauaufwand zu decken, die Kosten von Reisen zu bestreiten und nach Befinden selbst einen Ueberschuß zum Honorar noch zu gewähren. Daher muß das Kapital unangetastet erhalten, in Form einer bleibenden Stiftung der Einzelverfügung entzogen und der Verwaltung eines Komité's, dessen Mitglieder ich mir zu ernennen vorbehalte, unterstellt werden, mit der Bestimmung:

1) daß mir, so lange ich lebe, eine Stimme in diesem Komité zusteht;

2) daß die Zinsen nach meinem Rücktritt zur Besoldung solcher Männer verwendet werden, deren Wirken und Thatkraft man in der öffentlichen Sache zum Besten des gesammten Vaterlandes in nationaler, politischer oder sozialer Hinsicht in Anspruch nimmt; worüber das Komite allein entscheidet.

Und diese Verfügung kann ich wie vor mir selbst, so auch vor Ihnen verantworten. Ich gebe Ihnen die freudige Versicherung, daß ich durch Uebertragung der Hülfsleistungs-, Büreau-, Reisekosten und dergleichen aus dem Zinsertrage des Fonds, in Folge deren mir das sonstige Einkommen aus meinen Arbeiten zur Deckung der eigenen Bedürfnisse völlig frei bleibt, nicht nur ein reichliches Auskommen, sondern so viel besitze, daß ich für die Zukunft meiner Familie zu sorgen im Stande bin. Sie sehen also, Ihr Zweck wird durch Ihre Gabe, in der Form, wie ich sie annehme, vollständig erreicht, sie kommt mir gar sehr zu Statten. Darin aber liegt gewiß keine für Sie kränkende Ablehnung, wenn ich so da-

mit haushalte, daß dieselbe nach mir auch noch Andern in gleicher
Lage zu Statten kommt. Haben Sie doch auf diese Weise, anstatt
blos einen einzigen Mann zu stützen, etwas Bleibendes geschaffen
zum Wohle des gesammten Vaterlandes, den Grund zu einem
Fond gelegt, aus dem die Nation Arbeiter lohnt in der gemeinen
Sache. So erhebt sich Ihr Unternehmen zu einer nationalen That,
und der Empfänger solchen Soldes fühlt sich nicht, wie beim Em-
pfange einer Wohlthat herabgedrückt, sondern gehoben, im Dienste
der Nation, welche seine Arbeit verlangt und honorirt.

Und wie Ihnen verdiente Ehre, dem Vaterlande eine gute
Frucht, wird mir so noch zu alledem die höchste Freude. Ich
wüßte nicht, was Sie mir Lieberes hätten erzeigen können, als es
möglich machen, daß ich auch an meinem Theile zu einer solchen
Schöpfung mit beitragen kann. Durch nichts konnten Sie mich
so stärken und erfrischen in der mir nun doppelt lieben Thätigkeit,
welche durch die Anerkennung so vieler Ehrenmänner aus allen
Schichten des Volks eine neue Weihe erhalten hat. Gewinne ich
doch die Gewißheit, daß zur Fortführung und Sicherung so manches Begonnenen ein wichtiger Schritt gethan, daß für die Arbeiter
gesorgt ist, welche künftig an unserer Stelle einzutreten haben.

So liegt denn, das, hoffe ich, werden Sie nach dieser offenen
Darstellung mit mir fühlen, in meiner Verfügung über Ihre Gabe
der beste Dank, den ich überhaupt dafür zollen konnte. Seien Sie
versichert, ich weiß das lebhafte, wiederholte Andringen von Ihrer
Seite, das ganze Kapital für mich und die Meinen zum freien
Eigenthum zu behalten, nach seinem vollen Werthe zu schätzen.
Aber wenn es Ihnen ziemte, zu geben auf Ihre Weise, frei und
unbedingt, so ziemte es mir zu nehmen nach der meinen, d. h.
bedingt, weil ich nur so die innere Freiheit, den wahren Boden
meiner Wirksamkeit zu bewahren im Stande war, ohne welchen
ich in dieser Wirksamkeit, die doch einzig das Motiv Ihrer Gabe
bildet, gelähmt worden wäre. Darauf Ihnen Allen, denen ich
nicht persönlich danken kann, aus der Ferne Gruß und Handschlag!

Potsdam, den 5. Oktober 1863.

Schulze-Delitzsch."

Der Ehrentag wurde noch durch anderweitige dargebrachte
Gaben verschönt. So brachten die Herren Schulte und

Bensemann einen von mehr als 250 Genossenschaften mit ihren Namen verzierten silbernen Humpen dar, während Dr. Henneberg ihm ein herrliches Album mit Zuschriften vieler Verehrer in Deutschland überreichte. Auch eingelaufene Depeschen aus der Ferne verherrlichten die Scene, die in dem freudigen Bewußtsein schloß, daß das dentsche Vaterland in würdiger Weise gegen einen verdienstvollen Mitbürger eine Ehrenpflicht erfüllt hatte.

Und wie es Schulze in der obigen Erklärung bestimmt hat, so ist es auch geschehen. Das Kapital ist nicht das Eigenthum Schulze's und seiner Familie, sondern ist einer Stiftung zur Erhaltung und Dotirung von Männern, welche ihre Thätigkeit dem Gemeinwohl mit Einschluß des Genossen=schaftswesens widmen, von ihm überwiesen, welche von der herzoglich Sachsen=Coburgischen Regierung Corpo=rationsrechte erhalten hat, und unter deren Aufsicht von einem durch Schulze ernannten Stiftungsrathe unter seiner Mitwirkung verwaltet wird. Nur das aus den Mitteln des Fonds gekaufte Haus in Potsdam nahm Schulze, aber nicht anders, als gegen Einzahlung von 6000 Thalern in den Fond, zum freien Eigenthum an, damit die zur völligen Herstellung des Grundstücks nach seinen Wünschen erforder=lichen bedeutenden Verwendungen nicht aus dem Stiftungs=, sondern aus seinem eigenen Vermögen bestritten würden.

Die Vereinstage, die Unterverbände und die Genossenschaftsbank.

Die herzerhebenden Vorgänge vom 4. October 1863 in Potsdam wurden freilich von der feudalen Reaktion wie von der wuthschnaubenden Demagogie als ein leeres Schauspiel der kapitalistischen Bourgeoisie begeifert; allein im Herzen der deutschen Nation war das schöne Fest eine rege Ermunte=rung zur weiteren Ausbreitung und Entwicklung des Ge=

noſſenſchaftsweſens, ſo daß das folgende Jahr 1864 ein be-
deutſames Wachsthum deſſelben herbeiführte.

Wichtiger noch als dieſes war die innere Entwicklung,
welche nunmehr unter der ſtetigen Leitung Schulze's einen
feſteren Charakter annahm und, ſowohl in der Organiſation
wie in der Schöpfung eines neuen Inſtitutes, ihren Zielen
näher geführt wurde.

Zunächſt handelte es ſich darum, einen Plan zu verwirklichen, der bereits auf dem Vereinstage in Potsdam im Jahre
1862 zur Sprache gebracht wurde. Die einzelnen Genoſſenſchaften waren über das deutſche Vaterland zu ſehr zerſtreut,
um in dem Verbandstage und in der Anwaltſchaft allein
einen gegenſeitigen Verkehr in erwünſchter Weiſe zu gewinnen.
Es machte ſich das Bedürfniß geltend, als Mittelglied zwiſchen
der Centralſtelle und den einzelnen Vereinen, in kleineren
Staaten und in den einzelnen Provinzen der großen Staaten
Deutſchlands „Unterverbände" herzuſtellen, welche den einander benachbarten Vereinen die leichtere Gelegenheit zur
gegenſeitigen Verſtändigung und zum Austauſch verſchiedener
Erfahrungen bieten. Bei der wachſenden Zahl der Genoſſenſchaften wurde es dem Anwalt ganz unmöglich, die einzelnen
Vereine perſönlich zu beſuchen und deren Intereſſen genauer
kennen zu lernen. Nur die Vereinigung derſelben in einzelnen Gruppen, welche ſich als „Landes- oder Provinzial-
Unterverbände" conſtituirten und beſondere Vereinstage
einrichteten, machte es möglich, daß der Anwalt den Be-
rathungen beiwohnen und den einzelnen Genoſſenſchaften
dadurch näher treten konnte. Da galt es denn, ein organi-
ſches Statut über die Grundverfaſſung der geſammten Bewegung aufzuſtellen, in welchem die Funktionen von deren
Organen geregelt und den Unterverbänden ihre Stelle
angewieſen wurden, welche ſeitdem überall in das Leben
traten, und ſich als unentbehrlich bewährten; dies wurde von
Schulze 1864 in Mainz durchgeſetzt.

Eine zweite wichtige Aufgabe bestand in dem Plane, ein Bank-Institut zu gründen, welches den einzelnen Genossen-schaften die Unterbringung wie die Beschaffung von Kapi-talien in möglichst vortheilhafter Weise bewirkte, besonders aber ihnen den Großbankverkehr vermittelte. Der Gedanke, ein eignes Bank-Institut auf Aktien hierfür zu gründen, wobei sich die Genossenschaften als Aktien-Inhaber betheiligen und somit auf die Verwaltung einen Einfluß gewinnen, er-gab sich als ein sehr willkommener. Der Plan fand auch so-fort lebhaften Anklang sowohl bei den Genossenschaften selber wie bei Kapitalisten, welche ein günstiges Geschäft darin vor-aussahen. Bereits im Beginn des Jahres 1865 trat dieses Institut mit einem Kapital von 275,000 Thalern in Berlin in's Leben. Die gewissenhafte Leitung desselben und die sich stets steigernde Zahl der Geschäfte hat eine Erweiterung der „Deutschen Genossenschafts-Bank" zur Folge gehabt. Das Aktien-Kapital ist gegenwärtig bis auf 2,500,000 Thaler er-höht und zur bequemeren Verwaltung eine Filiale in Frank-furt a. M. errichtet, welche den Bedürfnissen der süddeut-schen Genossenschaften entspricht.

Von den schwierigen Aufgaben der Anwaltschaft der Ge-nossenschaften in diesen Jahren der Entwickelung, der Aus-dehnung und der organischen Entfaltung derselben kann man sich nur ein richtiges Bild machen, wenn man bedenkt, daß es sich um die Schaffung von Instituten handelte, für welche in der Praxis kein maßgebendes Vorbild vorhanden war, sondern alles erst aus eigner Erfahrung ermittelt werden mußte; daß ferner jeder entstandene Verein aus einer Reihe von Menschen gebildet ward, welche von sehr verschiedenen Gesichtspunkten aus ihre Ziele betrachteten, und nirgends ein Gesetz existirte, das für sie fördernd oder leitend war, um sie zur Gemeinsamkeit heranzubilden. Schulze's Einfluß war ein rein moralischer, dem sich Tausende nur fügten, so weit sie sich von seiner reichen Einsicht überzeugt fühlten. Zu-

dem fand in den verschiedenen Staaten des deutschen Vaterlandes nicht blos eine Verschiedenheit der gesetzlichen Be-
stimmungen statt, die stets beachtet werden mußte, sondern
auch eine Verschiedenheit der herrschenden Anschauungen der
Verwaltung, die in vielen Fällen wesentliche Hemmnisse herbeiführte. Da gab es Behörden, welche den Zinsfuß der
Vorschußkassen als einen den Gesetzen widersprechenden an-
klagten, wiederum andere, welche die wirthschaftliche Unter-
nehmung der Gewerbesteuer unterworfen wissen wollten und
Prozesse wegen Defraudation dieser Steuer anzettelten. Miß-
gunst auf der einen und Uebertreibung auf der anderen Seite
griffen Schulze's Thätigkeit bald als gefährlich, bald als zu
bedeutungslos an. Die Vereinstage der kleineren wie der
größeren Verbände führten Fragen und Discussionen herbei,
die gelichtet werden mußten, um stets die Majorität den
Grundsätzen des richtigen Genossenschaftswesens fügsam zu
machen. Die Blätter für Genossenschaftswesen waren
diesen Discussionen gewidmet und boten ein fortwährend
wachsendes Material der Behandlung dar, welches das reichste
Talent kaum hätte überwältigen können. Abmahnungen von
falschen Dispositionen, Irrwegen der genossenschaftlichen Verwaltung, Verkennung der Ziele und Festhaltung der einmal erkannten Grundsätze mußten einer Masse von Individuen ver-
ständnißvoll einleuchtend gemacht werden, die weit zerstreut
nicht blos im deutschen Vaterlande, sondern auch im nahen
und fernen Auslande existirten und auf die richtige Bahn geleitet werden mußten. Dazu kamen verwickelte Prozesse juri-
discher Natur, die Rath und Hilfe an allen Ecken und Enden
erforderten, — die gutachtlich behandelt und im Bureau des
Anwalts erledigt werden mußten. Kaufmännische Usancen,
lokale Verhältnisse, spezielle Bedürfnisse, wie sie in verschiedenen Gegenden des Vaterlandes verschieden obwalteten, mußten
beachtet und in Betracht gezogen werden. Vor allem mußten
einerseits gewagte Ueberschreitungen gemißbilligt und anderer-

seits Zagheit und Lässigkeit auf berechtigtem Wege bekämpft
werden. Und über all dies drängte es den Schöpfer dieser
Institute, eine gesetzliche Basis für dieselben vorzubereiten und
herbeizuführen, damit einmal ein Genossenschaftsgesetz in
Geltung trete, welches den Vereinen die Rechte der juri=
dischen Persönlichkeit zuspricht und deren Verwaltung den
Schutz des Gesetzes gewährt, wie dies für das Erwerbsleben
eine Unumgänglichkeit geworden war.

Fügen wir all dem noch hinzu, daß Schulze in dieser
Zeit mit an der Spitze einer Volksvertretung stand, welche
in die schweren politischen Konflikte mit einer Regierung ver=
wickelt war, die im budgetlosen Regiment einen stets hefti=
ger entbrennenden Kampf herausforderte, so leuchtet es wohl
jedem Denkenden ein, daß es eine bedeutende Arbeitskraft
beanspruchte, solche Aufgabe zu lösen und dabei noch im
Wachsthum der Institute stets neu auftauchende Aufgaben
und Anforderungen zu bewältigen.

Nur eine Persönlichkeit, die ebenso von praktischem
Scharfblick geleitet, wie von idealen Zielen erfüllt ist, von
ebenso großer Arbeitskraft unterstützt wie von überwiegen=
dem moralischen Eindruck auf die Zeitgenossen getragen wird,
nur eine Persönlichkeit, die in seltener Begabung und un=
zerstörbarem Muth das Ziel verfolgt und Hemmnisse und
Hindernisse zu überwinden die Kraft in sich trägt, war dieser
riesigen Arbeitslast gewachsen.

Als charakteristisch für all dies müssen wir noch
die Thatsache hinzufügen, daß mit dem Wachsthum
der Genossenschaften gerade von Seiten Schulze's
jedes Wachsthum seines Einkommens abgewiesen
wurde. Er drang darauf und setzte es durch, daß die
Genossenschaften sein jährliches Gehalt auf 2000 Thlr.
festsetzten und die Bureaukosten auf 1200 Thlr., was
erst in den letzten Jahren auf 2500 Thlr. und 2800
Thlr. bei steigender Einnahme erhöht wurde. Die

Prozente, welche von den Gewinnen der Institute festgestellt waren, wurden auf seinen Antrag auf die Hälfte reducirt, und als dies noch Ueberschüsse brachte, wurden diese einem Reserve=Fond zuge= wiesen, der dem Verbande zu Gute kam.

Von dieser Zeit ab beginnt auch die Herausgabe seiner statistischen Jahresberichte, die sich einer Vollkommenheit erfreuen, wie sie kein Land der Welt weiter aufzuweisen hat. Die Berichte sind das Ergebniß von Fragebogen, die der Anwalt einem jeden Verein zusendet, um sie auszufüllen. Diese Fragen sind ein mathematisches Kunstwerk von fein durchdachtem Plan. Jede Unregelmäßigkeit oder irgend welche Verhüllung der Thatsachen in den Beantwortungs=Rubriken dieser Fragebogen verräth sich sofort der Anwaltschaft und veranlaßt Rückfragen, welche die sofortige Berichtigung zur Folge haben. Den Listen, die diese Rechenschafts= berichte enthalten, sind übersichtliche Betrachtungen voran= geschickt, die den Gesammtlauf der genossenschaftlichen Ge= schäfte näher charakterisiren, auf etwaige Fehler und Mängel, auf Wagnisse und Gefahren mit scharfer Kritik hinweisen, die sich in einzelne Vereine eingeschlichen haben. Die all= jährlichen Uebersichten sind ein lehrreiches Material, welches darthut, daß der Anwalt sich nicht im Dienste der einzelnen Genossenschaften stehend betrachtet, sondern den Beruf in sich trägt und durchführt, die gesammte Bewegung fortdauernd auch zu überwachen und vor Unregelmäßigkeit und Abwegen rechtzeitig zu warnen.

Von der Thätigkeit und der Wirksamkeit der Anwalt= schaft erhält man einen Begriff, wenn man die alljährlich erscheinenden „Mittheilungen über die Verhandlungen der allgemeinen Vereinstage" liest, obschon dieselben nur die Beschlüsse und kurze Auszüge aus den mehrtägigen gründlichen Verhandlungen enthalten, an denen neben dem Anwalt die tüchtigsten Genossenschaftsleiter aus ganz Deutsch=

land Theil nehmen. Und wenn diese allgemeinen Vereinstage als die eigentlichen Genossenschaftscongresse
in allen prinzipiellen Fragen und großen allgemeinen Interessen normgebend sind, so sind es wiederum die Unter-
verbandstage, die der Anwalt ebenfalls jährlich selbst oder
durch einen von ihm beauftragten Stellvertreter besucht, wo
in die Einzelheiten der Verwaltung und Erfahrungen der
einbezirkten Vereine eingegangen, Rath ertheilt, vor verkehrtem
Gebahren gewarnt wird. Sind die Beschlüsse auch nicht
bindend, so wird doch durch ihren moralischen Eindruck vielfach falschen Richtungen vorgebeugt. Noch ist fast kein
Bruch einer Genossenschaft eingetreten, welcher nicht auf
eine Vernachlässigung der proclamirten Grundsätze zurück-
zuführen wäre. Es sind alle solche Verhandlungen die beste
Schule zur Heranbildung tüchtiger, gewissenhafter Leiter der
Vereine.

Sollen wir hiernach noch einen Blick in die Zukunft
werfen, so geschieht dies wohl am treffendsten, wenn wir
die Worte Schulze's hier einreihen, mit welchen er im
Vereinstage in München am 29. August 1875 den ge-
wöhnlich von ihm über den Verlauf der Bewegung erstatteten
Bericht schloß. Es waren damals fünfundzwanzig Jahre
verstrichen seit der ersten Bildung der genossenschaftlichen
Vereine. Der Rückblick auf seine gesegnete Thätigkeit lag
nahe, Schulze jedoch faßte die Zukunft in's Auge, die der-
einst sein Ideal erfüllen soll. Dasselbe giebt so echt das
Bild des Mannes wieder, daß es zur Charakteristik seines
Wesens wie seines Wirkens vortrefflich dient.

Es lautet der Schluß dieser Rede wie folgt:

"Hiermit beende ich die kurze Umschau, mit welcher wir unsere Verhandlungen einzuleiten pflegen, um zum Schlusse des fünf-
undzwanzigjährigen Zeitverlaufs zu gedenken, welcher seit der Gründung der ersten Deutschen Genossenschaften stattgefunden
hat. Gewiß ziemt es sich an dem Gedächtnißtage einer Bewegung,

welche in verhältnißmäßig kurzer Zeit so erhebliche Resultate ergeben hat, daß man sich nicht mit einem Rückblicke auf das Erreichte begnüge. Vielmehr gilt es da einer Ausschau in die Zukunft,
um die letzten Ziele der Bewegung in das Auge zu fassen, sich
ihres geistigen Zusammenhangs mit den übrigen Zeitstrebungen
bewußt zu werden. Haben wir doch schon sonst bei unserem gemeinsamen Tagen dieser Beziehungen im Einzelnen gedacht. Neben
der Wahrung der sittlichen Fundamente des Verkehrs galt uns die
Genossenschaft als Schule der Selbstverwaltung für Gemeinde und
Staat, und dieser politischen Mission gesellten wir die sociale
bei, den Ausgleich des Klassenkampfs, die Versöhnung zwischen
Kapital und Arbeit. Aber immer mehr weitet sich der Gesichtskreis, fallen die Anfangs gezogenen Schranken, immer entschiedener
tritt die materielle Frage der Versorgung der Massen mit
der physischen Lebensnothdurft als Bedingung jeder weiteren Entwickelung in den Vordergrund. Und so reiht sich die
wirthschaftliche Genossenschaft würdig dem mächtig auf allen Daseins-
gebieten emporblühenden freien Vereinswesen ein, mittelst dessen
die moderne Gesellschaft ihre unwiderstehliche Initiative
übt. Gestützt auf diesen gewaltigen Hebel zieht sie eins nach dem
andern von den Gebieten, in welche der Staat mit seinen äußer-
lichen Machtmitteln nicht reicht, an sich, und ist bemüht, die staatlichen Institutionen selbst immer mehr dem ureigensten Wesen und
Bedürfniß der Menschen gemäß zu gestalten. Indem wir somit
die Selbsthilfe, die Bethätigung der eigenen Kraft, die Verantwortlichkeit für das eigene Geschick als Wirthschaftsprincip proclamirten, haben wir es nicht blos mit der materiellen Existenz
einzelner Volksklassen, mit beschränkten Privatinteressen zu thun,
vielmehr stehen wir mitten in der Gesammtarbeit für die großen
Aufgaben unserer Zeit.

Gewiß muß uns dies Bewußtsein, werthe Genossen, in unserm Streben ermuthigen, mit einem gewissen Selbstgefühl erfüllen;
indessen legt es uns doch auch andererseits die größte Bescheidenheit auf! — Wie schwindet das bisher Geleistete vor dem, was
noch zu thun übrig bleibt, wenn man die Aufgabe in ihrer vollen
Größe erfaßt; wie drängt es sich Jedem auf: daß es nur die Anfänge der Bahn sind, deren Endziele in der Ferne uns winken! —

Und wenn es verdienstlich scheint, auch nur die Anfänge der rechten
Bahn zu eröffnen, — wie muß doch jeder kleinliche Egoismus,
jede persönliche Ueberhebung zurücktreten, wenn sich Alle sagen
müssen: daß, um nur auf den Punkt zu gelangen, wo wir uns
jetzt befinden, die vereinte Arbeit von Tausenden die Reihe Jahre
daher erfordert wurde! — Und das eben, das ist es, was Jeder
sich fest einprägen soll, um sich mit dem echten genossenschaftlichen
Geiste zu erfüllen: „Mit vereinten Kräften im engen
brüderlichen Zusammenschluß den großen Fragen und
Interessen des Menschendaseins gegenüber treten!" —
Nicht nur, daß der Einzelne sich selber so am Besten dient, indem
er lernt, wie erst durch die Einordnung in das Ganze der feste
Halt für sein freies individuelles Gebahren gewonnen wird: hilft
er, wenn auch im bescheidensten Maße, die großen Gesammt-
aufgaben, den Culturfortschritt unseres Geschlechts fördern, von
dem Alles ausgeht, und in den Alles zurückgreift, was der Menschheit von je zum Heile gereicht hat.

Aber wie nach alledem unsere Arbeit dem innern Frieden
dient, so dient sie auch dem Frieden nach Außen. Ueberall
im Auslande erkennt man die Mustergültigkeit der Organisation
des deutschen Genossenschaftswesens an, welches zu einer wahrhaft nationalen Institution geworden ist. Da sage ich:
ein Volk, welches nicht nur in seinen geistigen Leistungen, in Kunst und Wissenschaft, sondern sogar auf
dem von so schweren Zerwürfnissen heimgesuchten Felde
des materiellen Erwerbs die höheren humanen Ziele
nicht aus den Augen verliert, von dessen politischer
Erstarkung hat der Welttheil keine Störung seiner
friedlichen Entwickelung zu fürchten!

Und da tritt mir lebhaft ein großes Wort des gestürzten
Kaisers in unserem Nachbarlande vor die Seele, das zugleich eine
seiner großen Lügen war:

„Das Kaiserthum ist der Friede!"

Mit besserem Rechte sprechen wir es heute aus:

„Die Genossenschaft ist der Friede!"

11*

Dies die Losung des Tages. Möge sie zugleich mit unseren
Organisationen als Friedensgruß deutscher Genossenschafter zu allen
Gleichstrebenden weit über die Grenzen unseres Vaterlandes dringen,
und man wird uns hören, das versichert Ihnen

Ihr Anwalt.

Vom Auslande.

Zu den Grundzügen des Charakters unseres Schulze ge=
hört seine unerschütterliche Liebe zur Freiheit im Innern und
zur Selbständigkeit des deutschen Vaterlandes nach außen hin.

Seine Liebe zur Freiheit hat er durch seine ganze Wirk=
samkeit im preußischen Abgeordnetenhause wie im deutschen
Reichstage an der Spitze der Fortschrittspartei unerschütter=
lich bethätigt. Sein Kampf gegen Willkür und Rechts=
verkümmerung liegt documentirt in einer Reihe vorzüglicher
Reden, die zu den ausgezeichnetsten während der ganzen Kon=
fliktszeit gehören. Auch nach dem Abschluß dieser traurigen
Epoche im Jahre 1866, wo Preußen das von dem National=
verein aufgestellte deutsche Programm zu erfüllen begann,
hielt er sich fern von jeder Halbheit. Die Kammer=Reden
Schulze's sind mehr als ein charakteristisches Material für
dessen Persönlichkeit, sie sind werthvoll als historische Bei=
träge zum Kampf des volksthümlichen Rechtsbewußtseins in
Zeiten der Rechtsverkümmerung und verdienen eine besondere
Herausgabe im näheren Zusammenhang mit der durchlebten
Zeitgeschichte.

Nach dem glücklichen Ausgang des Krieges vom Jahre
1866 trat auch für Schulze eine glücklichere Epoche der par=
lamentarischen Wirksamkeit ein. Es galt jetzt, der freien Ent=
wicklung des Genossenschaftswesens eine förderliche Grund=

lage auf dem Boden der deutschen Gesetzgebung zu verschaffen.
Die Genossenschaft war eine neue Form des gesellschaftlichen
Verhältnisses im Erwerbsleben, welche das deutsche Handels-
gesetzbuch nicht berücksichtigt hatte. Es unterscheidet sich dieselbe sowohl von der Commandit-Gesellschaft wie von der
Aktien-Gesellschaft durch wesentliche Momente, die unbedingt
zur Bildung und gedeihlichen Entwicklung der weniger bemittelten Klassen in Wirthschaft und Erwerb nothwendig
sind. Diesen neuen Schöpfungen einen durch das Gesetz
gesicherten Boden zu verschaffen, ward nunmehr zur Haupt-
aufgabe ihres Schöpfers und Leiters. Seinen gründlichen
Arbeiten und Anträgen hatte man es denn auch in der That
zu verdanken, daß bereits im Jahre 1867 das Preußische und
1868 das Genossenschaftsgesetz für den norddeutschen Bund
zu Stande kam, dessen Geltung später auf das ganze deutsche
Reich ausgedehnt wurde.

Diesem Kampf auf gesetzgeberischem Gebiete verdankt
man auch eine seiner wichtigsten Schriften unter dem Titel:
„Die Gesetzgebung über die privatrechtliche Stellung
der Erwerbs- und Wirthschafts-Genossenschaften
mit besonderer Rücksicht auf die Haftpflicht bei
kommerziellen Gesellschaften". (Berlin, Verlag von
Herbig 1869.) Nach dem Vorgang im norddeutschen Bunde
legten nämlich die Regierungen in Oesterreich, Bayern,
Würtemberg, Baden und Hessen ihren Volksvertretungen
Gesetz-Entwürfe vor, über welche eine große Zahl einfluß-
reicher Kammermitglieder von unserem Schulze Raths ein-
holten und das einschlagende Material aus dem reichen
Schatz seiner Studien und Erfahrung erbaten. Die Unmöglichkeit, diesen Anforderungen privatim zu genügen, veranlaßte ihn, das gesammte Thema in einer ausführlichen
Schrift zu behandeln, worin nicht blos die juridischen Grundsätze derselben entwickelt, sondern auch in Vergleich gestellt
wurden mit den englischen und französischen gesetzlichen Be-

stimmungen hierüber. Dadurch gewann das ganze Thema
den Charakter einer fundamental wissenschaftlichen Arbeit,
die nicht blos für die damalige Lage, sondern auch für die
Gegenwart und die Zukunft von großer Bedeutung ist.
Denn die solidarische Haftpflicht der Genossenschaften wird
leider noch immer zum Gegenstand des Streites von Seiten
Vieler erhoben, die dem Wesen der Genossenschaften fremd
und meist feindlich gegenüber stehen.

Dieser rein wissenschaftlichen Arbeit verdankt unser Schulze
wesentlich die Ernennung zum Ehrendoctor der Rechte durch
die Juristenfacultät der Universität Heidelberg im Jahre 1873.
Bei der Ausdehnung der Institute nahm aber auch die Aus=
arbeitung praktischer Nachweise und Anleitungen zur Bil=
dung und Einrichtung von Genossenschaften, in allen Zweigen
dieser wirthschaftlichen Schöpfungen, seine Thätigkeit stark
in Anspruch. Seine Werke hierüber sind mit außerordent=
licher Sachkenntniß ausgearbeitet und enthalten nicht blos
praktische Belehrung über Anlage und Geschäftsführung in
jedem Zweige des Genossenschaftswesens, sondern auch die
dringlichsten Abmahnungen von allen Irrwegen, welche sich
bei leichtfertiger Verwaltung einschleichen und den Verfall
der Institute herbeiführen. Die scharfe Kritik über diese
Abirrungen vom rechten Wege sind ein sprechendes Zeugniß,
daß der Anwalt keinen Moment die ernste Rolle des Lehrers
und Leiters und des strengen Richters gegenüber geschäft=
lichem Leichtsinn aufgiebt. In der That hängt Wohl und
Weh all der Institute von der sorgsamsten Beachtung dieser
vorzüglichen Werke ab.

Aber auch nach ganz anderer Richtung hin nahm num=
mehr die politische wie literarische Thätigkeit unseren Schulze
in Anspruch.

Wir wissen kaum einen Zeitgenossen zu nennen, dessen
Ruhm in so hohem Grade die Aufmerksamkeit des Auslandes
auf sich zog. Nicht blos die Juristenfacultät der Universität zu

Heidelberg ernannte ihn im Jahre 1873 zum Ehrendoktor*), sondern auch aus England und Frankreich, aus Holland und Belgien, aus Italien und selbst aus Amerika langten für ihn Ehrendiplome und Anerkennungsschriften von wissen= schaftlichen und commerziellen Gesellschaften und einzelnen Notabilitäten an.

Der Präsident des Reichs=Oberhandelsgerichts Pape spricht in einem Dankschreiben für die überreichten Schriften Schulze's seinen Dank im Namen des hohen Gerichtshofes für die werthvollen Geschenke aus, welche eine wesentliche Bereiche= rung der Bibliothek derselben bilden. Professor Roscher, der gediegenste National=Oekonom Deutschlands, drückt ihm seine Verehrung aus, welche er auch in seinem Werke „Geschichte der National=Oekonomie in Deutschland" nicht ohne na= tionalen Stolz habe aussprechen müssen.

Der General=Sekretär des englischen Genossenschaftsbureau Mr. Neale sendet unserem Schulze erbetene Materialien zu

---

*) Es ist interessant, das Motiv des Doctordiploms kennen zu lernen. Es lautet in lateinischer Sprache wie folgt:

„Nos etc. contulimus Gradem Doctoris etc. in Hermannum Schulze,

qui sodalitates ad sodalium rem familiarem fidemque privatam adjuvandam in Germania primus condidit, conditis suam normam, novasque leges inveniundo Juris scientiam egregie amplificavit et promovit, itaque unus homo nobis omnibus cogitando, factitando constituit rem, his ipsis temporibus maxime necessariam."

(Deutsch.) „Wir haben dem Herrn Hermann Schulze den Grad eines Doctors der Rechte u. s. w. zuerkannt,

der zuerst in Deutschland Genossenschaften gegründet hat zur Förderung der Mitglieder in ihrer Wirthschaft und Privat=Credit, für dieselben die rechte Norm und neue Gesetze schuf, dadurch die Rechtswissen= schaft gehoben und erweitert und somit als ein einzelner Mann durch Geist und Thatkraft uns Einrichtungen ver= liehen hat, welche gerade in der Gegenwart ein dringen= des Bedürfniß sind."

mit der Bemerkung, daß es ihm eine Freude sei, den Wün=
schen eines so ausgezeichneten Lehrers des echten Socialis=
mus, mit dem der menschliche Fortschritt untrennbar verbunden
ist, in allen seinen Wünschen zuvorzukommen.

Bereits im Jahre 1869 richtet Louis Philipp von Or=
leans, Graf von Paris, ein Schreiben an Schulze, um ihm
für die reichen Belehrungen zu danken, welche sein Wirken
und seine Arbeiten ihm gewährt haben.

Unzählige Zeitschriften des Auslandes zollen dem „Manne
des Volkes" und dem Fürsorger des Volkswohlergehens ihre
Achtung und bekunden diese durch anerkennende Artikel über
sein Wirken und Schaffen.

Zum Ehrenmitglied des Cobden=Clubs, desgleichen der
Academia Fisico-Statistica in Mailand, wie der Lombar=
dischen Societá di Economia politica wurde Schulze be=
reits in den sechziger Jahren ernannt. Vor einigen Jahren
erhielt er auch das Ehrendiplom zum Mitgliede der ältesten
und angesehensten Gesellschaft Italiens, der im Jahre 1603
errichteten Academia Lynceorum in Rom, die im Jahre
1875 von Victor Emanuel unter dem Titel einer Reale
Academia dei Lincei in ihren Statuten bestätigt, und deren
Wappen die königliche Krone beigefügt wurde. Die Zahl
der freien Gesellschaften des In= und Auslandes, die ihn
zum Ehrenmitglied ernannten, ist zu groß, um sie hier auf=
zuführen.

Erwähnen müssen wir hier nur noch die Preise, welche
seine Arbeiten auf den beiden einzigen Ausstellungen er=
rungen haben, bei denen er sich auf besondere Auffor=
derung betheiligte. Es sind dies der Preis ersten Ranges,
welchen er in Amsterdam im Jahre 1869 erhielt in einem
„Grand Diplome d'Honneur" und wiederum der erste
Preis in der goldenen Medaille bei der internationalen Aus=
stellung 1876 in Brüssel, mit Bezug auf die Leistungen
für das Genossenschaftswesen.

Auch von Frankreich langten nicht wenig sympathische Ehrenbezeugungen an. Einer der geistvollsten Franzosen, der gelehrte Reffzer, dem ganz besonders deutsches Wesen am zugänglichsten war, hat nach einem persönlichen Besuch bei Schulze häufig Gelegenheit genommen, dessen Leisten und Schaffen als ein Muster glücklicher National=Oekonomie zu rühmen. Im Jahre 1865 hat ganz besonders der kaiserliche Direktor der polytechnischen Gewerbeschulen Herr Perdonnet in Paris den Wunsch im Namen Louis Napoleons ausge= sprochen, daß der Berliner Handwerker=Verein eine Deputa= tion nach Paris senden möge, um daselbst der Festfeier des berühmten polytechnischen Vereins als Ehrengäste beizu= wohnen, und womöglich unseren Schulze dazu zu wählen, den der Kaiser gern persönlich kennen lernen möchte. Der Berliner Handwerker=Verein hatte freilich ernste Bedenken, mitten in der schärfsten Conflikts=Epoche in der Heimat der Einladung nach Paris Folge zu geben und sich irgend wel= cher politischen Demonstration dadurch zu verdächtigen. Er lehnte die Einladung ab. Nichtsdestoweniger brachte Per= donnet einen Toast auf Schulze bei einem öffentlichen Banket aus, um die Anerkennung der französischen Nation für dessen Leistungen zu bekunden.

Je größer die Anerkennung war, welche Schulze im Aus= lande zu Theil wurde, um so charakteristischer war das Ver= halten der napoleonischen Regierung im Jahre 1867, wo zur Zeit der Weltausstellung ein Congreß der internationalen Genossenschaften zu Paris stattfinden sollte.

Den deutschen Genossenschaften ging im April 1867 die Einladung zu, sich in dem bevorstehenden Congreß zu Paris am 16.—18. August vertreten zu lassen. Die Tagesordnung auf dem beabsichtigten Congreß berührte wichtige, aber durch= aus der Politik ferne Themata's rein wirthschaftlicher Natur. Laut einem weiteren Anschreiben an den Ausschuß der deut= schen Genossenschaften sollten Anträge der eingeladenen Gäste auf dem Congreß zur Behandlung gelangen, wenn sie bis zu einem bestimmten Termine dem einladenden Comité angekündigt worden sind.

Der Anwalt setzte hiervon die Verbände in Kenntniß und auf Beschluß derselben wurde Schulze ersucht, als Vertreter der Genossenschaften an dem Congreß Theil zu nehmen. Da traf denn, als bereits Schulze auf der Reise nach Paris war, die überraschende Nachricht ein, daß die französische Regierung den Zusammentritt des Congresses verboten habe.

Hiergegen veröffentlichte Schulze unter Zustimmung des Verbandstages einen Protest, den wir um so eher hier wiedergeben müssen, als er mit prophetischem Blicke das sehr bald eingetretene Schicksal dieses Kaiserreichs scharf und treffend andeutet.

Es lautet derselbe wie folgt:

„Bereits auf dem Wege nach Paris, wo ich mich, in Vertretung des Deutschen Genossenschafts-Verbandes, an dem Mitte August dorthin berufenen internationalen Congreß der Cooperativ-Gesellschaften zu betheiligen beabsichtigte, traf mich die Nachricht von dem Verbot desselben durch die französische Regierung. Ich habe jede Concession zur Erwirkung der Zurücknahme dieses Verbots, als die Würde und Freiheit der Congreßverhandlungen gefährdend, widerrathen, und die Reise nach Paris sofort eingestellt.

Indessen ist die Sache damit nicht abgethan. Vielmehr legt mir meine Stellung als Anwalt des genannten Genossenschafts-Verbandes die Pflicht auf, gegen das ergangene Verbot ausdrücklich und öffentlich zu protestiren, weil das darin ausgesprochene Verdict nicht bloß die Veranstalter und Adhärenten des Congresses, sondern die Cooperativ-Bewegung, das Genossenschaftswesen überhaupt, trifft. In dem Augenblicke, wo in Paris auf Einladung der französischen Regierung die Erzeugnisse der Kunst und Industrie aus allen Erdtheilen zu einer Universal-Ausstellung zusammenströmen; wo allen irgend beachtenswerthen Strebungen in Wissenschaft und Leben eine gastliche

Stätte geboten wird; wo man die Leistungen auf socialem Felde, zur Hebung des Looses der arbeitenden Klassen, ausdrücklich in diesen Kreis zieht: weist man die Cooperativ-Vereine der Hand- werker und Arbeiter zurück! Sind sie Unwürdige, — so fragt man sich unwillkürlich — gefährdet ihre Zulassung in irgend welcher Rücksicht die Elemente der Civilisation, die dort versammelt sind, oder gar den Staat, daß man die Thore vor ihnen schließt?

In der That sieht man sich erstaunt nach dem Motiv dieses Verbotes um, welches so plötzlich, ohne jeden Versuch einer Be- gründung, den Genossenschafts-Congreß traf, und so wenig zu der Rede des französischen Kaisers bei Beginn der Ausstellung stimmt. Was wollen, was treiben denn die Cooperativ-Gesell- schaften, die Genossenschaften der Handwerker und Arbeiter, welchen Weg schlagen sie ein, um das Wohl ihrer Mitglieder zu fördern? Stellen sie etwa unerfüllbare Forderungen an den Staat, tasten sie durch ihre Zwecke oder die Mittel, die sie dazu anwenden, die Grundlagen der Gesellschaft an? — Nichts von Alledem! der Weg, auf den sie ihre Mitglieder verweisen, er ist theoretisch und praktisch der allein mögliche, allein erprobte, der kein Almosen vom Staat oder den übrigen Gesellschaftsklassen in Anspruch nimmt, der, wie er die eigene Würde der Arbeiter wahrt, der Gesellschaft in ihnen keine Gegner, sondern die besten Stützen zu- führt, der Weg der Selbsthülfe, des Emporkommens durch eigene Tüchtigkeit. Es ist unumstößliches Naturgesetz, daß Kraft und Fülle, Schönheit und Gesundheit in irgend einem Organismus niemals von Außen hineingebracht werden, sondern sich nur innerhalb des Organismus selbst entwickeln können, und daß man durch äußere Einwirkung wohl hemmend oder fördernd auf diesen inneren Prozeß einzuwirken, in keiner Weise aber ihn zu ersetzen vermag. Dies gilt von dem physischen und geistigen Leben der Einzelnen so gut, wie von dem zahlreicher Gesellschafts- klassen. Die schlummernden Kräfte wecken, bei Pflege innerer Tüchtigkeit die Erschwingung der äußeren Mittel ermöglichen, welche zum Erfolge im Leben und Erwerb unentbehrlich sind — das allein ist es, wodurch die Hebung der Arbeiter, wie aller anderen Menschen erreicht werden kann. Und dies unternimmt die Cooperation, die Genossenschaftsbewegung durch

Zusammenfassen kleiner, in ihrer Isolirung unzureichender Mittel und Kräfte, durch gegenseitiges Stützen und für einander Einstehen der Einzelnen. Indem sie intellectuelle und sittliche Anforderungen der ernstesten Art an ihre Mitglieder richtet, ihnen die allmäliche Ansammlung des zum Emporkommen unerläßlichen geistigen und materiellen Kapitals vermittelt, ermöglicht sie ihnen allmälich eine gehobene Stellung im Verkehr, dessen natürlichen Gesetzen sie in jeder Beziehung gerecht wird. Insbesondere werden die Fundamente des wirthschaftlichen wie des Culturlebens, die individuelle Freiheit und das Privateigenthum, von den Genossenschaften nicht blos respectirt, sondern dadurch erst recht gefestigt, daß sie bemüht sind, dieselben immer größeren Bevölkerungskreisen zugänglich zu machen. Nur auf diese Weise wird dem verderblichen Klassenkampf vorgebeugt, der unsere industrielle Entwickelung bedroht, nur so die Kluft ausgeglichen zwischen Bemittelten und Mittellosen, und Kapital und Arbeit dauernd versöhnt, indem man die Segnungen des ersteren den Arbeitern zuführt.

Und wie diese Befriedung der Gesellschaft im besten und höchsten Sinne durch die Genossenschaftsbewegung innerhalb der einzelnen Länder sich vollzieht, muß sie auch nach Außen hin, in den gegenseitigen Beziehungen der verschiedenen Völker, ihre segensreiche Wirkung äußern, sobald diese Gelegenheit finden, sich untereinander über ihre Strebungen und Interessen zu verständigen. Das war eben die große Bedeutung des Cooperativ-Congresses, eine solche internationale Verständigung anzubahnen. Ein Friedens-Congreß wäre es geworden, praktisch wirksamer als jeder andere. Haben sich die arbeitenden Klassen untereinander über die Grenzen ihrer Länder hinaus erst einmal über die Einheit ihrer Interessen, über den allein richtigen Weg ihres Emporkommens in der oben angedeuteten Weise verständigt, so ist der allgemeine energische Protest gegen den Krieg in allen civilisirten Staaten die nothwendige Folge davon. Je mehr Wohlstand und Bildung sich unter den Massen verbreiten, desto weniger werden diese geneigt sein, Gut und Blut, die mühsam erworbenen Güter an Besitz und Gesittung in Kämpfen auf das Spiel zu setzen, wo Mittel und Zwecke ihrem eigenen Gedeihen und Emporkommen schnurstracks zuwiderlaufen. Die bis dahin einander fremden, ja verfeindeten Nachbaren haben sich gegenseitig kennen gelernt, und damit die nationale Gereiztheit gegen einander abgestreift. Man fühlt sich durch dieselben Strebungen, durch wahrhafte Solidarität der wirthschaftlichen und humanen Interessen verknüpft, deren Störung durch den Krieg, vermöge der internationalen Natur des modernen Verkehrs, sich niemals blos auf die unmittelbar Betroffenen, sondern über den ganzen Weltmarkt erstreckt. So ergiebt sich dasselbe tiefe Friedensbedürfniß wie zu Haus, so bei den benachbarten Nationen, in allen Schichten des arbeitenden Bürgerthums in Stadt und Land. Nicht von den Völkern — das erkennt man immer mehr — sondern von der Machtsucht der Dynastieen gehen die Kriegshetzereien aus, welche jene unter der Vorspiegelung von Nationalehre und Nationalinteresse gegen einander in den unseligen Bruderkampf verwickeln, in welchem der Sieg meist verhängnißvoller ist als die Niederlage. Denn noch immer hat die Unterwerfung anderer Völker, die Behauptung vorwiegender Machtstellung nach Außen, wie sie nur durch einen großen kriegerischen Apparat zu erhalten ist, dem herrschenden Volke nichts als die eigene Knechtschaft, den Verlust der innern Freiheit eingetragen.

Nicht also Feinde, sondern Stützen staatlicher Ordnung sind die Genossenschaften; nicht den Krieg, den Frieden bringen sie der Gesellschaft. Das beginnen zur Zeit die Regierungen fast überall zu begreifen, wo es überhaupt Genossenschaften giebt, mit alleiniger Ausnahme etwa der Russischen.*) Die kaiserliche Regierung in Frankreich selbst hat derartige Bestrebungen in mehrfacher Beziehung gefördert. Und nun dieses Verbot? — Erblickt sie in der Perspective der weitern Entwickelung der bisher von ihr protegirten Genossenschaften etwa eine Gefahr — wenn nicht für den Staat, dessen Bestand anderwärts ja nicht dadurch erschüttert wird, doch vielleicht für ihr System? — Hat sie es verschmäht, ihr Verbot zu begründen, so muß sie es sich gefallen

---

*) Im Frühjahr 1866 wurde die Abhaltung von Vorträgen in Riga über Genossenschaftswesen, wozu mich der dortige kaufmännische Verein eingeladen hatte, vom russischen Ministerium verboten.

laſſen, wenn wir uns ſelbſt nach den Gründen umſehen, ja die öffentliche Kritik wird geradezu zur Pflicht.

Gewiß hat kein Land ſo an ſich erfahren, was es mit jenen ſocialiſtiſchen, die Geſellſchaft in ihren Tiefen erſchütternden Experimenten auf ſich hat, denen die Cooperativbewegung allein als Trägerin geſunder Arbeiterbeſtrebungen auf die Dauer das Ziel zu ſetzen vermag. Nirgends hat man daher mehr Urſache, das Einlenken der arbeitenden Klaſſen in dieſe Bewegung mit aller Macht zu fördern! Das in der furchtbaren Juniſchlacht niedergeworfene rothe Geſpenſt hat die Franzoſen um ſämmtliche Früchte der Revolution von 1848 gebracht, als es die franzöſiſche Geſellſchaft der Staatsrettung um jeden Preis in die Arme trieb, und das Kaiſerthum iſt Nichts als die Permanenz der auf dieſe Weiſe entſtandenen Diktatur. Aber ſo ſehr daſſelbe von der Unerfüllbarkeit und Verderblichkeit der ſocialiſtiſchen Forderungen, wie von der Heilſamkeit der Cooperativbewegung überzeugt ſein mag, ſo bedenklich und mit Erhaltung ſeiner Machtfülle unvereinbar ſcheint ihm die ſelbſtbewußte Initiative zu ſein, welche mehr und mehr in jenen Bildungs-, Wirthſchafts- und Erwerbsgenoſſenſchaften erſtarkt, wovon die Berufung des Congreſſes Zeugniß giebt. Freilich tritt davor die bisher geübte Protection zurück, vermöge deren man die Fäden des Ganzen hübſch in den Händen behielt. Entwöhnen ſich die Leute erſt in dieſen Dingen, alle Anſtöße von der Regierung zu erwarten, lernen ſie ſich aus eigenem Antriebe wie aus eigener Kraft in ſelbſtgewählten Bahnen auf dieſem Felde bewegen, ſo führt dies leicht weiter. Die wirthſchaftliche Selbſtregierung iſt die Vorſchule zur Selbſtregierung in Staat und Gemeinde, die mit dem Präfectenthum, mit der adminiſtrativen Centraliſation unvereinbar iſt. Wird nun zu alledem gar noch mittelſt der perſönlichen Zuſammenkunft der verſchiedenen Volksgenoſſen jene internationale Verſtändigung eingeleitet, welche der Kriegsluſt wie der Kriegsfurcht mehr und mehr den Boden entzieht, wie dies ſchon die brüderlichen Grüße der franzöſiſchen, engliſchen, deutſchen und italieniſchen Arbeiter bezeugen, ſo läßt ſich das Verbot wohl erklären. Ein Syſtem, wie das gegenwärtig in Frankreich herrſchende, ſucht ſich regelmäßig im Kriege das letzte Ableitungsmittel zu ſichern für den Freiheitsdrang der Nation. Es ist nicht zuviel gesagt: In dem Augenblicke, wo die französische Gesellschaft durch die Haltung der Arbeiter von der Furcht vor dem rothen Gespenst befreit ist, und sich mit Entschiedenheit von der äußern Machtpolitik der Regierung ab- und ihren innern Aufgaben zuwendet, hat das gegenwärtige Regiment in Frankreich seine Hauptstütze verloren. Die so oft verheißene Krönung des Gebäudes wird dann zur Nothwendigkeit und man ist nicht im Stande, der französischen Nation die ihren großen geschichtlichen Leistungen wie ihrem Culturzustande entsprechenden Rechte und Freiheiten länger vorzuenthalten.

So wird denn hiermit vor der gebildeten Welt, von deren civilisatorischer Cooperation in Paris man die sociale Cooperativbewegung ausgeschlossen hat, Protest erhoben. Mit dem Verbote des internationalen Genossenschafts-Congresses hat die Pariser Weltausstellung in einer der wichtigsten Beziehungen ihren Anspruch auf Universalität verwirkt und ihre internationale Bedeutung geschwächt. Wie auch die Genossenschaften anderer Länder zu diesem Attentat auf die Würde und sociale Berechtigung ihrer Sache sich stellen mögen — schon haben sich in Paris energische Stimmen in der Tagespresse dagegen erhoben — es ist ganz besonders Sache der deutschen Genossenschaften und Pflicht ihres Anwaltes, hier einzutreten. Wir allein stehen in lebensvoller Organisation da, zur Abwehr von Angriffen und Wahrnehmung gemeinsamer Interessen verbunden. Wir sind eine Macht, die sich die staatliche Anerkennung im eigenen Lande erkämpft hat. Und als wirthschaftliche und sittliche Macht, fußend auf Allem, was gut und recht, was wahrhaft menschenwürdig ist, weisen wir jenen Willkürakt zurück. Die französische Regierung, die sich einst mit dem Ausspruche: „Das Kaiserthum ist der Friede" inaugurirte, hat durch ihre Achtserklärung eines der werthvollsten Elemente für den inneren und äußern Frieden der Völker von sich gewiesen. Die Genossenschaften nehmen davon Act.

In Vertretung des Allgemeinen Verbandes der auf Selbsthilfe beruhenden deutschen Erwerbs- und Wirthschaftsgenossenschaften

Schulze-Delitzsch, derzeitiger Anwalt.

Sein Eintreten für die Selbständigkeit Deutschlands kennzeichnet deutlicher noch als dieser Protest die Abweisung, welche Schulze im Namen der demokratischen Partei erließ auf die Einladung zu einem sogenannten „Friedens-Congreß" in Genf, der im Jahre 1867 von einigen französischen Politikern veranstaltet wurde.

Die Einladung selbst ging von Freiheitsmännern aus, die ernstlich den Weltfrieden herbeiwünschten; aber die Zeichen der Zeit standen bereits so drohend vor dem Blick aller Einsichtigen, daß man die Zumuthung, es möge in Deutschland eine Abrüstung stattfinden, nur abweisen konnte. Die Art und Weise, wie dies Schulze im Namen der demokratischen Partei that, spricht sich klar in folgendem Antwortschreiben aus:

Wie die demokratische Partei in Preußen sich zu den Fragen der Militärorganisation und steten Kriegsbereitschaft, die jetzt in Europa an der Tagesordnung sind, verhält, ist aus ihrem langjährigen Kampfe für Abkürzung der Dienstzeit und Aufrechterhaltung des Landwehrsystems bekannt. Die von den verschiedenen in Paris aufgetretenen Liguen für Erhaltung des Friedens und allgemeine Entwaffnung eingeleitete Agitation hat daher unsere ganze Sympathie, und wir können uns für die dabei ausgesprochenen Grundsätze fast ohne Ausnahme erklären. Nichtsdestoweniger legt uns die besondere Lage unseres Vaterlandes in Bezug auf die Betheiligung an diesen Demonstrationen die größte Zurückhaltung auf.

Darüber täuscht sich nämlich bei uns kein Mensch, und die Mittheilungen zuverlässiger Freunde aus Frankreich stimmen damit überein:

daß wir dem Angriffe Frankreichs in naher Zeit ausgesetzt sind, weil der französische Cäsarismus in der Einigung unseres Vaterlandes eine Einbuße an dem von ihm prätendirten und dem französischen Volke als nationale Bestimmung gepredigten europäischen Prestige erblickt.

Wir sollen uns nur mit seiner Erlaubniß konstituiren und, gleich den Italienern, einen Preis dafür zahlen, dessen Forderung die bisherigen Ereignisse höchstens vertagt haben. Wir kennen die Rüstungen, die mit so großer Energie betrieben werden, sehr gut; wir sehen, wie die französische Presse alle möglichen Fragen aufsucht, welche je nach Umständen der französischen Regierung als passende Handhaben dienen können, um die gewünschten Verwickelungen herbeizuführen.

Nun sind wir Deutsche das friedlichste aller Kulturvölker, das auch jüngst nur in schweren innern Wirren, nicht gegen das Ausland, zur Waffenentscheidung gedrängt wurde. An eine Vergewaltigung unserer Nachbarn denkt Niemand, und was französische Politiker und Journalisten von Gefahren faseln, denen Frankreich durch unsere politische Konstituirung ausgesetzt sein soll, das glauben sie selbst nicht. Soweit ist indessen der nationale Geist bei uns erstarkt, daß wir die Einmischung des Auslandes in unsere innern Angelegenheiten unter keiner Bedingung dulden. Eine entsetzliche Geschichte Jahrhunderte langer Zerrissenheit, Ohnmacht und Schmach liegt mahnend vor unsern Blicken. Seit den furchtbaren Religionskämpfen des 16. und 17. Jahrhunderts bis zu den blutigen Feldzügen des ersten Kaiserreichs sind fast alle großen europäischen Kriege in unsern Grenzen und auf unsere Kosten ausgefochten worden, und haben unser Vaterland zur Wüste gemacht. Ein Stück Landes nach dem andern hat man vom deutschen Reichskörper gerissen, Deutschland war das allgemeine Entschädigungsobjekt der kriegführenden Theile, aus dem man die Abfindungen der Sieger wie der Besiegten bestimmte. Dies soll und muß ein Ende haben für alle Zeit! Wie sehr wir auch in der Gestaltung unserer innern Zustände durch den Krieg gehemmt werden, wie sehr gerade die demokratische Partei in ihrem Kampfe um die volle Freiheit und das gleiche Recht für Alle, in ihren Strebungen für die großen Principien humaner bürgerlicher und wirthschaftlicher Entwickelung dadurch zurückgedrängt wird: dem Auslande gegenüber, das frivoler Weise in unsre innere Gestaltung einzugreifen versucht und damit unsere nationale Existenz bedroht, stehen wir Alle wie ein Mann, solche Anmaßung zurückzuweisen. Eine politische Partei, die auch nur den Schein auf sich lüde, hier zu säumen und sich zu bedenken, wäre verloren für immer.

Und darin liegt eben der himmelweite Unterschied der Stellung der Parteien in Frankreich und bei uns.

Niemand in ganz Europa denkt daran, Frankreich anzugreifen und sich in dessen innere Angelegenheiten zu mischen. Wenn daher aufgeklärte Patrioten Ihres Landes zur Verbreitung richtiger Anschauungen über den Frieden, als unerläßliche Bedingung alles menschlichen Wohlergehens und Fortschritts, zusammentreten, um durch Kundgebung ihrer Ansichten auf den öffentlichen Geist zu wirken, so ist dies nirgends so sehr wie in Frankreich am Platze, als dem Lande, welches, selbst von keiner Seite bedroht, bis zu diesem Augenblicke das entscheidende Wort im Welttheile für sich in Anspruch nimmt, und von dem allein ein aggressives Vorgehen gegen seine Nachbarn behufs der Einmischung in deren innere Angelegenheiten zu befürchten steht.

Wie anders bei uns! Uns gelten die französischen Rüstungen, wir sind das nächste Objekt der französischen Aktion nach Außen. Ein schwerer Kampf um unsere staatliche Selbstständigkeit steht vor uns. Denn wie sehr wir auch von dem Ernste der Friedensagitationen überzeugt sind, welche gleichzeitig sowohl von Ihnen wie von andern Kreisen in Ihrem Lande ausgehen, so sehr wir denselben Erfolg wünschen und sie unsrerseits aus allen Kräften zu fördern haben — daß sie bei der nächsten Entscheidung auf die Haltung Ihrer Regierung noch keinerlei Einfluß üben werden, ist gewiß. Nun denken Sie sich die Lage derjenigen deutschen Politiker, welche mit Ihnen gemeinsam in jenen Kongressen und Liguen, welche wesentlich von Frankreich ausgehen und dort ihren Hauptsitz haben, zur Einstellung der Rüstungen und zur Entwaffnung im Allgemeinen und ihrer eignen Regierungen insbesondere öffentlich aufgefordert haben! Würde nicht in dem Augenblicke, wo Seitens Frankreichs der Angriff auf uns erfolgt, das allgemeine Verdict: „daß sie in Gemeinschaft mit dem Feinde versucht haben, das Land wehrlos zu machen", gegen sie ergehen? Mindestens würden sie als gröblich düpirt vom Auslande dastehen und wären diskreditirt für immer.

Gehen wir daher, bis sich die Situation geklärt hat, Jeder zunächst in seinem Vaterlande an die Arbeiten des Friedens und für den Frieden! Das gemeinsame Auftreten fördert in diesem Augenblicke die gemeinsame Aufgabe nicht. Die Kammern und Parlamente vor Allem sind die Stätten, wo sich die Stimmen aller entschiedenen Freunde der Freiheit und des Friedens — von denen bei civilisirten Völkern keines ohne das andere auf die Dauer bestehen kann — hören lassen müssen. Hier gilt es, den Haß, das Mißtrauen der Völker gegen einander, ihre nationale Eitelkeit, den Ehrgeiz und die Machtsucht zu bekämpfen und große gemeinsame Kulturziele ihnen vor Augen zu stellen, denen sie im friedlichen Wettstreite ihre Kräfte zuzuwenden haben. Am sichersten gelangt man dazu, indem man sich müht, Institutionen in das Leben zu rufen, welche in der Förderung der Volksbildung und in der Sanction der Volksrechte im Innern zugleich die gegenseitige Rechtsachtung in die internationalen Beziehungen einführen, durch Anerkennung des Grundsatzes: „daß die Nationen berufen sind, ihre Geschicke selbstständig zu ordnen und jede fremde Einmischung abzuweisen."

Operiren wir so auf beiden Seiten, und der endliche Erfolg wird unsern Anstrengungen nicht fehlen. Ja, vielleicht mag es grade für die Friedensagitation in Frankreich mit in das Gewicht fallen, wenn man sich überzeugt, daß ein Angriff auf Deutschland und dessen führende Macht, Preußen, einen Volkskrieg bei uns entzündet, dessen Tragweite über den Gesichtskreis der Anstifter weit hinausreicht.

Möchte diese nur zu lang gewordene Auseinandersetzung dazu beitragen, Ihnen einen offenen Einblick in die Dinge zu geben, wie sie bei uns liegen, damit Sie die Gründe, welche mich und andre Freunde vom gemeinsamen Vorgehen mit Ihnen zur Zeit abhalten, gehörig zu würdigen im Stande sind. Wir können noch nicht unter demselben Panier kämpfen; aber es ist dieselbe Sache, für die wir einstehen, und diese Sache wird siegen. Die geschickte Spekulation auf die schlechten Leidenschaften der Menschen, die dem verwerflichen System zu Grunde liegt, welches wie ein Alp auf Europa lastet, mag wohl für eine Weile von Erfolgen in der Politik begleitet sein, schließlich muß sie dem unaufhaltsamen Fortschritt in Erkenntniß und Gesittung unterliegen. Schon regt sich das Bewußtsein von der Solidarität der Kulturinteressen immer mächtiger unter den civilisirten Nationen und beginnt den dynastischen Machtgelüsten die Schranke zu ziehen. Die humane und politische Reife der Völker ist die Garantie des Weltfriedens. In der Ar=

12*

keit dafür wissen wir uns eins und werden selbst im Kriege die
Keime dauernden Friedens für eine nahe Zukunft pflegen.

Mit diesem brüderlichen Gruße in verhängnißvoller Zeit
der Ihrige

Potsdam, im Juli 1867.   Schulze.

Höchst interessant ist es, das freie Urtheil kennen zu
lernen, welches der geistvolle Neßtzer über dieses Antwortschreiben Schulze's im Pariser „Temps" vom 12. August
fällt. Es lautet dasselbe wie folgt:

Die Antwort, die H. Schulze-Delitzsch in seinem und im
Namen seiner Partei dem Aufruf und der Einladung der Friedens-
freunde ertheilt hat, ist augenscheinlich nicht die angenehmste und
erwünschteste. Dennoch können wir uns nur dem Urtheil unsres
deutschen Korrespondenten anschließen, und beim Bedauern bleiben,
ohne bis zum Tadel zu gehen. Was uns hierin bestärkt, das ist
der lebhafte Eindruck einer persönlichen und kürzlichen Erfahrung.
Gerade vor vier Wochen sprachen wir in Potsdam den berühmten
Gründer der deutschen Volksbanken. Wir sprachen lange mit ihm.
H. Schulze-Delitzsch gehört nicht zu denen, welche ihr Inneres
verstecken; er giebt sich ganz und vollkommen hin. Ein Mann
seiner Zeit wie kein Andrer durch das Verständniß der Rechte und
Bedürfnisse der Demokratie, ist er zugleich ein Vorbild der kräftigen
Redlichkeit des Charakters: er erinnert an ein naiveres Zeitalter
als das unsre, durch die Aufrichtigkeit der Leidenschaft. Er hat
ebensoviel Glauben wie Wissenschaft und Erfahrung; er ist ein
Bastiat, gemischt mit Luther und Mirabeau. Kurz, er ist eine
seltene und vollendete, und vor allem eine aufrichtige Natur. Besser
noch als seine zahllosen Circulare, Reden und Artikel erklärt seine
Persönlichkeit sein Werk. Er scheint uns keines Hintergedankens,
keiner Berechnung fähig. Seine Antwort muß also nach unsrer
Meinung für das, was sie ist und ausspricht, genommen, nicht
gedeutet werden. Gehörte H. Schulze-Delitzsch auch nicht dem
Landtage von Berlin und dem Parlament des Nordbundes an,
so würde er nichtsdestoweniger allein durch den Werth seiner
Wirksamkeit eine der ersten und mächtigsten Persönlichkeiten Deutschlands sein. Er ist übrigens nicht als Freund und Kandidat der

Regierung in die Kammer eingetreten, sondern als direkter Gegner des Herrn v. Bismarck, als solcher wurde er von den Arbeitern Berlins gewählt. Der Leidenschaft, der Aufregung des Volkes also hätte er seinen persönlichen Geschmack geopfert, indem er sich weigerte, sich zum Friedenskongreß zu begeben. Diese Leidenschaft, diese Aufregung müssen demnach sehr stark sein, um einen Character dieses Schlages zu bestimmen. —

Es giebt also keinen Grund, in der Antwort des H. Schulze-Delitzsch etwas anderes zu suchen, als was wörtlich darin ausgedrückt ist. Wenn er gegen jede Absicht, uns anzugreifen, protestirt, so muß man ihm glauben; wenn er im Namen seines Landes die Befürchtung ausspricht, von uns angegriffen zu werden, so muß man ihm ebenfalls glauben: denn eine Befürchtung braucht nicht begründet, um aufrichtig zu sein."

Einen viel tieferen Einblick in die unverrückbar patrio-tische Gesinnung Schulze's gewinnt man durch die Kennt-nißnahme seines Verhaltens und seiner Briefe aus dem Kriegsjahre 1870, wo sich seine Voraussagungen über die Kriegslust Frankreichs bewahrheitet hatten. Einer seiner wärmsten Verehrer in Italien, der Professor Vigano in Mailand, wendete sich brieflich sofort nach dem Tage von Sedan und dem Sturz Napoleons an Schulze, um ihn und die Fortschrittspartei zu veranlassen, für den sofortigen Frie-den zwischen Deutschland und Frankreich einzutreten und sich hierin dem Friedens-Congreß in Genf anzuschließen, der ent-sprechende Aufrufe an die französische wie an die deutsche Nation erließ.

Schulze antwortete Professor Vigano in drei Briefen, welche der letztere in wortgetreuer Uebersetzung in einem der gelesensten Blätter Mailand's, der „Gazetta di Milano" ver-öffentlichte, und die zur Discussion in dortigen Kreisen An-laß gegeben haben. Die Briefe, in der Vossischen und theil-weise in der Volks-Zeitung enthalten, sprechen sich in folgender Weise aus:

Schulze weist mit Energie und Freimuth den Gedanken zu=
rück, daß der Krieg durch den Sturz Napoleons und die Erklärung
der Republik in Frankreich gegenstandlos geworden sei, und die
deutschen Heere, ohne entsprechende Entschädigung, ohne jedwede
Garantie gegen wiederholte derartige Angriffe durch Sicherung der
Grenzen, das französische Gebiet zu räumen hätten. Er weist nach,
daß nicht allein das persönliche Belieben Napoleons III. den An=
griff auf Deutschland veranlaßt habe, sondern daß vielmehr die Auf=
fassung aller Franzosen von ihrer nationalen Bestimmung, von
der Rolle, welche ihnen in der Welt zugetheilt sei, sie darauf hin=
dränge, daß mindestens das europäische Prestige, die Obmacht in
unserm Continent ihnen gebühre. Und zur Durchführung dieser
Rolle ist ihnen die politische Zerrissenheit und darin begründete
Ohnmacht Deutschlands unerläßlich, wie sie dessen Länder zu zweck=
mäßigen Abrundungen ihres Gebiets zu bedürfen meinen. Seit
Louis XIV. ist diese zum förmlichen System ausgebildete Politik
consequent bei allem Wechsel der Regierungen und Regierungs=
formen beibehalten worden, unter dem Bourbonischen Königthum,
unter der Republik, unter dem Napoleonischen Kaiserthum, und
das feste und erfolgreiche Durchführen derselben ist stets das Mittel
gewesen, entweder eine neue Regierung zu gründen oder eine wan=
kende zu stützen. Daher hatte die sonst sinnlos erscheinende Phrase:
„Rache für Sadowa!" eine nur zu reale Unterlage. Er spricht
von diesen Ansichten auch nicht die damaligen Häupter der Re=
publik frei, ja selbst das volksthümlichste und thatkräftigste Mit=
glied der Opposition wie der jetzigen Regierung, Gambetta, hatte
sich von seinen Freunden getrennt und für die Kriegsanleihe ge=
stimmt. Thiers aber tadelte selbst nach der Kapitulation von Sedan
nicht den Beginn des Krieges, sondern nur, daß er nicht vorbereitet
genug begonnen sei.

Schulze's Briefe haben nicht blos in Deutschland, sondern
auch in Italien einen tiefen Eindruck gemacht und die An=
sichten über den Abschluß des Krieges wesentlich geändert.
Von ganz besonderem Interesse ist es, daß auch in Amerika,
wo die angeregte Frage ernste Discussionen herbeiführte, der
Abdruck der Briefe Schulze's in dem New=York=Demokrat

viel zur Klärung der Meinungen beigetragen und der Sym=
pathie für die weiteren Siege der deutschen Heere Vorschub
geleistet hat.

Nach all dem hätte man wohl annehmen können, daß
die Franzosen mit ganz besonderem Ingrimm des deutschen
Mannes gedenken, der ihrer nationalen Eitelkeit und Schwäche
so wenig Nachsicht schenken mochte. Allein die Thatsachen
belehren uns — zu unserer Freude sei es offen bekannt —
durchaus eines Besseren. Der Sinn für das Große und
besonders für persönliche Bedeutsamkeit ist den Begabteren
in Frankreich so tief eingewurzelt, daß er ihre nationalen
Schwächen bedeutend überragt. Es waren kaum einige
Jahre nach dem schweren Leiden Frankreichs vergangen, als
bereits wiederum die hervorragendsten Männer dieser Na=
tion sich mit voller Begeisterung dem Studium Schulze's
zuwendeten und mit einer nacheiferungswerthen Offenheit
ihrer Verehrung und Bewunderung vollen Ausdruck gaben.

Im Jahre 1874 hat der Pariser National=Oekonom
Benjamin Rampal in einem sehr ausführlichen zweibändi=
gen Werke das wirthschaftliche System Schulze's und haupt=
sächlich dessen Schriften über die Hebung der Arbeiter=Ver=
hältnisse zum Theil in treuer Uebersetzung, zum Theil in
freier Bearbeitung dem französischen Volke unter begeisterter
Verehrung seiner Persönlichkeit vorgeführt. In der fran=
zösischen Zeitungs=Presse begrüßte man dieses Werk mit
voller Sympathie und unter höchst ehrenvoller Anerkennung
Schulze's. Ganz besonders zeichneten sich hierin aus:

Gazette du Midi (Marseille) vom 14.—19. August 1874.
L'Opinion nationale (Paris) 25. September, wo Schulze der Moltke
  des Genossenschaftswesens genannt wird.
La France (Paris) 10. August 1874.
La Presse (Paris) 21. Oktober 1874.
L'Aube (Troyes) 17. Juli 1874.
L'Arrondissement (Troyes) 19. September 1874.

Journal de Rouen (Rouen) 9. September 1874.
L'Independent (Saintes) 12. September 1874.
L'Ecconomist (Paris) 27. Juni 1874.
Le Memorial diplomatique (Paris) 18. Juli 1874.
La Sentinelle du Midi (Toulon) 6.—7. Mai 1874.
Journal des Economistes (Paris) Augustheft 1874.
La Gironde (Bordeaur) 16. April 1875.

die alle mehr oder weniger an die Schrift Rampals ihre Be=
trachtungen über Schulze anknüpfen. Den Grad der Be=
geisterung Rampals aber zu charakterisiren genügt es wohl,
wenn wir sehen, daß er sich in der Einleitung zu diesem
Werke, in welcher er einen Lebensabriß Schulze's voranschickt,
der treffenden Worte des inzwischen verstorbenen Neffzer be=
dient: „Es steckt in diesem Manne ein Bastiat und ein
Luther!"

Wenn man mit dem Namen des Einen tiefe Einsicht in
das wirthschaftliche Leben und Wesen des Volkes und dem
des anderen tiefen sittlichen Ernst und Festigkeit des Cha=
rakters repräsentirt, so stimmt wohl auch gern jedes volks=
treue deutsche Herz dem französischen Lobe bei.

Im siebzigsten Geburtstag.

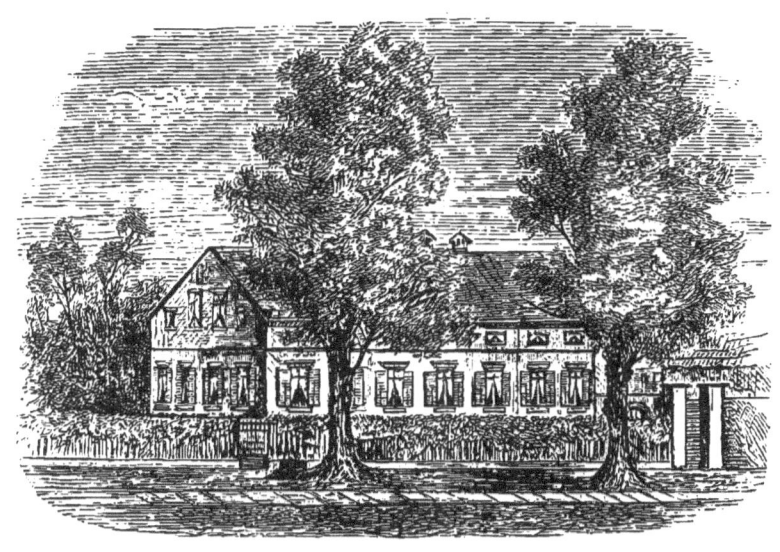

Schulze's Wohnhaus in Potsdam.

Wohl selten wandert ein treuer Volksfreund durch die Spandauer Straße in Potsdam der herrlichen Linden-Allee der russischen Colonie zu, ohne einen freudigen Blick auf das blühend umhängte Haus Nr. 15 zu werfen, worin der thatenreichste Gesinnungsgenosse in noch fortdauernder reger Arbeit den Abend seines Daseins verlebt. — Denn viel der Boten sind es, die ein täglich sich erneuerndes Arbeitsmaterial da einliefern. Schulze-Delitzsch ist Reichstags-Mitglied und entzieht sich keiner Last dieses Ehrenpostens, den ihm seit Jahren sein alter treuer Wahlkreis Berlin, und neuerlich sein Wahlkreis Wiesbaden anvertraute.

Schulze-Delitzsch ist Vorsitzender der Gesellschaft für Verbreitung von Volksbildung, zu deren Gründung er — wie

könnte es auch anders sein? — mit den hervorragendsten
Gesinnungsgenossen im Jahre 1871 beigetragen hat.

Gilt es sonst der Förderung irgend eines edlen Zweckes
im Interesse des Volkes, so rechnet man niemals vergeblich
auf Mithilfe und Aufwand von Zeit und Arbeitskraft des
treuen Volksfreundes. Er ist Mitglied des Vereins zur Verbesserung des Lehrlingswesens. Er unterzog sich auch der
ihm von unserem Kronprinzen zugewiesenen Aufgabe, für die
richtige Verwendung der Wilhelms-Spende im Kreise der ernannten Commission mitzuwirken.

Und das Genossenschaftswesen? — Er ist der erwählte
„Anwalt" desselben; aber diese Bezeichnung drückt nur kümmerlich die Stellung aus, die er einnimmt. Er ist der
Schöpfer, der Träger, der Lehrer, der Förderer, der Rathgeber, der Mahner, der Warner, der Kritiker, der Gesetzes-
Wächter, der Gesetzes-Verbesserer, der Statistiker und der
Journalist der Institute. An ihn wenden sich die Tausende
der Genossenschafts-Vereine mit den Hunderttausenden der
Mitglieder in allen Fällen, wo sie der Lehren und der Hilfe
bedürfen. Er ist der Mittelpunkt der dreiunddreißig Verbände, nach Ländern und Provinzen geordnet, deren wackere
Direktoren die treuen Nachfolger und Schüler des Meisters
sind. Was alltäglich in diesen Angelegenheiten bei ihm an
Anfragen, an Anträgen, an Mittheilungen und Abhand-
lungen eingeht, würde ausreichen, die rüstigste Arbeitskraft
ausschließlich in Anspruch zu nehmen.

Wem jedoch die Freude zu Theil wird, in das stille, durch
die edle Gastfreundlichkeit und den feinen Kunstsinn der Hausfrau geschmückte Haus einzutreten, deren musikalische Leistungen so wesentlich zur Erholung des Gatten beitragen,
der erräth gar bald die Quelle, von der der unerschöpfliche
Born der Thätigkeit stets frisch genährt wird. Die siebzig
Jahre des Lebens sind nicht spurlos über Schulze's Haupt
hinweggegangen. Aber die Jugendfrische der Begeisterung

für alles Wahre, Schöne und Gute hat dieses Haupt mit ihrem Schmuck gekrönt. Wer ihn sieht, wer sein Wort vernimmt über Alles, was ein Menschenherz regt und bewegt, der lernt die Wahrheit kennen, daß das Geistesleben einem anderen und höheren Gesetze folgt, als der Leib, der die Spuren der Jahreszahlen nicht abstreifen kann.

Wenn wir die Fülle der Arbeitslast bewundern, welche die Anwaltschaft Jahr aus Jahr ein Tag für Tag erledigt, so dürfen wir nicht vergessen, rühmend des junges Mannes zu erwähnen, der unter Anleitung seines Meisters und Musters vortrefflich gelernt hat, was reger Fleiß und gewissenhafte Arbeitslust zu leisten im Stande sind. Der erste Secretair der Anwaltschaft Herr Dr. Schneider gewährt dem Beobachter den Trost, daß edle Beispiele nicht vergeblich unseren jüngeren Kräften voranleuchten.

Besonders müssen wir aber dabei der Directoren der 33 Unterverbände gedenken, welche dem Anwalt seine Amtirung wesentlich erleichtern, und seine Anregungen in die weitesten Kreise tragen. Als solche fungiren — zumeist schon seit einer Reihe von Jahren:

1. Direktor Bensemann (Berlin); Verband der Vorschußvereine zu Berlin.

2. Direktor Adolf Behrend (Berlin); Verband der Consumvereine der Provinz Brandenburg.

3. Direktor Landrichter Trabert (Mellrichstadt); Verband der Genossenschaften in den Fränkischen Ländern.

4. Direktor F. Diehls (Kassel); Verband Hessischer Vorschußvereine.

5. Direktor Stadtrath Liersch (Guben); Verband der Genossenschaften in der Preußischen Lausitz.

6. Direktor R. A. Schreiber (Görlitz); Verband der Consumvereine der Lausitz.

7. Direktor Stadtrath H. Sommer (Halberstadt); Verband der Genossenschaften im Reg.-Bez. Magdeburg und Herzogthum Braunschweig.

8. Direktor Obergerichtsanwalt Schenk (Wiesbaden); Verband der Genossenschaften am Mittelrhein.

9. Direktor Bürgermeister Nizze (Ribnitz); Verband Norddeutscher Genossenschaften.

10. Direktor Franz Beckmann (Altona); Verband der Vorschuß- und Creditvereine von Nordwest-Deutschland.

11. Direktor A. Schirmeister (Constanz); Verband der Oberbadischen Vorschußvereine.

12. Direktor Dr. Knecht (Neustadt a. d. H.); Verband der Pfälzischen Genossenschaften.

13. Direktor Herr v. d. Nahmer (Stettin); Verband der Credit- und Vorschußvereine in Pommern und den Grenzkreisen der Mark Brandenburg.

14. Direktor E. Meyer (Posen); Verband der Vorschuß- und Creditvereine der Provinz Posen.

15. Direktor E. Guttmann † (nach dessen Tode Hopf) (Insterburg); Verband der Genossenschaften in Ost- und Westpreußen.

16. Direktor Ph. Schwarzhaupt (Lüdenscheid); Verband der Vorschuß- und Creditvereine in Rheinland und Westfalen ꝛc.

17. Direktor Grünwald (Oberfeld); Verband Rheinisch-Westfälischer Consumvereine, Produktiv- und Baugenossenschaften.

18. In Reorganisation begriffen: Verb. der Genossenschaften im Saarbecken.

19. Direktor Strauch (jetzt in Guben); Verband der Genossenschaften für die südliche Hälfte der Provinz Sachsen und das Herzogthum Anhalt.

20. Direktor Oppermann (Magdeburg); Verband der Consumvereine der Provinz Sachsen ꝛc.

21. Direktor E. I. Bauer (Chemnitz); Verband Sächsischer Credit-Genossenschaften.

22. Direktor Protze (Chemnitz); Verband Sächsischer Consumvereine.

23. Direktor Hübner (Waldenburg); Verband der Genossenschaften in Schlesien und den angrenzenden Landestheilen.

24. Direktor Rittergutsbesitzer Oelsner (Breslau); Verband der Consumvereine der Provinz Schlesien und der angrenzenden Landestheile.

25. Direktor I. A. Bernhardt (Darmstadt); Verband der Starkenburger Erwerbs- und Wirthschaftsgenossenschaften.

26. Direktor F. T. Pröbſt (München); Verband Süddeutſcher Conſumvereine.

27. Direktor Schwaniß (Ilmenau); Verband der Thüringiſchen Genoſſenſchaften.

28. Direktor Ch. Schäfer (Baden); Verband der Unterbadiſchen Genoſſenſchaften.

29. Direktor H. Aſtroth (Brandenburg); Verband der Vorſchuß- und Creditvereine von Weſt-Brandenburg.

30. Direktor K. Schmid (Stuttgart); Verband der wirthſchaftlichen Genoſſenſchaften in Württemberg.

31. Direktor F. T Pröbſt; Verband Bairiſcher Genoſſenſchaften.

32. Direktor Stöckel (Stobingen); Verband landwirthſchaftlicher Genoſſenſchaften der Provinz Preußen.

33. Direktor Lichtwer (Weimar); Verband Thüringiſcher Conſumvereine.

Am 29. Auguſt 1878, dem ſiebzigſten Geburtstage unſeres Schulze, konnten nur Wenige der Verehrer ihm Gruß und Glückwunſch in das liebe Haus darbringen. Auf den Reiſen zu den Verbandstagen in der heißen Jahreszeit erkrankte Schulze und erlitt auf dem allgemeinen Vereinstage in Eiſenach, am 22.—25. Auguſt, einen Rückfall, ſo daß er das heimathliche Aſyl aufſuchen mußte.

Auf dieſem Vereinstage faßte man in Abweſenheit Schulze's den Beſchluß, ein Lebensbild des Wirkens und Schaffens des Mannes als Jubelſchrift ſeines ſiebzigſten Geburtstages ausarbeiten zu laſſen. Dem Verfaſſer dieſer Schrift wurde die ehrenvolle Arbeit übertragen. Sie in würdiger Weiſe erfüllt zu haben, iſt deſſen vollſter Seelenwunſch, mit dem er dieſe hiermit ſchließt.

————

Während der ſiebzigſte Geburtstag Schulze's in vielen Vereinen und Kreiſen, und beſonders im Berliner Arbeiter- und Handwerker-Verein mit tiefem Ernſt der Verehrung gefeiert wurde, konnten erſt nach mehreren Tagen, in welchen Schulze wiederum geneſen war, einige vertraute Freunde aus der Nähe und der Ferne den Jubilar in seinem Hause begrüßen und in einem kleinen Festmahl sich der Wiedergenesung des Gastgebers erfreuen. Sie verließen das liebe Haus unter dem herzinnigsten Wunsche, daß sein Bewohner noch lange lange Jahre uns ein Vorbild edelsten Strebens und Lebens erhalten bleibe, und daß es dem deutschen Vaterlande nach ihm nicht fehlen möge an Nachfolgern gleich herrlich an Begabung, gleich edel im Geiste, gleich muthig im Freiheitsstreben und gleich glücklich im Wirken für Deutschland und sein Volk.

Berichtigungen.

Seite 43, Zeile 8 von unten, lies statt Bregenz, **Bergen.**
  „   45, „   8 „ oben   „   „ mächtigen, **nächtigen.**
  „   52, „ 13 „   „   „   „ Sinn, **Sein.**
  „ 135, „   6 „   „   „   „ Vollmacht, **Vollgeltung.**
  „ 136, „ 12 „   „   „   „ schwingt sich mit **und,** mit **uns.**

Buchdr. der Volks-Zeitung, Berlin, Potsd. Str. 20.

www.ingramcontent.com/pod-product-compliance
Lightning Source LLC
Chambersburg PA
CBHW031107020726

47495CB00007B/2081